名探偵、初心者ですが

舞田ひとみの推理ノート

歌野晶午

角川文庫
22537

目次

黒こげおばあさん、殺したのはだあれ？

1

歳三《としみ》が一発殴りつけると、ひとみは最低五発は返してくる。

「うりゃ、うりゃ、うりゃーっ！」

奇声をあげ、白いソックスを履いた足をばたつかせる。

「うっ、ううっ……」

歳三は彼女の横でおたおた両手を動かすことしかできない。

「ワン、ツー、ワン、ツー、ソバット！　バックスピン！」

「あ、う、ぐ……」

「どした？　かかってらっしゃいよ。だらしないわね」

ひとみは生えかけの八重歯をこぼして挑発的に笑う。

「こないの？　じゃあいっちゃいますよー。スリー、ツー、ワン、フィニッシュゥウウウッ！」

「あぁ……」

「死んだ」

「死んだ……」

「よわっ」

「というより、ひとみが強すぎ」

がくりと頭を垂れ、歳三はテレビゲームのコントローラーをかたわらに投げた。

「つーか、トシちゃん、へたすぎ。横移動の時、かならずキャラの向きを変えるから、バレバレ」

ひとみは頭の後ろで手を組んで天井を仰ぐ。

「そういうけど、横に動こうとしたら、自然と体が九十度回転する」

「Ｌボタン固定で十字キー操作でカニ歩き、Ｌボタン固定でＸボタンと十字キーの同時押しで横ジャンプ、移動中も攻撃可能」

「えー？　そんなこと説明書に書いてなかった」

「やってればわかるじゃん。マニュアル世代？」

ひとみは歳三を指さし、右の頰にえくぼを作る。この、片方だけできるえくぼと、はっきりした目元は母親譲りだ。幼い時はちっとも思わなかったのだが、このごろ彼女の面影を強く感じるようになった。

「うるさい。だいたい、ＬとＸと十字キーとＡとＢとスティック？　そんな複雑な操作、できっこない」

　歳三はコントローラーを取りあげ、彼女に言われたように指を動かそうとするが、勝手がわからない。

「トシちゃん、ギター弾けるじゃん」

「ギターとゲームは違う」

「インギーの『エクリプス』弾けるじゃん。あんだけ速く指を動かせるんだから、ゲームなんてちょろいはずなんだけどなあ」

「キツいなあ」

　インギーことイングヴェイ・マルムスティーンは、速弾き世界一とも謳《うた》われる超絶技巧のロック・ギタリストである。歳三のコピーは、贔屓目《ひいきめ》に見て本物の六割といったところだ。

「えー？　どうしてー？　ほめてんだよ。ふれあい祭でのトシちゃん、マジチョーカッコよかった」

「あー、それ以上言わないでくれ。思い出させないでくれ。立ち直れなくなる」

　歳三は顔の前に両手を立て、降参のポーズを取る。

「まだやってたのか。早くお風呂《ふろ》に入りなさい」

　理一《まさかず》がエプロンで手をふきながらキッチンから出てきた。熊のような頬もしい体にスヌーピーの柄がほほえましい。

「もっかいだけ」

ひとみが人さし指を立てる。

「もう十分おじさんをいじめただろう」

「おいおい」

歳三は理一を睨《にら》みつけたものの、それはポーズである。学校を出るまではそれなりにゲーマーとして鳴らしたものだが、今や小学五年生の女の子にも敵《かな》わない。

「ま、今日のところはこのくらいで勘弁してやる」

と、ひとみに笑いかける。

「さむーい」

ひとみは首をすくめてソファーから飛び降りると、幽霊のように猫背になり、腕をだらんと垂らして、だらだらとドアに向かう。それを父親の理一が、

「片づける」

とたしなめる。

「誰かが居残り練習するってウワサ」

「へー、誰だろう」

歳三がわざとらしく左右をきょろきょろ見ると、ひとみは唇を尖《とが》らして戻ってきて、コントローラーとゲーム機本体をゴミ屑《くず》のようにまとめてテレビ台の下に押し込み、そしてドスドス足を踏み鳴らしてリビングを出ていった。

「やるか？」

理一が右手を軽く握り、口の前で傾けた。

「片づけは？」

「朝食の仕込みも完了」

「炊飯器をセットして、豆腐と葱《ねぎ》を刻んでおいただけだよ」

「手際いいな」

「じゃあちょっとだけ」

歳三は壁の時計に目をやって、三十分までと心に誓う。

ローテーブルの上に陶製のタンブラーが並べられる。焦げ茶色の瓶から、やや白濁した黄金色の液体が注《そそ》がれる。酵母入りのビールだ。

「悪いな」

理一がタンブラーを挙げ、乾杯のしぐさをする。「何が？」と歳三もタンブラーを手に取って応じる。口に近づけると、木を燻《いぶ》したような香りがほのかに感じられる。

「いつもあの子の相手をしてもらって」

「全然悪くないよ。俺、ゲーム好きだし」

歳三はタバコをくわえる。

「まあ、昔はよくやってたが」

そう言いながら理一は背後に腕を回し、窓を半分開ける。

「すまん。どうしてもやめられない」

「いいよ、ひとみの前でなければ」

「それで何の話だっけ、ああゲームね、うん、社会人になっても興味は失ってなかったんだよ。ただ、寮に帰ったらバタンキューで、すっかり疎遠になってしまっていた。それが、ここに来るようになって久々にコントローラーを握ったら、焼け木杭《ぼっくい》に火がついたというか、いやあ、やっぱりゲームは楽しいわ。ひとみに買ってやったあれも、実は俺がやりたいからだったりして、ははっ」

　昨年のクリスマス、歳三は姪《めい》のひとみに、発売されたばかりの携帯ゲーム機をプレゼントした。

「しかし小五を相手にしてもつまらんだろう」

「そんなことないよ。相手が子供だから、負けると悔しい。絶対に負かしてやらないと気がすまなくなる。気がついたら、歳も職業も忘れて熱中している自分がいる。やっぱりゲームはいいねぇ」

「わざと負けてやってるんじゃなかったのか？」

　四角い黒縁眼鏡の奥で、小さな目が丸くなった。冗談じゃないと歳三は手を振って、

「むしろ彼女が、どうしてこんな歯ごたえのないオヤジを相手にしなきゃならないのかと、つまらなく思ってるんじゃないの」

「問題だな」

　理一は低くつぶやき、何か決意を固めるように、ゆっくりとした動作でエプロンをは

ずす。

「何が？」

「おまえを負かしてしまうとは、ひとみめ、いったい一日どれだけゲームをしてるんだ」

理一は、その大きな体に似合わず、神経質そうにエプロンを畳む。

「違うよ兄貴、俺がだめになったのさ。楽器やスポーツもそうだけど、継続してやっていないと、みるみる力が落ちる。ことにゲームは、ゲーム機の性能が進歩を続けているから、少し離れていたら、動きは速くなるわ、操作は複雑になるわで、まったくついていけなくなる。それに小さい子は上達するのが早いから、あっという間に追い越されてしまう」

「お互いゲーム好きということでかばってるだろう」

「刑事なみの疑り深さだな」

歳三は苦笑し、兄のタンブラーにビールを注ぐ。

「あの子の相手になってくれて助かるのだが、ああ、そりゃ感謝している、だからずっと黙っていたのだけれど、この際だから言わせてもらう。ゲーム以外に何かないのか？　宿題を見てやってくれとは言わないが」

眼鏡のフレームに指を添え、理一は歳三を見据える。

「ビーズでも作れ？　バービーで遊べ？」

「まあそれは今すぐには思い浮かばないが、とにかく僕はテレビゲームには反対だ。暴力的で、妄想的で、競争心をあおり、情動抑制や判断力が鈍くなり、短絡思考に陥りやすい。目にも悪い」

「そして女の子らしさをも奪う？　極端なこと言うなよ。それこそ短絡思考じゃないか。今やテレビゲームは世界の共通言語だ。いや、二十一世紀に入る前から、とっくにそうなってる」

「今とか昔とか、古いとか新しいとか、メジャーとかマイナーとか、そういうことは関係ない。良くないものは良くない」

　理一は息を継ぐたびに、畳んだエプロンを膝《ひざ》にぐいぐい押しつける。歳三はふと思い出し、意地悪く突っ込んだ。

「だから結婚して子供ができても絶対にテレビゲームは買い与えない、と息巻いていたのは誰だったっけ？」

　すると理一は顔を真っ赤にして、

「僕は反対だったんだよ。でもお袋が、今どきゲームをしない子がどこにいる、仲間はずれにされてもいいのかと。そんなことでいじめるようなのは友達じゃない、こっちから願いさげだと僕は言ったんだが、勝手に買い与えて。母親がいないから、なにかにつけて甘やかして……」

　同じ家で生まれ、同じ食事を与えられ、同じテレビを見て育ち、歳も三つしか違わず、四畳半の部屋で机を並べ、小中高が一緒で、なのにどうしてこうも趣味嗜好《しこう》が違うのだろうかと、歳三は不思議に思う。

「とにかくゲームは控えてほしい。少なくともおまえのほうから誘うようなことはよしてくれ。嫌々つきあってやってるという顔をしてくれ。おじさんも味方だと知ったら、ますます調子づく」

理一はいまいましそうに、二度、三度と前髪をかきあげる。この数年で白いものがずいぶん増えた。

「元ゲーマーの舞田《まいだ》歳三は、暴力的で妄想癖があり判断力に欠ける？　人の百倍、法を遵守しているつもりなんだけど」

歳三は挑発的に笑い、新しいタバコをくわえる。

「おまえがやっていたのはファミコンだろう」

「と、スーパーファミコン」

「見るからに作り物とわかるしょぼくれた絵と音じゃないか。現実と混同するものか。だが今のゲームはどうだ。影響力が全然違う」

「ゲームはゲーム、現実は現実、それは昔も今も変わらない」

「いや、間違いなくゲームは――」

「やめよう」

歳三はかぶりを振った。お互い、個人の感情でものを言っているにすぎないのだから、生産的な議論になりはしない。相手の主張をふまえて自分の考えを修正しようなんて、これっぽっちも思っていないのだ。すると、己の意見に酔うだけの言い合いにしかならない。

「俺は兄貴に歩み寄る気はない。ただし、けじめは必要だと思っている。テレビゲームは中毒性が強い。それは認める。だから、本当はまだ続けたかったんだけど、飽きたふりをしてひとみを突き放した」

「ありがとう」

理一も大人らしく応じた。

「ひとみがまっすぐ育ってほしいという思いは、一緒」

そう言ってから照れくさくなり、歳三はビールをぐっと飲み干した。甘みが強く、アルコールのとげとげしさが少しも感じられない。理一がキッチンから追加のビールを取ってくる。

「ゲームのことはそれとして、いつもあの子のことを見てもらって助かってる。ありがとう」

「帰り道にふらっと寄ってるだけだよ。ま、一杯」

歳三は理一からビール瓶を奪い、口を彼の方に向ける。

「定時であがるよう努めているのだけど、なかなかそうはいかなくてね。ひとみにもおまえにも悪いと思ってる」

理一は溜《た》め息をつき、タンブラーの縁から盛りあがった泡を人さし指の先でつつく。

「ゲームのことはそれとすると、べつに何をしてやってるわけじゃないよ。宿題は見ない、メシだって、兄貴の作り置きを温めるだけ。ただ、こんな世の中だ、子供を一人にしておくのは危ない」

「ああ。最近は夜出歩く子が多いから、そういう子からの誘いも心配だ」

「だな」

「だから本当に助かってる」

「毎日寄れればいいんだけど、さすがにね」

「忙しいのに、すまない」

「仕事に就いていれば誰だって忙しいさ」

「でも、今はとくに忙しいんだろう？」

「あれ？　話したっけ？」

「おまえはてきめんに顔に出るから」

　歳三は両手を頬に当ててみる。骨の線がはっきりとわかる。無精髭《ぶしょうひげ》も掌《てのひら》に痛い。

「南《みなみ》公園と善隣《ぜんりん》公園のホームレス狩りも三坂《みさか》のパチンコ景品交換所での強殺も未解決だというのに、今度は放火殺人だ。日本はどうなってる」

　舞田歳三、三十四歳、職業、警察官。高校卒業後、地元の警察官採用試験を受け、採用後は県内各所の交番、警察署で経験を重ね、現在は浜倉《はまくら》市の中央署に籍を置く。刑事課に所属する、いわゆる刑事である。

実家には週に一度は顔を出す。実家といっても、両親はすでにいない。兄の理一とその一人娘で小学五年生のひとみが住んでいる。二年前までは、理一と歳三の母親である季子《としこ》もいて、孫のひとみをわが子のようにかわいがっていたのだが、事故により、六十歳の若さで急逝した。理一は男手一つでひとみを育てている。

「放火？　ニュースでやってた新田町《しんでんちょう》の？」

「そう、婆さんが殺された」

「あの事件、おまえの担当だったのか。しかしひどい話だよな」

「ああ、ひどい。十数か所刺して火をつけるなんて、人間のすることじゃない。だが自業自得といえないこともない」

「亡くなったお婆さんの側に非があるのか？」

「実はね、婆さん、金貸しをやっていたんだよ」

「消費者金融の社長？」

「いや、サラ金でも街金でもない。看板は掲げず、広告も出さず、口コミで頼ってきた者に個人の資産を貸し付けていた。ほら、昔の小説や映画に出てくる、腹黒い金貸しの婆さんだよ」

「だからニュースでは無職と言っていたのか」

理一は納得したようにうなずいた。

「そう、金融業としての届けは出しておらず、そのあがりは税務申告していなかったから、表面上は事業を行なっていないことになる。まさに闇金だな。といって暴力団の息がかかっていたわけではなく、あくまでも一個人として金を貸していた」

「すると今回の事件は借金をめぐるトラブルなのか」

「焼け跡を調べたところ、金庫の中は空っぽだった。扉がバールか何かでこじ開けられていた」

「金が盗《と》られていたのなら、ただの泥棒という可能性もあるか」

「いや、流しの物盗りの線はとりあえず捨てていいだろう。というのは、証文や帳簿の類《たぐ》いも消えているからだ。婆さんの常連客の一人によると、それらは現金と一緒に金庫の中に保管されていたらしい」

「借金の事実を隠滅するために持ち去ったのか」

「おそらく。流しの物盗りなら、そんなものは持っていかないからね」

「そうだな。いや、金庫の中身を手当たりしだい鞄《かばん》に詰めたのかもしれないぞ。金庫の中身をいちいち確認するより、そのほうが手っ取り早い」

「で、去り際に火を放ったと？　流しの物盗りが？」

「ああそうか」

「放火だけじゃない。全身十数か所を刺してもいるんだぜ。相手に対して尋常ならぬ恨みを抱いていなければそこまでしない。じゃあ誰が須《す》永《なが》さんを恨んでいたのかといえば、真っ先に思い浮かぶのが、彼女から金を借り、返済が滞っていた人間だ。須永というのが婆さんの名前ね、須永キミ子。もちろんほかの可能性がないわけではない。隣近所や友人との間でトラブルを抱えていたのかもしれない。だから彼女の交友関係は調べる。しかし捜査の優先順位の筆頭は彼女の顧客だ。そして次に疑わしいのが――」

歳三は不意に言葉を止め、あさっての方に目をやった。

「次に疑わしいのが？」

理一が復唱してうながす。

「ちょっとしゃべりすぎたな」

歳三は苦笑いして口に手を当てる。

「捜査の秘密は明かせない？」

理一がニヤニヤ笑いながらビールの瓶を差し出してくる。

「職務規定に抵触するかといえば、厳密にはそうだな。しかし懲戒処分に値するほどではないといえば、そうでもある」

「どっちだよ」

「特定の個人がからんでいるから、軽率に口にするのもどうかなと」

「じゃあ言わなくていいよ」

しかし理一は聞きたそうな顔をしている。

「まあ、事件としては単純な部類に属している。捜査の焦点が最初から見えているからね。債務者を虱潰《しらみつぶ》しにあたればいい。が、それをするには大きな問題が一つ。証文も帳簿もないんだよ。誰が婆さんに金を借りていたのか、それを一から探り出すところからはじめなければならない」

　パチンコ屋、雀荘《ジャンそう》、競輪場、職安――金に困っていそうな人間が集まっているところで聞き込みを行なう。街金に顧客名簿を出させ、須永キミ子からも借りていないか一人一人訊《き》いて回る。キミ子は口コミで商売をしていたので、顧客は狭い範囲に固まっていたと考えられる。とはいえ、ダイレクトに彼女の顧客をつかまえられるわけではないので、はなはだ効率の悪い作業である。

「さらに厄介なのが、ようやく顧客と思《おぼ》しき人物に行き当たっても、オレは借りていない、須永キミ子など知らないととぼけられたらそれまでなんだよな。証文がないから追及のしようがない」

「大変だな」

　理一は自分のことのように溜め息をついた。

「大変だよ。まあ聞き込みというのは、いつもこういう感じなのだけどね。百聞き込んで一ヒットしたら、宝くじにでも当たった気分だ。千に一つでも御の字」

「気が遠くなるような作業だ」

「一日聞き込みという日はぐったりだよ」

　歳三は首を右に傾け、左の肩を揉《も》む。首を左に傾け、右の肩を揉む。

「そんなに大変なら、まっすぐ寮に帰ってくれよ」

「寮と署の往復だけだと人間としてだめになる」

「だからって、ひとみとゲームをしている場合か。あの子を心配してくれてありがたいが、自分が倒れたら何にもならないだろう」

「いや、そんなことを言っていたら、盆も正月も来られない。鑑識の玉村《たまむら》を憶《おぼ》えてる？　県警のふれあい祭の時、ハリー・ポッターのコスプレをして風船を配ってた」

「ああ、あの、子供に間違われて怒ってた」

「玉村には彼女がいるんだけど、一番最近会ったのはいつだと思う？　クリスマスだぜ」

「いま何月だよ」

「ありえないだろ。それも、彼女のアパートに行って、メリークリスマスとプレゼントを渡して、じゃあそのうちまたと殺しの現場に直行して、はや半年」

「その間、一度も会っていないのか？」

「らしい」

「それって、もう別れてるってことだろう」

「ケータイでのメールのやりとりはしているみたい。写真も送られてきてる」

「遠恋？」

「玉村は寮、彼女は朝比奈《あさひな》」

「一駅じゃないか。それで半年会っていなくて、つきあってるといえるのか」

「ほかに女がいるのではと彼女に疑われていると玉村はぼやいているから、関係は継続中なんだろう」

「疑われて当然だ。彼女に同情するね」

「忙しい忙しいと自分を縛っていたら、そういうことになってしまうということだ」

歳三は首をすくめ、十オンス瓶を取りあげた。タンブラーに傾ける。逆さにする。滴が一つ、二つと垂れ落ちる。理一が腰をあげる。歳三はそれを制する。名残惜しいが今日はこれでおしまいにしよう。

「そういうの、『他山の石』っていうんだっけ」

ひとみの声がした。ドアの隙間からぴょこんと顔を覗《のぞ》かせていた。何が嬉《うれ》しいのか、大きな目をくりくりくりん動かしている。

「お風呂は？」

理一が父親の顔で尋ねる。

「でもさ、トシちゃんにはその心配はないよね。彼女いないし」

歳三は思わず咳《せ》き込んでしまった。

「とりあえず、そのボサボサの髪、どうにかすればー」

「お風呂に入りなさい」

父親に睨《にら》みつけられひとみは、へへへと笑いながら顔を引っ込めた。

2

「十四日の晩は何をしていた？」

歳三は低く鋭い声で尋ねた。

「アリバイ？　俺、容疑者って？」

弓削《ゆげ》が出っ張った前歯をニィッと剝《む》いた。全体がサフランライスのように黄色く、歯と歯の間に茶色の筋が入っている。

「十四日の晩は何をしていた？」

歳三は威圧的に繰り返す。

「十四日って、いつよ。俺、日記なんてつけてないし」

「クスリのやりすぎで記憶が抜けたか？　小便調べてやろうか？」

と歳三はコーヒーの紙コップを差し出す。

「ひでえな、土方《ひじかた》の旦那《だんな》。もうやってないっすよ」

「誰が土方だ」

「いいじゃないっすか、カッコよくて」

歳三は警察の仲間内では土方と呼ばれている。読みは違うのだが、名前の漢字がかの新撰組《しんせんぐみ》副長と同じことから、そう綽名《あだな》された。中学、高校の時もそうだった。

「おまえに土方呼ばわりされる筋合いはない。ほら、遠慮するな」

歳三は弓削に紙コップを押しつける。

「えー？　マジ検査するんですか？」

「しねえよ。温かいうちに飲め」

「はあ」

「水腹か？」

「小便とか言うから……」

「平気で拾い食いするやつが何言ってやがる。砂糖もミルクも増量してきてやったんだぞ。人の厚意を無にするのか」

「そんなことないっすよ。いただきます。さっきから喉《のど》渇いてて、コーヒー飲みたいなあって思ってたんすよ」

弓削は紙コップを受け取り、目を半分つぶって口に押し当てる。歳三は内心腹を抱えて笑いながら、表の顔は筋一つ動かさずに尋ねる。

「で、十四日は？」

「十四日ですかあ？　なーんて、考えるまでもないんだけどね。パチスロですよ。十三日も、十五日も。日課、日課、ははっ」

「ここでか？」

歳三は肩越しに背後を指さす。まだ日が高いというのに、赤や青、黄色にピンクのネオン管が明滅し、白亜の壁に「ルクソール」という文字を浮かびあがらせている。歳三と弓削が向かい合っているここは、同パチンコ店の駐車場である。

「いや、ミラージュ」

「浜倉駅南口の？」

「そう。店長替わって急に出が渋くなったんすよねー。だから今週からこっちに移ってきたと」

「ミラージュには何時までいた？」

「何時から何時までのアリバイを証明すればいいわけ？」

そう先回りする弓削を歳三はぴしゃりとはねつける。

「十四日の晩、おまえはミラージュで何時まで打っていた？」

「蛍の光まで」

弓削はふてくされたように答え、足下にコーヒー色の唾《つば》を吐き捨てた。

「十一時？」

「そう」

「そのあとは？」

「ドヤに帰りましたよ。いや、そうじゃない。飲んだんだ。十四日は亡くなったツレの月命日でね、居酒屋で一人しんみりと」

「どこの店だ」

「ハモニカ横町の笹子《ささご》。知りません？　健《けん》さんを気取った無愛想なオヤジが一人で切り盛りしているカウンターだけのしけた店。あそこ、寿司《すし》屋の居抜きなんですよ。だからカウンターだけは立派な白木で――」

「そこで何時まで飲んでいた？」

「二時くらいですかね。まあだ飲み足りなかったんだけど、オヤジに追い出されちまった」

「須永さんにはいくら借りていた？」

「ちょ、土方の旦那、勘弁してくださいよ」

歳三が質問を変えると、弓削があわてた様子で睨みつけてきた。

「土方と呼ぶな。旦那もやめろ。俺は独身だ」

歳三は睨み返す。

「俺は何もやっちゃいませんって。笹子のオヤジに訊《き》いてみてくださいよ。便所以外は席を立ってないってわかります。小さな店だから、オヤジの目を盗んで出ていくことは無理です」

「あとで確かめる」

「ミラージュにも行ってくださいよ。俺が台を離れてないと、店員が証言してくれます。常連の丸山《まるやま》とか木村《きむら》とか茜《あかね》さんとかにも話を聞いて」

「あとで確かめると言ってるだろう。須永さんにはいくら借りていた？」

歳三は質問を繰り返す。主導権は決して渡さない。

「たいした額じゃないですよ」

「だからいくら？」

「ほんのこれだけ」

弓削は人さし指を立てる。

「百万？」

「そんなに借りてませんよ。というか、貸してくれない。十万ですよ、十万」

「十万までなら無担保で貸してくれたそうだな。免許証か保険証を預ければ五十万」

「なんだ、知ってるんじゃないですか」

「相手は婆さんだ、踏み倒してやれと思わなかったか？」

「勘弁してくださいよ。俺は何もやっちゃいませんって。そう思ったこともない。十万ぽっちで殺すもんか」

「五万ぽっちの腕時計を盗むためにナイフで刺した野郎もいたが」

「いや、あれは、脅しでナイフをちらつかせたら、はずみで刺さっちまっただけですよ。しかもいつの話ですよ。おつとめもきちんとはたしたし、今はすっかり真人間ですって」

弓削はへらへら笑いながら歳三に軽く肘鉄《ひじてつ》をくれる。この男には、窃盗や麻薬の不法所持など、五つの前科がある。

「一番最近、須永さんのところに行ったのはいつだ？」

「もう勘弁してくださいよぉ」

「いつ行った？」

弓削は顔を伏せる。

「聞こえないぞ」

「先週か先々週か……。日記つけてないし……」

弓削は力なく首を振る。

「正直に答えないとめんどうなことになるぞ」

弓削はブルゾンのポケットに手を突っ込む。よれよれになったタバコの箱を取り出す。中に指を突っ込んでまさぐる。ひっくり返して振る。握り潰《つぶ》す。そしてつぶやいた。

「十四日……」

「十四日に須永さんのところに行ったんだな？」

「行ったけど……」

「行ったのは十四日の何時だ？」

「でも昼間だし、俺は何もしてないし」

そこで弓削は顔をあげ、堰《せき》を切ったようにまくしたてた。

「あの日婆さんとトラブったなんてこともないですよ。利子を払って帰ってきただけなんだから。それ以前も婆さんともめたことは一度としてなかった。俺は須永の婆さんを重宝してたんですよ。どんなに拝み倒しても十万ぽっちしか貸してくれないけど、返済が多少遅れても、街金のように怖い兄さんをよこされることはない。貼り紙とか夜中の電話とかいう嫌がらせはありましたけどね。常連になると、電話一本でパチンコ屋まで金を持ってきてくれた。利子をきちんきちんと入れておくと、金利を優遇してくれたりもした。須永の婆さんは、そう、普段は埃《ほこり》をかぶった置物でしかないけど、にっちもさっちもいかなくなった時の最後の切り札、ブタの貯金箱のようなものだったんですよ。それをどうしてこなごなに砕いてしまうのさ」

　土気色の歯茎を剝《む》き、濁った唾を飛ばし、弓削はまくしたてる。

　五月十四日午後十時半過ぎ、浜倉市新田町二丁目×—×、須永キミ子宅から出火、二時間後に鎮火したが、木造モルタル二階建ての家屋は全焼、焼け跡からは女性の死体が発見された。死体は損傷が激しかったが、歯形を照合した結果、被害者は須永キミ子であると確認された。

　火元は彼女だった。体にガソリンをかけられ、そこに火を放たれていた。焼き殺されたのではない。死体の首や胸には計十四か所の創傷が認められ、直接の死因はこちらにあった。損傷がひどいため、死亡時刻を医学的に絞り込むのは難しく、午後七時より早いことはないだろうという曖昧《あいまい》な見解しか示されなかった。

　焼け跡からは、現金や預金通帳、有価証券、貴金属といったものはいっさい発見されなかった。一階の押し入れにあった耐火金庫は、扉をこじ開けられ、中は空っぽだった。

須永キミ子は、その容貌《ようぼう》から「婆さん」呼ばわりされているが、実年齢はまだ五十九。もともと東京の人間で、夫の転勤にともない浜倉市にやってきた。二十五年前に新田町に自宅を購入、五年前に夫と死別してからは、そこで独り暮らしを続けていた。夫婦の間に子供はいなかった。

夫の死後、キミ子は遺産を元手に金貸しをはじめた。生活費と老後の資金が稼げればそれでいいと割り切ってはじめたものだったので、最初は隣近所を相手に話を持ちかけ、その後口コミで顧客が増えたからといって、会社組織にしようとは考えていなかったようだ。

「落ち着け。おまえを犯人と名指ししているんじゃない」

歳三はタバコの箱を差し出す。弓削はちゃっかりと三本も抜いた。

「須永さんを訪ねたのは十四日の何時ごろだ？」

「昼時です」

「その時、須永さんの様子で変わったところ、気にかかったところはなかったか？」

「うーん、べつに」

「たとえばだな、誰それが金を返してくれなくて困っているとこぼしていたとか」

「そんなこと言ってたかなあ」

「このあと誰それが来ることになっていると言っていたとか」

「聞いてないっすねえ」

「少しは考えてから答えろよ」

歳三は弓削にタバコの煙を吐きかける。

「考えてますよ」

弓削は眉《まゆ》を寄せ、タバコを挟んだ指をこめかみに押しあてる。

「こんな商売やってたんじゃあ長生きしないね」

「と言ってたのか？」

「ええ」

「ああいう商売だ、そんなの口癖だろう」

「今まで聞いたことなかったですけどねえ。冗談っぽい口調じゃなくて、表情も暗かったし」

「彼女にまつわるトラブルを知っているか？」

「それこそ、ああいう商売だから、トラブルはいくらでもあったでしょうけど、具体的には」

弓削は小さくかぶりを振る。

「ほかに気づいたことは？　訪ねている間に電話があったとか、見慣れない置物が下駄《げた》箱《ばこ》の上にあったとか。どんな些細《ささい》なことでもいい」

「襟がよれよれ」

「はあ？」

「旦那の」

「こんなことに気づいても意味ないだろう」

歳三は自分のワイシャツの襟を手で隠す。

「野菜食ってますか？　顔色良くないし、早く結婚したほうがいいっすよ」

「大きなお世話だ。須永さんのことを話せ」

歳三はまた煙を吐きかける。

「歯を痛がってたっけ。長いことほったらかしにしてたら歯茎までボロボロで、治療費がバカ高くてかなわないとこぼしてた」

「ほかには？」

「婆さん、誰かに殴られたんじゃないですか？　それで歯がおかしくなった。そうだ、で、婆さんを殺したのもその誰か」

弓削の表情がパッと明るくなった。

「意見は結構だ」

キミ子が歯の治療に通っていたという情報はすでに得ている。しかしそれは純粋に虫歯や歯《し》槽膿漏《そうのうろう》の治療であったと、かかった歯科で確かめられた。

「あれはラベンダーかな、フリージアかな」

しょんぼりと百円ライターを空打ちしながら弓削がつぶやく。

「花？」

「の香りがしたなあ。たぶんあれは本物の花じゃなくて芳香剤だと思うけど。いつもはそういう匂いはしてなかったよなあ。埃っぽくて、ちょっとすっぱいような感じで、なーんか懐かしい、そう、田舎のばあちゃんちのような匂いだったんだけど」

「おい、それ、芳香剤じゃなくて香水じゃないのか？　おまえが訪ねる前に女の来客があった」

「香水と芳香剤の違いくらいわかりますよ。あんな安っぽい匂いの香水は百円ショップにも売ってない」

「部屋に臭いがこもっていたからスプレーしたんじゃないのか」

「まあそういうことでしょうけど」

「もっと役に立ちそうなことを思い出せよ」

「どんなことでもいいと言ったのは旦那じゃないですか」

弓削はふてくされてタバコを立て続けにふかす。結局、弓削からはそれ以上何も出てこなかった。

「須永さんから金を借りていた人間を知っていたら教えてくれ。噂でもいい」

歳三は質問を変えた。

「有田《ありた》」

「有田は知ってる。やつから、おまえも借りていると教えられた」

「あ、そうなんすか。須永さんのことは有田に紹介してもらったんですよ。ほかの借り手は知らないなあ」

　歳三はまた質問を変える。

「先月二十日の午後四時ごろは何やってた？」

「憶《おぼ》えてないですよ。日記はつけてないと言ったでしょう。たぶんパチスロだと思うけど」

「ミラージュでか？」

「先月だったらそうです。しかし何です、先月の二十日って？」

「三坂まで遠征してないな？」

「は？」

「三坂のパーラーＤＥＲＵＤＥＲＵに行ったなんてことはないな？」

「あ？　四月二十日って、ＤＥＲＵＤＥＲＵの景品交換所が襲われた？」

「行ったのか？　行っていないのか？」

「どうして三坂まで行かなきゃならないんです。まさか、その件でも俺を？」

　弓削が血相を変えた。歳三は彼の問いは無視して、

「先月の二十九日と今月の四日の夜はどこで何をしていた？　パチスロをしていたという答は受けつけないぞ。深夜、午前一時から三時にかけてのことだ」

「それも……、何かの事件？」

「四月二十九日は南公園で、五月四日は善隣公園で、ホームレスが暴行を受け、段ボールの小屋に火をつけられた」

「全部俺のせいかよ。前科があったらそこまで疑われるのかよ。ひでぇ、ひでぇよ……」

弓削は顔をゆがめ、髪を掻《か》きむしり、天を仰いだ。

人を疑うのが仕事とは、因果な商売である。自分はろくな死に方はしないだろうと、舞田歳三は毎日思っている。

3

夜、大倉《おおくら》不動産から浜倉中央署に、またあいつが不法侵入しているから排除してくれと、苦情の電話がかかってきた。

ほかの担当捜査員が出払っていたため、自動的に歳三が現場に出向くことになった。

新田町は浜倉市の南東に位置する住宅地域である。町名が語るように、元々は見渡すかぎり水田が広がっていたのだが、須永夫妻が越してきた一九八〇年ごろから急速に宅地化が進み、現在では町名にその名残があるのみである。

焼け落ちた須永邸は青い防水シートですっぽり覆われている。隣家の壁も黒くすすけている。この程度の類焼ですんだのは不幸中の幸いだった。

須永宅前には白いミニバンが停まっていた。隣家の窓から漏れる明かりを頼りに、歳三は足音を殺して敷地の中に入っていった。防水シートの中に入ると、隣家の明かりが遮断され、方向感覚が失われた。しかし目を凝らすと、奥まったところがぼうっと薄明るく光っているのがわかった。歳三は懐中電灯を下向きにしてスイッチを入れ、自分の足下だけを照らして奥の明かりの方に進んでいった。

男が一人しゃがみ込んでいた。懐中電灯を横に置き、軍手をはめた両手で黒い地面を一心不乱にかきわけていた。歳三は自分の懐中電灯の光を男に向け、同時に声をかけた。

「藍沢《あいざわ》さん」

男は、うわっと声をあげて尻餅《しりもち》をついた。ベースボールキャップを斜めにかぶった、三十歳前後の男である。

「藍沢芳紀《よしのり》さん、だよね？」

「脅かすな！」

男は一声怒鳴り、尻を叩《たた》きながら立ちあがる。

「浜倉中央署の者です。須永さんの事件を担当しています」

歳三が警察手帳を呈示すると男は、しまったというように顔をしかめた。

「いけませんね、不法侵入は」

「立ち入り禁止のロープはなかった」

藍沢は横柄に応《こた》えた。

「捜査権限による立ち入り禁止は解除されているけれど、ここはあなたの土地ではない」

「叔母さんの土地だ」

「元はね。現在は大倉不動産が所有している。藍沢さん、もう何度も説明を受けただろう」

　子も孫もいないので不動産を残しても仕方がない、海外旅行などの趣味で使い切って死にたい――ひと月前、須永キミ子はこの土地と建物を市内の不動産業者に売却していた。売却後は大倉不動産から賃借することで住み続け、この先六十五歳まで生存していたら老人ホームに移る予定になっていたという。

「キミ子叔母さんのただ一人の近親者なんだよ、俺は」

　藍沢は立ちあがって訴える。

「だそうだね」

「ほかに身寄りのない叔母さんの遺産は、甥《おい》っ子である俺が相続することになる」

「しかしこの土地はキミ子さんのものではなくなっていた」

「ひどい話だ。ただ一人の身内にも相談せずに」

　藍沢は子供のようなことを言う。この歳にもなって自分の身内を「さん」付けで呼ぶような人間である。

「火災保険がおりる。それはあなたのものだよ」

「二百万ぽっちね。家を売った金はどうなってるんだよ」

「銀行には入ってない。奪われたのか、焼けたのか」

「犯人が盗《と》っていったのだとしたら、そいつが見つかれば、金は俺に返ってくるんだよね？」

「使われていなかったらね。使われていたら、訴訟を起こさないと」

「じゃあ早いとこ犯人を捕まえてくれよ」

　藍沢は足下を二、三発蹴《け》りあげると、その場にしゃがみこみ、黒い瓦礫《がれき》をかきわける。宝石や貴金属、奇跡的に焼け残った現金や有価証券を探しているのだ。

　この男は無職で、たびたびキミ子の元を訪ねては無心していたという情報を得ている。今回の事件が債務者によるものでないとしたら、次に怪しいのはこの甥である。金をくれ、もうやらない、との口論のすえ、殺した。あるいは、土地が売却されたことを知ったうえで、その金を奪うために殺した。

「このままだと、キミ子さんを殺した人間を捕まえる前に、不法侵入の現行犯であなたを逮捕することになるよ」

　歳三はそう脅して藍沢を敷地から退去させ、白いミニバンが走り去るのを確認してからシートの中に戻ると、彼がそうしていたように地面にしゃがみ込み、焼け焦げた建材や調度品の下を懐中電灯で注意深く照らした。

　事件後藍沢は、「叔母の遺品を回収するため」を理由に、たびたび現場に侵入している。大倉不動産はそれを快く思っていないが、相手がちんぴらふうで恐ろしいのか直接注意できず、そのたびに警察に電話してくる。

　藍沢が犯人だとしたら、侵入を繰り返していることには意味がある。犯行時に残してしまった証拠となる物品を探しているのかもしれない。

4

　太い縦ストライプの入ったベージュのパンツスーツを着た女性が沈んだ声でニュースの原稿を読んでいる。どこかの大学病院で医療事故が発生したらしい。

　はっきりした輪郭のへの字の眉《まゆ》と小さく尖《とが》った顎《あご》が知的なものを感じさせる。それでいて前髪はザクザクのダブルバング、唇にはたっぷりグロスを塗り、ネックレスは星にハートと、どこか子供っぽい。

　世間一般では、この、大人と子供の同居したところが、野々《のの》島愛《しまあい》の魅力として語られている。彼女の実年齢は三十二か三なのだが、「入社二年目、もう新人とは呼ばせませんよ、てへっ」などと科《しな》を作っても、それなりに通用しそうだった。

　しかしこのファッションはどうなのだろう。ニュースを読む局アナがけしからんと、保守的な視聴者からは苦情が多数寄せられているに違いない。少し鼻にかかった声も、水商売の女のようであるとの印象を与えそうだ。

などとテレビに向かって歳三が思っていると、不意討ちのように横合いから声がかかった。

「あー！」

居間の入口にひとみが立っていて、歳三に指を突きつけていた。

「え？　え？　え？」

歳三は狼狽《ろうばい》してリモコンを取りあげ、当てずっぽうにボタンを押した。画面がドラマに切り替わる。

「すってるー」

ひとみは歳三を指さしたまま、彼の方に寄ってくる。

「ああ、いや、これは、ひとみはもう降りてこないと思ったから」

歳三はあわててタバコを灰皿に押しつける。ひとみはぷいと背を向けて居間を出ていく。

「どうした？」

理一が台所から出てきた。本日のエプロンはトゥイーティーである。歳三は曖昧《あいまい》に笑って窓を大きく開け放つ。

二年前に季子が死に、歳三は理一が一人でやっていけるのか心配だった。それまで彼は、家のことは何もかも彼女にまかせきりの仕事人間だった。そんな父親と二人暮らしで、おばあちゃん子だったひとみが問題なく育つのか、それも気がかりだった。だから歳三はこの家に顔を出すようになった。

杞憂《きゆう》だった。炊事、洗濯、掃除、子育てと、理一は案外器用にこなしていた。エプロン姿もすっかり板についた。ひとみも、父親の手を煩わせることなく、以前と変わらず学校に通い、友達と遊んでいる。五年生になってからは、自分の服の洗濯と掃除機がけも行なうようになった。

　何の心配もいらなかった。しかし歳三は今も足繁く通っている。兄と一杯やり、姪《めい》とテレビゲームをすることが習慣になっていた。かえって二人のじゃまをしてるようにも感じられる今日このごろである。

「鼻曲がり警報、鼻曲がり警報」

　そう言いながらひとみが戻ってきて、スプレーを噴射した。

「危険、危険、鼻が曲がります。毒を中和するのでしばらくお待ちください」

　ミントの香りが部屋中に広がる。

「もういいぞ」

「くさーい、くさーい。タバコ、きらーい」

　理一が止めても、ひとみは芳香剤を噴射し続ける。

「だからひとみがいなかったから……」

「トシちゃんが帰ったあとも、ニオイがずーっと残るんだよね」

　ひとみは灰皿に向かって芳香剤を噴射する。灰が舞ってテーブルの上に雪のように降り落ちる。

「火のそばでは使わない」

　理一がスプレーを取りあげる。

「消えてるよ」

「火種が残っているかもしれない」

「火種って何だね？」

「黒く見えても、中に火が残っていることがある。そこにスプレーのガスがかかると、炎が燃えあがって火事になる」

「ふーん」

「だから火があるところでは絶対に使ってはだめだ」

「りょーかい」

　とひとみが敬礼をした時、電話が鳴った。

「出る」

　ひとみがテレビの横の電話機に飛びついた。理一がウエットティッシュでテーブルの上をぬぐう。

　歳三は芳香剤のスプレー缶を取りあげた。成分表示を見ると、ＬＰガスのほかにエチルアルコールも入っていた。

　十四日の事件直前、須永キミ子の家には芳香剤の匂いが強くたちこめていたという。これが火災と関係あるのだろうか。ＬＰガスもエチルアルコールも燃焼を促進させる物質である。

しかし死体にはガソリンがかけられていたのである。ガソリンという兇暴《きょうぼう》な燃焼促進剤の前では、芳香剤による燃焼促進作用など、ないに等しい。

「ギャル」

ひとみが電話の子機を差し出しながら振り返った。理一がきょとんと眼鏡に手を当てた。

「中浦《なかうら》さんってギャル」

「中浦はギャルじゃない。学生だ」

「だって若い女の人だもん」

ひとみは父親に子機を押しつける。それから腰の両脇に手を当てて、ソファーに坐《すわ》った歳三を見おろした。

「ということだから、タバコは禁止」

「わかりました」

歳三はぺこりと頭を下げる。理一が電話でしゃべりながら居間を出ていく。彼は大学の助教授で、夜でもこうして研究室の学生から電話がかかってくる。

「外でもすっちゃだめだよ」

ひとみは強い調子で言う。

「はい」

「あ、適当に返事してる」

「してないしてない」

「すってるところを見かけたら、罰金一万円」

「えー」

「じゃあ千円」

「いや、そういう問題じゃなくて」

「エミリちゃん、火傷《やけど》したんだから」

「誰？」

「クラスの子。歩いてすってる人のタバコが手にあたって」

「ああ」

「だから外ですっちゃだめ」

「禁煙しろということじゃないのか」

「何？」

「はい、この家の中ではタバコを喫《す》いません。歩きながらも喫いません」

歳三は顔の横に手を挙げて誓いを立てる。

「ところでトシちゃんさあ」

「うん」

「さっき、ひーちゃんが入ってきた時さあ」

「うん」

「急にチャンネル変えなかった？」

「だっけ？」

歳三は首をかしげる。

「変えた。音が変わったもん」

「急に声をかけられたから、びっくりして、リモコンに手が当たったんだろう」

「やらしー」

ひとみは片目をぎゅっとつぶる。

「は？」

「エッチな番組見てたんでしょう」

「おいおい」

「男の人って、どうしてそうなのかしら」

「勘弁してくれよ」

歳三が額の汗をぬぐって狼狽《ろうばい》していると、

「早くお風呂に入りなさい」

理一が通話を終えて戻ってきた。

「いっつもそれだなー」

ひとみは唇をアヒルのように尖《とが》らす。

「いつもぐずぐずしているから言われるんだ。これも片づけて」

「へーい」

ひとみは芳香剤の缶を受け取ると、幽霊のように猫背になり、両腕をだらんと垂らして、だらだらと居間を出ていった。

「軽くやる？」

理一が右手を軽く握り、口の前で傾けた。歳三がうなずくと、理一は冷蔵庫からビールを出してきた。

「すまんな」

「タバコ？　いいよ。迷惑かけるとわかっていて喫っていたし。そういうところ、大人はずるいよな」

「禁煙するのか？」

「全面禁煙は、またそのうちに」

歳三は苦笑いしてビールに口をつける。

「ところで今度の日曜日は？」

「仕事？　休みだよ。お、久しぶりに日曜休みだな」

歳三は両手の指を組んで伸びあがる。

「その、せっかくの休みに申し訳ないんだが……」

理一がもじもじエプロンを畳む。

「な、なんだよ」

歳三は腕を降ろして身構える。

「言いにくいな」

「もう遅い」

「善隣公園のフリーマーケットに連れていってやってくれないか」

「ひとみを？」

「学校の友達のお宅が出品するとかで、連れていく約束をしているのだけど、急に仕事ができてしまって……。あそこは校区外だし、車がないと行けないから……」

「さっきの電話？」

理一は気まずそうにうなずく。

「いいよ。車を出しましょう」

「すまない、せっかくの休みなのに」

「いいって。休みったって、洗濯と寝溜《ねだ》めしかすることがないし。ううっ、むなしい……」

と歳三が瞼《まぶた》に二の腕を当てた時、ズボンのポケットの中で携帯電話が鳴った。

通話を終え、歳三は溜め息をついた。

「あー、飲んじゃったよ」

空になったタンブラーを宙で振る。

「すまん、気が利かなくて」

理一がビール瓶を傾ける。歳三はタンブラーに手で蓋《ふた》をして、

「使ってない歯ブラシある？」

「ん？」

「緊急招集がかかった。まったくなー」

「事件か？」

「新聞社に、例の放火殺人事件の犯行声明が届いたらしい」

5

おまえの字だなと歳三が尋ねると、弓削は激しく首を振った。

「俺は何もやっちゃいない」

「やったやってないを訊《き》いてるんじゃない。おまえの字かと訊いているんだ」

「俺の字だけど……、でも俺は何もやっちゃいないんだって。信じてくださいよ」

弓削は歳三の腕にすがりつく。

歳三の手には透明なビニール袋が握られている。中には縦書きの便箋《びんせん》が一枚入っている。便箋には、

〈私、弓削勝成《かつなり》は、須永キミ子より金十万円也《なり》を、平成十七年三月十日に借用しました。

元金は平成十八年三月十日までに弁済を完了させます。利息は週十パーセントとし、毎月十日までに持参するか指定の銀行口座に振り込みます。利息の支払いが期日を超過した場合、ならびに元金の完済が前記弁済日をもってもなされなかった場合は、未払い分に相当する財産を催告なしに差し押さえる権利を須永キミ子に与えます〉

　という内容の文章が、たどたどしい手書きの文字で記されていた。弓削がキミ子に借金した際、一筆書いたものだ。最後には署名と拇印《ぼいん》がある。

　昨日、地元の浜倉新聞の社会部宛に分厚い封書が届いた。中には、〈天誅《てんちゅう》　金の亡者である須永キミ子に正義の鉄槌《てっつい》を下さん　平成桃太郎《へいせいももたろう》〉と朱墨で毒々しく書き殴った半紙が一枚と、手書きの証文が三通入っていた。証文のうち一通が弓削勝成名義のもので、その真偽を確かめるために、歳三は再度彼を訪ねることになった。

　弓削は、自分が書いたものだと認めた。昨日のうちに行なった鑑定でも、証文に捺《お》された右親指の指紋は弓削勝成のものであるとの結果が出ている。前科のある彼の指紋は警察に登録されていた。

　したがって、この証文は本物である。須永キミ子宅の金庫に保管されていたものだ。残り二通の証文についても、署名の人物が実在し、確かにその者が書いて拇印を捺したとの確認が取れた。

　犯人はおそらく、たんに犯行声明文を送りつけただけではいたずらと片づけられかねないと、犯行の証《あか》しとして、盗み出した証文を同封したのだろう。

そう、これは事件に便乗した愉快犯の仕業ではない。それは間違いない。

しかし歳三は一点ひっかかりをおぼえていた。

犯行声明文は普通郵便で送られていた。消印によると、集配局は浜倉市の北隣の坂根《さかね》市東局、集配時刻は五月二十八日の十八時から二十四時。

一方、須永キミ子が殺され、家に火が放たれたのはいつなのかというと、五月十四日である。

犯行後二週間も経ってから声明文を？　一般にその手の声明は、事件を起こしてすぐに出されるものである。

とはいえ、同封されていた証文は正真正銘本物なのだから、第三者によるいたずらとは考えられない。

弓削の利子の返済日は毎月十日と決められていたが、五月の返済は十四日に行なったという。四日遅れたことでキミ子との間に諍《いさか》いが生じたのか？　しかし弓削が犯人なら、犯行声明に自分の証文は同封しないだろう。

ではこういう考えはどうだ。犯人はキミ子の顧客ではなく、甥《おい》の藍沢芳紀。自分に嫌疑がかかっていることを察した彼は、警察の目をそらすために犯行声明文を捏造《ねつぞう》した。

フィルターぎりぎりまで喫《す》いきったタバコを空き缶に捨てると、手をよく洗い、うがいをし、ミントの粒を二つ三つ口に放り込み、両手で口と鼻を覆って息を吐き出し、臭いがしないことを確認してから、歳三は男子トイレを出た。俺は高校生かよと、思わず苦笑が漏れる。

6

コンクリートでできたトイレの建物の後方には、段ボールの小屋やビニールシートの天幕が並んでいる。ホームレス狩りがあってからは、身の危険を感じたからだろう、目に見えて数が減った。

空は青く澄みわたり、ところどころに羊のようなもこもこした雲が浮かんでいる。子供の絵そのままの青空だ。これからはじまる長い梅雨を前に、神様が贈ってくれたのかもしれない。

陽気に誘われて、善隣公園は大勢の人でにぎわっていた。ここのフリーマーケットは市民でなくても出店できるため、それを生業《なりわい》としている骨董《こっとう》屋や古着屋も店を出し、掘り出し物を求めて市外県外からも人が集まってくる。

歳三は口の中にミントを追加してフリーマーケット会場の方に戻っていった。

未解決事件は山積み、経理に出すべき伝票も束になっている。犯行声明文などという厄介な代物まで舞い込んできて、世間の目も浜倉中央署に集まっている。しかし、といっていちいち休みを返上していたのでは、とてもじゃないが体が持たない。

ひとみは、青葉を繁らせた桜の木の下で、同年代の女の子二人と話をしていた。その様子を写メしたのち、歳三が間近まで寄っていくと、女の子の一人が小声で、「お父さん？」とひとみに尋ねた。

「うん」

ひとみはためらうことなく肯定し、

「こんにちは」

歳三もしれっと笑顔を振りまいた。兄に代わって食事や買物に連れていくと、二人は決まって親子に見られる。それをいちいち訂正するのもめんどうになっていた。

「ストリート系かぁ。イケてるぅ。たいてい、ポロシャツ着てるポンポコリンだよね」

「うちは休みでもワイシャツ。チェックやボーダーだったらカジュアルだと思い込んでる。でもって裾《すそ》をスラックスの中に入れちゃって、ベルトをぎゅっと絞って、ぎゃーっ、はずい！」

二人の少女はそんなことを言い合ったのち、じゃあまたねと手を振って去っていった。

「ストリート系だって」

イヒヒとひとみに指さされ、歳三も笑うしかない。たしかに今日のジーパンは、膝《ひざ》が破れ、裾がほつれているが、穿《は》き古してそうなっただけである。だぶだぶのTシャツもサイズを間違って買ったにすぎず、肩口まで伸びた髪も口元をうっすら覆っている髭《ひげ》も無精の産物だ。

「まーた嘘ついちゃったね」

ひとみはぺろりと舌を出して肩をすくめる。

「ついちゃったな」

「いっつもいっつも嘘ついてて、警察に捕まらない？」

「捕まらないよ」

「ホントに平気？」

「ひとみのお父さんのふりをして保護者面談に出るのはまずいだろうけどな。さらに、お父さんの定期券を使って電車に乗ったり、お父さんの保険証で医者にかかったりしたら犯罪だ。なに、今の、学校の友達？」

「ううん。ダンス教室の」

ひとみはその場で軽くステップを踏む。家を出る時にはフードつきのパーカを着ていたのだが、暑くなったのか、今は腰に巻いてTシャツ一枚である。

「子供だけだったけど、家はこの近く？」

「うん」

「するとあの子たちは二小か」

「ピンポーン！　さすがですね、舞田刑事」

ひとみが親指を立て、歳三はピースサインで応じる。管轄地区なので、知っていて当然である。

「で、クラスのお友達のお店はもういいのか？」

「うん。義理ははたした」

どこで憶《おぼ》えたのか、ひとみはそんな台詞《せりふ》を吐く。

「何か買った？」

「これ」

小さなぬいぐるみのついたキーホルダーを顔の前で振る。

「何のキャラ？」

「知らなーい」

「いくら？」

「五十円」

「もっと何かなかったわけ？」

犬にも熊にも見えるそれは、薄汚れていて、目鼻立ちにもかわいらしさはない。

「いいの、つきあいで買っただけだから」

「つきあいって……」

「フリマに来てねと言われたのに行かなかったら、この子は敵対していると思われるし、行ったのに何も買わなかったら、冷やかしだと恨みを買う。森川《もりかわ》さんは五の一〝四天王〟の一人だから、そのへんはきちんとやっておかないと、あとあとめんどうなことになる」

「おいおい」

「友達づきあいって疲れるよねー」

ひとみは四十過ぎのおばさんのように溜《た》め息をつき、ぬいぐるみをポケットに押し込む。

「昼にするか」

歳三は公園の入口の方に目をやる。そちらに焼きそばやホットドッグの屋台が出ている。

「だめだよ、ジャンクなものは。ただでさえ独り暮らしで栄養がかたよってるのに。顔色悪いよ」

「これは生まれつき。苦情は亡くなったおばあちゃんに言ってくれ。で、何食べるんだよ。スパゲティ？　カレー？　何でもいいぞ。ハンバーグ？　寿司《すし》？　ただし回転ね」

「外食なんてもったいない」

ひとみは振り向き、その場で軽く飛び跳ねる。ピンクとブルーのディパックが上下に揺れる。

「え？　何？　弁当持ってきたの？」

「弁当なんて持ってきていません。ランチボックス」

「用意いいなあ」

「少ないお給料使わせちゃ悪いから」

「はいはい」

歳三は苦笑して周囲に目をやる。近場のベンチはみな塞《ふさ》がっている。

と、横でばさばさと音がした。ひとみがレジャーシートを広げていた。

「用意よすぎ」

「遠足の時と一緒だよ」

ランチボックスの中身は、大きさが不揃いのおむすびと、昨晩の残り物らしき鶏《とり》の唐揚げだった。

胡麻《ごま》塩《しお》をまぶしたおむすびを一口頬張ったところでひとみが言った。

「髪を二つにしばってた子いたよね」

「どこに？」

「さっきの、ダンス教室の子だよ」

「ああ。ピンクの服？」

「そう。あの子、セーラちゃんっていうんだけど」

「ハーフ？」

「ちがうよー。星と、くさかんむりに門書いて中が東」

星蘭《せいら》？

「セーラちゃん、たまにお金借りてたんだって」

「は？」

「あの子、お金づかいが荒いんだよねー。ヘアゴムとかファスナー・マスコットとか、かわいいと思ったらすぐ買っちゃう。欲しいものは欲しくなった時に手に入れないと気がすまない。あの子んち、うちと反対で、お父さんがいないんだよね。ダンス教室に通わせるだけでもお母さんは大変なんだから、ほかのことはがまんしないと。自覚がないよ」

「そういうことを言うもんじゃないよ。それで、ひとみがお金を貸していたのか？」

「ちがうよー、おばあさんだよー」

「おばあちゃんに小遣いをせびっているわけ？」

「ちがうよー」

ひとみは割り箸《ばし》をブンブン振り回す。歳三は箸先の唐揚げをさっとぶんどって、

「もっとわかりやすく話せよ」

「話してるよー」

「筋道立てて話せってこと。そんなんじゃ、中学受験の時、面接や作文で失敗するぞ」

「公立に行くもん」

「高校や大学は公立でも受験がある」

「高校も大学も行かないもん。ラーメン屋さんになるんだもん」

「わかったわかった。それで、星蘭ちゃんがどうした？　おばあちゃんにお小遣いをせびってるの？」

　大人げなく応じてしまったことを反省し、歳三は話を戻した。

「だからちがうって。死んだおばあちゃんだよ」

「星蘭ちゃんのおばあさん、亡くなったんだ」

「ちがうちがう。こないだ火事で死んだ」

「火事？」

「もー、トシちゃんが調べてるじゃん、おばあちゃんちが焼けたの」

「新田町の放火事件？」

「そうだよ」

「あのとき焼け死んだおばあさん？」

「そう」

「が、星蘭ちゃんのおばあさんなの？」

　歳三は驚いた。しかしすぐに、須永キミ子に孫はいないと思い直した。子供もいなかったのだ。

「じゃなくって、あのおばあさんにお金を借りてたんだって」

「星蘭ちゃんが？」

「さっきからそう言ってるじゃん」

「え？　何？　須永さん、子供にも金を貸し付けてたわけ？」

歳三は目を剝《む》いた。

「小学生は千円まで。利子は十日で百円。ちゃんと返さないと、お父さんお母さんに言いつけられちゃうんだよ。先生にも」

「嘘だろう……」

「どうしてウソつかなきゃならないんだよー。ほかの二小の子も借りてたって、セーラちゃん言ってたもん。あと、おばあちゃん死んじゃって、返さなくてよくなってラッキーって」

歳三はあぜんとして言葉を失った。

しばらくして、これは厄介なことになったと気が重くなった。

須永キミ子は小学生にも金を貸していた。それが事実だとすると、当然、中学生、高校生にも貸していただろう。

小学生であれば、借金返済に困ったとしても、貸し主を殺して踏み倒してしまえ、とはならないだろう。しかし、中学生、高校生ともなるとどうか。

親のことも考えなければならない。

わが子がそういうところから金を借りていたと知った時、貸した大人の責任を問おうとしないだろうか。

子供に金を貸すのはやめてくれと言いに行く、しかし相手は聞く耳を持たない、逆に、満足のいく小遣いを与えられないおまえが悪い、この甲斐性《かいしょう》なしがと罵詈雑言《ばりぞうごん》を浴びせかけられる――。

あるいは、こういう悪い大人は子供に悪影響を与えるから社会から抹消してしまえ、という短絡思考で殺してしまうこともあるだろう。そういう時代である。

7

それから数日後の夕方、外回りを切りあげた歳三が浜倉中央署に戻ってみると、三階の刑事課の彼の机に人がいた。天板に尻《しり》を置いて脚を組み、タバコをふかすという傍若無人ぶりである。

「お帰りなさいませ、ご主人様」

深浦《ふかうら》はくわえタバコで机を降りると、科《しな》をつくるように首をかしげた。

「ゲイバーに転職か？」

歳三は露骨に顔をしかめた。

「ご存じないのですか、ご主人様。最近のはやりでございますよ」

「やめろ、気色悪い」

歳三は深浦を押しのけ、自分のデスクの椅子に坐《すわ》る。

「ご主人様にご用がございまして、こうしてお帰りをお待ちしておりました」

「だからやめろって」

歳三は上半身を折り、ズボンの裾《すそ》をたくしあげた。靴下までぐっしょり濡《ぬ》れている。靴を脱いでひっくり返すと、濁った水が流れ落ちた。昨日、とうとう梅雨入りした。足を使った捜査にはつらい季節である。

「用があるのは本当だ」

深浦の声が素に戻った。

「麻雀《マージャン》？　あいにくこっちはそれほど暇じゃない」

歳三は百円ショップの袋を開け、新しい靴下に履き替える。

「俺も暇じゃないよ。昨日の今日だ」

「おお、そうだよ。こんなところで油売ってる場合じゃないだろう」

昨晩、浜倉市一の歓楽街本町《ほんちょう》で、不法薬物の一斉取り締まりが行なわれた。五十人以上が逮捕され、現在、当署の留置場は定員オーバーである。

深浦は歳三とは警察学校の同期で、奉職以来ずっと暴力団犯罪を担当している。鉢の大きな頭に薄い眉《まゆ》、一重瞼《まぶた》に短い睫《まつげ》、胡坐《あぐら》をかいた鼻に厚い唇、濃い髭《ひげ》に割れた顎《あご》と、絵に描いたような強面《こわもて》なので、この部署にいることは適材適所といえた。市民相談窓口や交番には、あまりいてほしくない。

「用というのは、その件にからんでだ」

「調書を取るのを手伝え？」

「土方、おまえ、新田町の放火殺人を担当していたよな？」

「ああ」

「容疑者は？」

「いや、まだ」

「事件にからんでいるかもしれない人物が出てきた」

「え？」

「人物というか、組織。被害者に脅しをかけていた」

「どういうことだ？」

歳三は上体を起こして深浦に向き直る。

「昨晩捕まえた者の中にK組の若いのがいた」

K組は浜倉市に古くからある地回りのやくざである。

「柏木《かしわぎ》というちんぴらで、うちのブタ箱の常連だ。顔見知りだもんで、取り調べもそこそこに雑談していたところ、あの野郎、この間殺された婆さんのことをぽろっと口にしやがった。彼女を脅していたんだと」

「ネタは？」

「断わりなしに金貸しをやっているから」

「ああ」

「あの婆さん、ひたすら地味に商売やってたんだって？」

「広告宣伝の類《たぐ》いはいっさい行なっていなかった」

「だからＫ組も長い間見逃していたのだが、今年に入って、彼女が金貸しをやっていると知った。それで、うちに黙って商売するとは何事かということになった。Ｋ組も闇金をやっているから、商売敵でもある」

「組として示しをつける必要があるな」

「で、須永さんのところに押しかけていったのだが、婆さんもやるもので、耳が遠いふりをするなどして、のらりくらりとかわす。Ｋ組も最初は、年寄りだからと甘く接していたのだが、のらりくらりで梅が咲き桜も散り、そろそろ本気で締めようという話になっていた」

「だから殺した」

歳三は腕組みをして唸《うな》った。

「柏木は、殺人と放火は否定した」

「そいつがやってないだけで、ほかの鉄砲玉がやったんだろう」

「その可能性は否定できないな」

「俺にも取り調べさせろよ」

「だからこうして話を持ってきた。べつに土方でなくてもよかったんだが、同期のよしみで手柄を立てさせてやろうと思ってね」

深浦は目を細め、欠けた前歯をこぼす。ブルドッグがくしゃみをしたようなそれが彼の一番の笑顔だと歳三にはわかっているが、知らない人が見れば、新たな恐怖を感じることだろう。

「何号取調室？」

歳三は机の下からサンダルを引き出して足を入れる。

「今は房に戻してある。出してくるから、部屋が決まったら連絡する」

深浦は肩をそびやかして部屋を出ていく。これも、べつに怒っているのでも威嚇しているのでもなく、柔道を続けているうちにそうなってしまったらしい。

歳三は上着のポケットからタバコを出した。中まで湿っていて、無理やり火を点《つ》けると、いがらっぽい味がした。

須永キミ子は暴力団から目をつけられていた。全身メッタ刺しにしたあげく、ガソリンを撒《ま》いて火を放つという残忍な手口は、暴力団が関与していると考えれば納得がいく。

――ちがーう！

突然、声がした。

ひとみの声だ。頭の中でそう聞こえた気がした。

タバコのことを負い目に思っているせいなのだろう、最近喫煙時によく彼女の声が聞こえたり面影がよぎったりする。

――くさーい、くさーい。タバコ、きらーい
――だからひとみがいなかったから……

――トシちゃんが帰ったあとも、ニオイがずーっと残るんだよね

歳三は苦笑しながらタバコを消した。

そして妙な気分にとらわれた。

どう妙なのかというと、二十年前から知っているはずのタレントの名前をど忘れしてしまい、いくら思い出そうとしてもイニシャルすら出てこない時のような気持ちの悪さだ。

芳香剤、空の金庫、ガソリン、歯形、暴力団――頭の中に捜査情報の断片が浮かんでは消える。

そうかと思うと、非番の時のことを思い出す。

――いっつもいっつも嘘ついてて、警察に捕まらない？

――捕まらないよ

――ホントに平気？

――ひとみのお父さんのふりをして保護者面談に出るのはまずいだろうけどな。さらに、お父さんの定期券を使って電車に乗ったり、お父さんの保険証で医者にかかったりしたら犯罪だ

記憶の再生がおかしくなっている。こめかみを二、三発はたき、歳三は現実に戻ろうとする。

現実とは何だ。

自分は今、浜倉中央署にいる。三階の刑事課の自分の机に着いている。さっきまで深浦がいたが、今その姿はない。彼は留置場に行った。K組のちんぴらを取調室に連れていくために。その取り調べには自分も同席する。なぜなら自分の担当する事件と関係している可能性が大きいからだ。金貸しの女が放火殺人に遭った。彼女はK組に脅されていた。暴力団に脅されていた女が殺された。殺されたあと火を放たれた。女は消された。この世にはもういない。

――ちがーう！

ひとみの声が聞こえた。

歳三はハッと顔をあげる。

「違う。逆なんだ……」

8

「表札は出ていない。不動産屋によると、入居者は女性一人、名前は藤村《ふじむら》弘子《ひろこ》。『藤村さん、お荷物です』と、宅配便を装ってドアをノックしてみる。返事はない。いったん撤退し、車の中で待機すること八時間、はたして二〇三号室のドアが開いた。夜の十一時だ。彼女は階段を降り、バス通りの方に足を向けた。おそらくコンビニに行こうとしたのだろう。人間、腹が減るからね。しかし残念なことに彼女は、特選おふくろ風おむすびも富良野《ふらの》ふわふわメロンパンも食べることはかなわなかった。俺は路地の角で彼女の前に躍り出た。警察手帳を突きつけて声をかけた。『須永キミ子だね？』

「おみやげは？」

身振り手振りで盛りあがっているところをさえぎられ、歳三はムッとひとみを睨《にら》みつけた。

「今まさに、みやげ話をしてるだろう」

「あのねー、おみやげというのは、東京のケーキとか、東京のプリンとか、東京のクッキーとか、東京のワッフルとか、そういうの。あと、東京限定のキティちゃんとか」

「買う時間がなかったんだ。ごめん」

「あーあ。トシちゃんにとってあたしは、しょせんその程度の女なのよね」

「おいおい」

「いいかげんにしなさい。おじさんは仕事で東京に行ったんだぞ」

理一が言う。

「しょうがない、許してやるか」

ひとみは頭の後ろで手を組んで天を仰ぐ。

「なんだ、その言葉づかいは」

「叔父様の事情を理解しました」

ひとみは言い直して頬を膨らます。

「ほら、もうこんな時間。お風呂に入りなさい」

父が娘の背中を叩《たた》く。

「またそれかー」

「もう十分遊んだだろう」

「練習にもならなかったけどね」

「たまにはおじさんに一本取らせてあげなさい」

「甘やかすのは本人のためにならないかと」

「じゃあ今度会う時は、伝説のゲーマー・トシ舞田モードで」

かたわらのコントローラーを取りあげ、歳三はニヤリと笑う。その寒い冗談は完全に無視され、ひとみは、

「またのー」

と大儀そうに手を挙げると、幽霊のように猫背になり、両腕をだらんと垂らして、千鳥足の酔っぱらいのようなジグザグ歩きで居間を出ていった。

「さて、大人の時間かな」

理一がキッチンからビールを持ってくる。

「はい、乾杯」

歳三はタンブラーを挙げる。

「お疲れさま」

「うん、疲れた。結局〇泊二日だったもんな」

「でも成果があがったからよかった」

「まあ、いちおう」

「何だよ、歯切れが悪い」

「連続ホームレス狩りと景品交換所強盗が行き詰まっていて、気が重いよ」

「おいおい、それはそれだろう。一つ事件が片づいたんだ。こっちを素直に喜べよ」

「うーん、そう言われてもねえ……、いや、今日のところは喜びましょう。じゃああらためまして」

　歳三は無理やり気持ちを切り替え、もう一度タンブラーを挙げる。


　須永キミ子は死んでいなかった。東京でひっそりと生きていた。死んでいたのは藤村弘子だ。善隣公園で暮らしていた初老の女性である。Ｋ組に殺されたのではない。須永キミ子が殺した。彼女はそして自宅に火を放った。

　須永キミ子は年初より暴力団に脅されていた。脅しが重なるにつれ、生命の危機を感じるようになった。そこでＫ組の前から逃げようと考えた。しかし相手が相手だけに、ただ逃げても、どこまでも追ってこられると不安に思った。

　だから自分を殺すことにした。須永キミ子の存在をこの世から消してしまえば、Ｋ組ももう追ってはこない。といって本当に自分が死んだのでは意味がない。死んだふりだ。

別人の死体を自分と思わせ、自分は他人の顔で新しい人生を送る。

では誰を身代わりとするか。ホームレスはどうだろう。どうせ社会的な存在価値などないに等しいのだし、家族や親戚《しんせき》も捨てているのだから、死んで悲しむ人間もいない。身勝手な論理である。

そして善隣公園で生活していた同性同年配のホームレス、藤村弘子に白羽の矢を立てた。折しも市内の公園でホームレス狩りが相次いでいた。安全な住まいを提供してやると声をかけると、二つ返事でついてきたという。それで突然公園から姿を消すことになっても、仲間のホームレスは、怖いから移住したのだろうくらいにしか思わなかった。穿《うが》った見方をすれば、弘子の連れ去りを容易にするために、キミ子がその手でホームレス狩りをやったとも考えられるが、その真偽についてはまだ調べがついていない。藤村弘子を自宅に連れてきた須永キミ子は、すぐには彼女を殺さず、自分の保険証を貸し与え、須永キミ子として歯の治療を受けさせた。自宅に弘子を置いている間、彼女と彼女が持ち込んだ荷物が臭うので、芳香剤をたっぷり撒《ま》いた。

顔や体つきもある程度似た人間を選んだとはいえ、ただ殺しただけでは、その死体を須永キミ子と思わせることはできない。同性同年配であるが、顔がまるで違う。だから死体にガソリンをかけて焼くことにした。すると指紋やDNAの鑑定が困難になるので、警察は個人を特定するために歯医者をあたるだろうとキミ子は考えた。白骨死体や焼死体の身元確認に、歯科医に残された歯形が使われると、テレビの推理ドラマを通じて知識を得ていた。この身代わりトリックを成立させるため、藤村弘子を須永キミ子として歯医者にかからせておいた。警察に伝えられることを期待して、歯の治療に通っていると顧客に漏らしておいた。これで、死体の歯形が歯科医に残された記録と照合された時、この死者は須永キミ子であると判定される。

そしていよいよ五月十四日に殺害、火を放ち、金庫の中身を持って浜倉から姿を消した。事前に家を売却したのも、逃亡を前提としてのことだった。

死んだのはキミ子ではないと勘づいた歳三は、彼女が逃げるならかなりの確率で東京だと思った。出身地で土地鑑があるからだ。そこで警視庁に協力を求め、最近部屋を借りた初老の女性を徹底的に洗ってもらった。

新聞社に犯行声明を送ったのは、追われる恐怖からである。東京に逃げたはいいが、地方の小事件の続報はなく、捜査の経過が伝わってこない。死体の身元が疑われていないかと不安に襲われる。そこで須永キミ子が殺されたことを強調するため、債務者による天誅《てんちゅう》というストーリーを押しつけることにした。

「ひとみ、似顔絵スタンプを作るおもちゃを欲しがってたよな」

歳三はふと思い出してつぶやいた。

「ああ、なんか言ってたな」

「その言い方だと、まだ買ってやってないな」

「買うつもりはないよ」

「俺が買ってやる」

「いいよ。一週間で飽きて、じゃまになるだけだから」

「いや、時として人生には無駄が必要だ。ゴミの中に花が咲くこともある」

「酔っぱらってるのか？」

理一が軽く噴き出した。

「ひとみにお礼がしたいんだ」

「東京みやげを忘れたから？」

「それはお詫《わ》びだろう。じゃなくて、お礼」

「お礼？　何の？」

「うん、ちょっと」

歳三は言葉を濁し、手酌でビールを注ぎ足した。

寮と署を往復しているだけで、はたしてこの事件を解き明かせただろうか。前だけ見ていたのでは、横や後ろの風景は目に入ってこない。空や海に境目がないように、隣の町で聞こえた銃声も、テレビに映る青空の下の難民も、人知れずミイラ化していく独居老人も、食卓を囲む家族の笑顔も、みんなどこかでつながっているのだ。

頭上でドアが開く音がして、続いて軽やかな足音が響く。ひとみが階段を降りてくる。

その小さな足音に向かって、歳三は小さく乾杯をした。

金、銀、ダイヤモンド、ザックザク

1

「隣の家の明かりは消えている。向かいの家の窓も、一階も二階も真っ暗だ。靄《もや》った空気に街灯が白くにじむ、まさに草木も眠る丑三《うしみ》つ時、町はひっそり静まりかえって――、いやいや、耳をすますと、なにやら音が聞こえるぞ。ザクッ、ザクッ、ザクッ。闇の奥から音がする。哀れにも骨だけになった家を覆うビニールシートの中から、土を掻《か》くような音が漏れ出てくる。ザクッ、ザクッ、ザクッ」

歳三《としみ》はそこで思わせぶりに言葉を切った。ついでに意味ありげに舌先で唇を舐《な》めた。

「それ、遊び人の甥《おい》っ子だろう？　まだ未練がましく宝探ししてるのか」

理一《まさかず》があきれたように首を振った。

理一と歳三はリビングのソファーに並んでビールを飲んでいる。向こうのダイニングテーブルでは、こちらの話にはまるで関心のない様子で、ひとみが脚をぶらぶらさせながら本を読んでいる。

「そうじゃないんだな。悪ガキどもさ」

「夜中に？　何をしに？」

「宝探し」

「宝って、金目のものは残ってないんだろう？」

「ないよ。黒こげの一円玉も、水をかぶった株券も見つからないはずだ。でも――」

先月全焼した須永キミ子の家のことである。彼女は自宅に火を放つ前に金庫の中身をすっかり持ち出しており、警察や消防の現場検証において、現金、有価証券、貴金属、宝石等、資産価値のあるものは何一つ発見されなかった。

ところが事件が解決した今も、まだ何か残っているに違いないと、一部でまことしやかにささやかれている。

五十キロの翡翠《ひすい》の原石を泥で汚して庭石に見せかけていた。

台所の床下収納庫からはトンネルが延び、農協の金庫室とつながっている。

関ヶ原《せきがはら》から落ち延びた石田《いしだ》方の武将が天正大判を埋めた土地らしい。

「とくに中高生の間で、そういうトンデモ話がささやかれているらしい」

「都市伝説か」

「そこに住んでいたのが高利貸しの婆さんだったということも、想像をかき立てているのだろうね」

「で、夜な夜な宝探しにやってきているのか」

「それをどうにかしてくれと、管理している不動産屋が泣きついてきた」

「最近の中高生は怖いからね。下手に注意すると、何をされるかわからない。手加減を知らないぶんだけ、やくざより危険だ」

　理一は眉《まゆ》をひそめる。

「だからといって、その程度のことで定時パトロールを出せるほど警察も暇じゃない。だいたい、焼け跡をそのまま放置している大倉不動産に問題があるんだよ。そう言ってやったら、解体するのには金がかかる、急には手配できないとかなんとかぬかしやがったけど、ようやくついこのあいだ解体屋を呼んで、整地して、有刺鉄線を張り渡した。それでもその気があれば侵入できるわけだけど、今のところ、そこまでして宝探しをしている物好きはいないようだ」

「これにて一件落着か」

「一件は落着したけど、景品交換所の強殺とホームレス狩りが、いっこうに進展していない」

　歳三は溜《た》め息をつく。

「そんなこと言ってたら、退職するまで心安まらないぞ」

　理一が冗談めかして笑う。歳三は笑い返さず、「まさにそれなんだよ」と兄を指さして、

「一つ事件を解決しても、一つ事件が生まれる。いや、二つも三つも。どれだけ靴をすり減らし、脳味噌《のうみそ》を絞り出したところで、犯罪はなくなりゃしない。平穏な世の中など

幻の中にしか存在しないんだ。この仕事が虚《むな》しくなるよ。無力な自分も腹立たしい」

歳三はタンブラーを鷲摑《わしづか》みにし、ぐっとあおる。いつもと同じビールなのに、今日はやけに苦く感じられる。

「金、銀、ダイヤモンド、ザックザク」

不意にそんな声が響いた。

「真珠に翡翠、ルビーにエメラルド、ザックザク」

ひとみは歌うように繰り返す。

「作詞、作曲、舞田ひとみ？」

歳三は笑いながら尋ねる。

「ジジイのお兄ちゃんが見つけたの」

「ジジイ？」

「五の一の子」

「ああ、クラスメイトの綽名《あだな》か。その子のお兄さんが何？」

「だから見つけたんだって」

「何を？」

「お宝に決まってんじゃん。金、銀、ダイヤモンド、ザックザク。真珠に翡翠、ルビーにエメラルド、ザックザク」

ひとみは本を閉じて椅子を降り、節に合わせてパラパラのように腕を動かした。歳三と理一は顔を見合わせる。ひとみは踊るのをやめて大人たちを睨《にら》みつける。

「だからぁ、宝探ししたんだよ」

「どこで」

「おばあちゃんちに決まってんじゃん。今、その話してたんだし」

「新田町の？」

「だよ」

「焼け跡で？」

「そ」

「宝探しした？」

「んだ」

「で、金、銀、ダイヤモンドを掘り当てた？」

「ザックザク」

「嘘だろう」

「ウソじゃないもん」

ひとみは頬を膨らます。

「ジジイが言ってたのか？」

「そうだって言ってるじゃん」

「お兄ちゃんが新田町の焼け跡で宝を見つけたと」

「しつこいなー、刑事みたい」

「それ、何かの間違いだよ」

「ウソじゃないもん。本当に言ってたんだもん」

ひとみはますます頰を膨らます。

「ジジイがそう話したのは本当でも、話の内容が間違ってる。あのね、あそこの焼け跡は警察が徹底的に調べたの。でも宝物は見つからなかったの。犯人が、火を点《つ》ける前にすっかり持ち出していたの」

「ジジイはウソつくような子じゃないもん」

「だから、お兄ちゃんがジジイに間違ったことを伝えた」

「ジジイのお兄ちゃんもウソつかないもん。イケメンだし」

「嘘というか、ちょっと吹いてみたんだろう」

「吹いた？」

「騙《だま》そうという悪意があってのことではなく、ほんの冗談による作り話をしてみた」

「なんでー」

「ええカッコしぃ、だな」

「わからん」

「みんながお宝を探している。でも誰も見つけることができない。もし一番乗りできたらヒーローだ。だから、見つけてもいない宝物を見つけたことにして、みんなに『すげー』と言わせようとした。テストで三十点だったのに百点取ったと言って回るようなものかな」

「うむー」

　ひとみは納得したような納得していないような顔で、ちょこんと飛び出した顎《あご》をさする。

「ひとみは宝探しに行っちゃだめだぞ」

　理一が父親の声で言った。

「行かないよー。新田町は校区外だもん」

「よろしい。じゃあ――」

「みなまで言うな」

　どこで憶《おぼ》えたのか、ひとみはそんな台詞《せりふ》を吐いて、

「もうこんな時間だ、早くお風呂に入って寝なさい――はいはい、わかってますよー。では、どなたさんもごきげんよう」

　と蟹股《がにまた》で腰を落とし、掌《てのひら》を上に右手をぐっと前に突き出して見得を切ったのち、くるりと身をひるがえしてリビングを出ていった。

「股旅物《またたびもの》がマイブームなのか？」

　歳三が首をかしげると、理一は困ったように溜め息をついた。

2

七月五日の早朝、市内の若松町《わかまつちょう》一丁目で変死体が発見された。

歳三は夜勤明けで、さて寮に帰ろうかと支度をしていたら、県警本部の通信指令室から事件情報が送られてきた。

現場に到着した時、死体はまだ、新聞配達員が発見した時のままだった。死体は屋外にあった。かつて見たことのない奇妙な死に様だった。

それは、コンクリートの電柱の、地上から二メートルほどの位置に漂っていた。腰のあたりにロープがからみつき、そこで体が二つ折りになり、逆Vの字でぶら下がっていた。ロープのもう一方の端は、死体からさらに二メートルほど上の、電柱の足場ボルトの一本に引っかかっていた。

歳三の耳の奥にビリー・ホリデイの「奇妙な果実」が鳴り響いた。電柱を枯れ木に置き換え、烏を何羽か飛ばせば、怪奇映画の一場面である。

電柱の周囲にはブルーのシートが張りめぐらされていた。近隣住民や野次馬の目から死体を隠すためである。どこで騒ぎを聞きつけたのか、まだ朝の六時で雨模様だというのに、すでに二、三十人が集まっていた。電柱のある通りは黄色いテープで封鎖され、その前には黒い雨合羽を着た警官が仁王立ちしていた。

ブルーシートの内と外では鑑識課員が立ち働いていた。顔見知りの一人をつかまえ、歳三は尋ねた。

「どんな感じだ」

「やあ土方君、重役出勤だな。機捜はとっくに聞き込みに散ったぞ」

玉村はカメラのファインダーを覗《のぞ》いたまま応《こた》えた。上背が百五十そこそこで童顔の彼が、キャップを後ろ前にかぶり、四つん這《ば》いでカメラを構えるそのさまは、蟻の観察をしている小学生のようであった。

「アホか。機動捜査隊《あっち》は先乗りするのが仕事だろう。で、どんな感じなんだよ」

「どんなもこんなも、こっちも来たばかり」

「この雨だと足跡は取れないし、ほかにもいろいろ証拠が流されてしまったかもな」

夜来の雨は、峠は越えたようだったが、空は西の彼方《かなた》まで濃い鼠色で、まだやむ気配はない。

「だから特急で仕事してるんだろう。馬鹿者、そこは踏むな。じゃま、じゃま」

玉村は四つん這いのまま、犬のように片足を挙げて左右に振る。

そんなやりとりをしているうちに、死体を下ろす作業が始まった。鑑識のルーキー、山口《やまぐち》が梯子《はしご》を昇り、死体をひょいと肩に載せて降りてくる。稲藁《いなわら》の束でもかつぐような軽快さだ。そう見えるのは、山口が県警ラグビー部でフランカーをやっているからだけではなく、死体自体が華奢《きゃしゃ》だったからだ。死者はまだ子供だった。小学校高学年か中学生くらいの男の子に見えた。

死体をかつぐ山口はブルーシートの内側にいる。しかし外にいる捜査員の動きにより、中で何が行なわれているのか野次馬にも伝わったらしい。みな急に無口になり、いっせいにデジカメや携帯電話のレンズを電柱の方に向ける。

電柱のすぐ向こうの家では、二階のベランダから親子三人が身を乗り出している。パジャマ姿の男の子は双眼鏡を持ち、母親は携帯電話で写真を撮ってはメールを打ち、父親はビデオカメラを回している。職場で自慢するつもりなのか、それともテレビ局に売り込もうというのか。

降って湧いた見せ物に目の色を変えているのはこの家庭だけではない。現場周辺は古くからの住宅地で、一戸建てや低層の集合住宅が密集して建っている。その上階の窓からは、まるで優勝パレードの車列を待ちわびているかのように、人の頭がにょきにょき突き出している。上からだとシートの中が覗けるのかもしれない。

死体はブルーシートの中の地面に横たえられた。身長は百五十センチ程度、体重は四十キロあるかないかといったところだ。透明で薄っぺらなレインコートを羽織っていたが、その下のジャージの上下はぐっしょり湿っていた。昨晩の雨は梅雨の終わりが近いことを感じさせる激しいものだった。やや長めの髪の毛も、プールからあがったばかりのように濡《ぬ》れている。

腰に巻きついているのは登山用のザイルだった。直径一センチほどのものが、七、八周していた。ザイルの端には環状の金属が結ばれていた。カラビナだ。これが足場ボルトに引っかかっていたらしい。カラビナは、本来は登山に用いる道具であるが、近年では、鍵《かぎ》束や携帯電話をズボンやバッグに留めるなど、ファッション・アイテムとしての用途も多い。

「いつごろ死んだんだ？」

囲いの中から出てきた玉村に歳三は尋ねた。

「目ぇ、開いてっか？　今、藤代《ふじしろ》先生が視てるだろうが」

藤代先生というのは県警の監察医である。

「頭が腫《は》れているように見えるんだけど」

「後頭部を強打しているね」

「ほかに外傷は？」

「ないみたい」

「所持品は？」

「財布と鍵」

「財布の中は？」

「小銭だけ。身元を示すカード類はなし」

「携帯電話は？」

「見当たらない」

玉村がそう否定した時だった。

「おい、君！」

歳三の背後で怒鳴るような声が響いた。振り返って見ると、一人の少年が黄色いテープを越えてこちらに近づこうとしていた。それを制服の警官が腕を引っ張って阻止している。髪がぼさぼさの、青いパジャマ姿の子だ。寝ぼけているのか、それとも度胸試しのつもりで突破を図ったのだろうか。そういう年ごろの男子ではある。

しかし体格差はいかんともしがたい。警官に両腕ごと後ろから抱え込まれると、少年は体をよじることさえできなくなった。野次馬の興味はブルーシートを離れ、揉《も》み合う二人にカメラを向ける。

歳三は小走りに二人の方に近づいていった。正当な理由があっての行動でも、警察官が市民に手を出すとは何事かと叩《たた》かれるご時世である。

「放して」

と警官の肩を叩き、少年の正面に回って、

「捜査が終わるまで入れないよ。向こうに抜けたかったら、ほかの道を使ってね。それより、そんな恰好《かっこう》で雨に打たれてたら風邪をひくぞ」

とやさしく言って聞かせる。すると彼は唇を震わせて、はっきりと聞き取れないあえぐような声を漏らした。

「何？」

少年は口をぱくぱくさせ、力なく腕を上げる。その腕の先で人さし指が立てられていることに歳三は気づいた。指先が向く方にはブルーのシートに囲われた電柱がある。

「知っている子なのか？」

歳三は驚いて尋ねた。少年は黙って二度うなずいた。

「友達？」

うん、うんと、少年は壊れた人形のようにうなずきを繰り返す。

3

パジャマの少年は波多野《はたの》大洋《たいよう》といい、この近くに住む、浜倉市立富士見中学校の二年生だった。

時ならぬ騒ぎで目を覚ました彼は、自宅の二階ベランダに出て、両親と一緒に事の成り行きを見守っていた。途中からは双眼鏡を持ち出し、はじめて目にする本物の現場検証に興味津々見入っていた。すると何かの拍子にブルーシートに隙間ができ、被害者の顔が真っ正面から飛び込んできた。大洋は声をあげ、双眼鏡を取り落とした。死者の顔はクラスメイトの広重《ひろしげ》和哉《かずや》に酷似していた。事の真偽を確かめようと、着の身着のまま家を飛び出した。

ということらしかった。死体がぶら下がっていた電柱のすぐ向こうが波多野大洋の家だったのだ。

歳三は少年をブルーシートの中に連れていった。両親同伴のうえでだ。そして死者の顔を見てもらったところ、ヒロ、ヒロと、その場に泣き崩れた。広重和哉のことは大洋の母親もよく知っていて、この死体は彼に間違いないと断言した。

歳三は広重和哉の家に回った。彼の家は若松町の五丁目で、一丁目の現場からは徒歩で十分程度のところにあった。

父親はすでに出勤していた。母親に写真を見せながら事実を告げると、彼女は錯乱状態に陥った。

勝手に家捜しをして夫の勤め先に連絡を取り、彼が帰宅すると、彼女もようやく落ち着きを取り戻したが、霊安室での遺体の確認の最中、また錯乱状態に陥ってしまった。どうにか話が聞けるようになったのは午後になってからである。

あの子は家にいたはずだ、自分の部屋で眠っていたはずだと彼女は言った。

和哉を最後に見たのは前夜の十時半、彼が風呂《ふろ》からあがり、洗面所で歯磨きをしているところだという。そのあと彼は二階の自分の部屋にあがっていき、しばらくは椅子がきしむ音がしていたが、やがて電灯を消す音が聞こえた。それが十一時過ぎで、その後は彼の部屋はずっと静かだったという。父親は帰宅が十一時で、息子とは顔を合わせていないが、電灯が消える音は妻と一緒に聞いている。

「友達と会う約束があるようなことは言っていませんでしたか？」

歳三がそう尋ねると母親は、聞いていないと答えた。

「勉強を教わりにいくとか」

夜中に行くはずがない、万が一行くとしたら許しを得るはずだ――。

コンビニやレンタルビデオ店に出かけた可能性も、母親は否定した。これまで夕食後に外出したことは一度もないという。

しかし両親がどれだけ、ありえないを繰り返しても、事実として息子は深夜に家を出ている。それも、彼の意思で。

無理やり連れ出されたのなら、その物音は向かいの部屋で寝ていた両親にも届いたはずである。侵入の痕跡《こんせき》も残ってしかるべきだし、和哉の部屋もまったく乱れていなかった。

何を目的に出かけたのか、誰かと一緒だったのか――和哉の部屋を徹底的に調べれば、それを語る書きつけやメールが発見されるかもしれない。だがそれは日をあらためて、令状を取ってからだ。

歳三が浜倉中央署に戻ると、検死の結果が出ていた。

広重和哉の死因は、頭部打撲による外傷性脳出血。ひらたく言えば、頭を強く打って死んだ。体のほかの部分に外傷はなかった。死亡推定時刻は五日の午前二時三十分前後。兇器《きょうき》は現在特定中。

それから捜査会議が行なわれたのだが、何が報告され自分は何を報告し捜査の方針がどうなったのか、歳三はぼんやりとしか憶《おぼ》えていない。徹夜明けで新しい事件に首を突っ込むことになり、さすがに疲れた。

歳三は寮に戻り、泥のように眠った。夕食は兄貴の家で、食後は姪《めい》とテレビゲーム、と明け方には考えていたのだが、とてもそんな元気はなかった。


翌六日の夕方、歳三は吉川《よしかわ》と一緒に若松町の波多野家を訪問した。

吉川文平《ぶんぺい》は、一年の地域課勤務を経て、この春中央署の刑事課に配属された、法学部出のホープである。いまだに駆け出し気分が抜けず、下っ端の自分には損な仕事ばかり回ってくると嘆いている歳三だったが、ひと回り近く下の後輩が入ってくるとさすがに、自分が中堅のポジションにいることを実感せずにはいられない。

波多野大洋はうちしおれていた。頬は土気色、目の周りはそれより黒く、十四歳という年齢では通常ありえない顔色の悪さだった。昨日来一睡もしていないように見えた。学校は、昨日は午前中で授業は打ち切り、午後は職員会議、今日も午前中は全校集会で、午後は緊急の保護者会が行なわれていた。

しかし、対象がどのような精神状態にあったとしても、ドクターストップでも出ないかぎり、話は聞かなければならない。

「君は広重君と同じクラスだったということだけど、彼とは仲が良かったほう？」

歳三は機械的に切り出した。いちいち感情移入していたのではこちらの身がもたない。

といって、刑事になったことで感情をなくしたわけではない。場面に応じてスイッチを切り替えることをおぼえただけだ。

「親友でした」

大洋はうつむいたまま答えた。確認のための質問であり、予想どおりの答だった。歳三が寮で爆睡していた今日の午前中、吉川は富士見中で聞き込みを行なっていた。広重和哉の担任教師によると、広重和哉と波多野大洋は幼稚園以来の仲で、馬場《ばば》慎吾《しんご》というクラスメイトを加えた三人でいつも遊んでいたという。

「広重君と最後に会ったのは、いつ？」

「前の日です」

「前の日というのは、亡くなった前の日、つまり一昨日」

「はい」

「その日の夜中？」

「夕方です」

「学校で？」

「いいえ。放課後、遊びました」

「何時まで？」

「七時——」

と言葉を切り、大洋は横の女性に目をやった。

「和哉君が帰ったのは七時半です」

大洋の母親が答えた。

「広重君はここに？」

初耳の情報だった。

「そうです。広重君のうちもそろそろお夕飯でしょうと帰しました」

何かを嗅《か》ぎつけたらしく、吉川が身を乗り出した。はい、と大洋が力なくうなずく。

「広重君とはそれきり？」

「広重君と、夜遊ぶ約束をしなかった？」

吉川は尋ねる。いいえ、と大洋。

「今から遊びにいくとか、勉強を教わりにいくとか、夜、電話かメールがなかった？」

大洋はかぶりを振る。

「言っとくが、君がいくら隠しても、電話やメールがあったことは簡単に調べがつくからな」

大洋は激しくかぶりを振る。

「あのう、うちの子が何か……」

母親が不安そうに尋ねた。吉川は彼女の方を向いて、

「夜中に広重君が訪ねてきませんでした？　十一時以降に」

「いいえ」

「訪ねてきたのを、こんな時間に非常識だと、追い返してはいませんか？」

「広重君は来ていません。すみません、これはいったいどういう質問なのですか」

「お宅の敷地のすぐ外で息子さんの友達が死んでいたのですよ。彼は息子さんを訪ねる前後に事件に巻き込まれたと考えるのが自然でしょう」

母親は眉《まゆ》を吊《つ》りあげ、何か言いたげな顔をしたが、眼鏡の奥の冷たい目に萎縮《いしゅく》してしまったのか、唇を開いたり閉じたりしながら顔を伏せた。

「ねえ君」

先を急ぎすぎる吉川を制し、歳三は大洋に向き直った。

「広重君とは夕方まで遊んでいたんだよね」

大洋は怯《おび》えたようにうなずく。

「そのとき彼は、夜に誰かと会うんだとか、どこかに出かけるつもりだとか言ってなかったかい？」

「いいえ」

「この近所に広重君の友達は住んでいる？　同じ回覧板が回ってくるくらいの近所」

「いないと思います」

「彼が夜出かけるとしたらどこにだろうか。誰と一緒だろうか。心当たりはない？」

記憶を探っているのか、大洋はすぐには答えなかった。

「過去に彼から、夜中にどこに遊びにいった、誰と遊んだ、という話を聞かされたことはない？」

　大洋は、はいともいいえとも答えず、首も動かさない。

「あるの？」

　歳三が重ねて尋ねると、

「ありません」

　強く首を振った。

「じゃあ、おとといここで遊んだ時、広重君の様子で何か気になった点はなかったかな。おとといでなくてもいい、最近、変わった様子はなかった？」

「ありません」

　大洋は一度そう答えたが、すぐに、

「家に帰りたくないって」

　と言い直した。

「おととい、そう言ってたの？」

「はい」

「帰りたくない理由も言ってた？」

「なんか、お母さんと喧嘩《けんか》したとか」

「ああ、だからなの、せかしてもゲームをやめようとしなかったのは」

　母親が納得した様子でうなずいた。

「広重君とはゲームで遊んだんだ」

「はい」

「君の部屋で？」

「はい」

「二階？」

「はい」

「ちょっと見せてもらえるかな」

　ぽんと手を打ち、吉川が立ちあがった。

「困ります」

　大洋でなく、母親が応《こた》えた。

「見せてもらうだけです」

　吉川は取り合わず、居間を出ていく。

「物にはいっさい手を触れないから」

　歳三は大洋に声をかけ、二階にあがる。

　大洋の部屋は六畳相当の洋室だった。入って正面の壁際にベッドがあり、その横にテレビやゲーム機が収められた金属製のラックが、北側の窓の下に机と本棚がある。机の上には開いたノートと閉じた教科書が無秩序に積み重ねられ、ベッドの上には通学鞄《かばん》とパジャマが放り出され、カーペットを敷いた床にはマンガやゲームソフトやＤＶＤや雑誌の切り抜きが散乱している。いかにもこの年代の男子にありがちなだらしなさだ。

南に面して掃き出し窓があった。外はベランダになっている。昨日の朝、親子三人このベランダに出て、野次馬になっていたのだ。問題の電柱まではわずか三メートルである。

「もういいですか？」

あとを追ってきた大洋の母が言った。吉川は彼女を無視して、その後ろにつきしたがっていた息子を手招いた。

「おとといの夜中、ここから何かを見なかったか？」

ベランダに出なくても電柱はよく見える。しかし大洋は首を横に振った。

「音はどうだ。争うような音、怒声、悲鳴」

「寝てたから……」

「寝たのは何時？」

「九時半くらいです」

「九時半？　ずいぶん早いな。そのあと一度も起きていない？」

「はい」

「トイレにも行っていない？」

「はい」

「もういいでしょう」

母親がじれて口を挟んだ。

「お母さんはどうです。おとといの夜中、不審な人物を見かけたり物音を聞いたりしていませんか？」

「何も知りません。うちは夜が早いんです。よそのお宅に訊《き》いてください」

母は息子の肩を抱き寄せる。わが子を守ろうとしているというより、自分の不安を預けているように見えた。

「じゃあ最後にもう一つだけ。おととい、広重君は忘れ物をしていかなかったかい？」

歳三は大洋に尋ねた。少年は、雨に濡《ぬ》れた子犬のようにぶるぶる首を振った。

「この部屋の掃除はお母さんが？」

少年はこくりとうなずく。歳三は母親に尋ねる。

「きのうか今日の掃除の際、見慣れないものを見つけませんでしたか？」

「あ、いえ、あんなことがあってバタバタしていたので、きのうから掃除は……」

彼女は言葉《ことば》尻《じり》を濁し、頬に手を当てた。部屋を見せることを拒んだのは、警察の横暴に腹を立てたからではなく、散らかっていて恥ずかしかったからなのか。

「この先、もし何か見つけたら連絡してください。君も、広重君の忘れ物に気づいたら、すぐにお母さんに言うように」

歳三は大洋の髪をくしゃくしゃっとやって部屋を出た。

4

「事故ということになったそうだな」

恒例の食後の乾杯ののち、唇の泡をぬぐいながら理一が言った。

早朝の大騒動から一週間経ったこの日、七時に仕事を切りあげた歳三はまっすぐ寮に帰らず、実家に寄り道していた。

「電柱から吊るされていて、どうして事故なんだ。浜倉新聞には、事故とあっただけで詳しい説明は何もなかった」

「故人に配慮したのだろう」

歳三は小さな声で応えた。

「亡くなった中学生に？　事故なのに、どうして配慮が必要なんだ」

「詳しく書くと、死屍《しし》に鞭《むち》打つことになる」

理一は首をひねる。歳三は小さくうなずき、タンブラーのビールをぐっと飲み干してから、

「死んだあの子は、友達の家へ忍び込もうとしていたんだ」

「夜中に？」

「そう」

「何のために？　盗みか？」

「かもしれないが、そうでないのかもしれない」

「なんだよ、その曖昧《あいまい》さは」

「侵入の目的はわからない」

「わからないのに、どうして忍び込もうとしていたと決めつけられる」

「彼が侵入を図った理由ははっきりしない。しかし彼が侵入を図ったという事実は揺るがない。数々の物証がそう語っている」


　まずは死体を吊《つ》るしていたザイルとカラビナ。両方とも広重和哉自身が買い求めたものだった。彼の勉強机の引き出しの中から、市内のショッピングモールに入っている大型スポーツ用品店のレシートが見つかった。日付は七月二日。そこの店員も和哉のことを憶《おぼ》えていた。

　第二に、カラビナには多くの傷があり、波多野邸二階ベランダの手摺《てす》りには新しい傷がいくつもできていた。

　第三に、和哉の頭部の傷は電柱にぶつけてできたものだった。電柱の、地上二メートル部分にその痕跡《こんせき》が認められた。ザイルで下がっていた死体の頭部があった高さに等しい。

　そして、波多野大洋の部屋の窓鍵《クレセント》から広重和哉の指紋が採取された。南側の掃き出し窓である。

以上から、次のように推察できる。

広重和哉は電柱に登り、波多野邸二階のベランダに向かってザイルを投げた。端にはカラビナが結びつけてある。カラビナをベランダの手摺りに引っかけ、電柱との間にザイルをピンと張り渡し、それをレンジャーのように伝って家屋に侵入するという計画だった。

大洋の部屋の窓鍵は、放課後遊びにいった際に開けておいた。和哉は大洋のことをよく知っている。部屋の片づけができないようながさつな性格なら、就寝前に施錠を確かめることはないと踏んだ。

テレビやマンガをヒントに、そんな侵入方法を思いついたのだろう。しかしイメージと現実はまったくの別物だ。

カラビナは、環《わ》の一部が内側に倒れ、そこにできた隙間から物に引っかけることができる。倒れた部分はバネの力で自動的に閉じる。カラビナをベランダに放り込み、ザイルをたぐって手摺りの棒に接触させ、押しつけ、隙間を作らせ、環の中に滑り込ませ——そんなことを思い描いたのだろうが、絵に描いた餅《もち》にすぎなかった。足場は不安定で雨も降っているのだ。

和哉は失敗を繰り返した。作業の音は折からの雨にかき消されてはいたが、あまり続けてやっていたのでは家人に気づかれると思ったのか、あるいはただ疲れただけなのか、小休止を取った。カラビナは手近な足場ボルトに引っかけ、余分なザイルは胴体に巻きつけた。

　そして足を滑らせ、落下した。カラビナが足場ボルトに引っかかっており、ザイルは胴に巻かれて短くなっていたため、和哉は地面に叩《たた》きつけられることはなかった。その代わり宙づりになり、電柱の側面に後頭部を打ちつけた。

「自損事故ということ」

　歳三は説明を終え、二杯目のビールで喉《のど》を潤した。理一は唸《うな》った。何度も唸ってから言った。

「しかし何のために、そんな泥棒のようなまねを」

「だから、それはわからないんだって。盗みに入ろうとしていたのかもしれないし、別の目的があったのかもしれない。計画書の類《たぐ》いは残されていなかったし、家族や友人にも何も話していなかった」

「侵入の理由が不明なのに、捜査終了なのか？」

「理由が何であれ、侵入は未遂に終わったので、波多野さんの家に被害はなかった。死んだ原因は本人の不注意によるもので、第三者はかかわっていない。これ以上何を捜査しろと？」

「それはそうだが……」

　理一は納得がいかない様子で鼻の頭をこする。歳三は兄のタンブラーにビールを注ぎ足して、

「動機については状況証拠をもとに推理した。最初に考えたのが、忘れ物を取りにきたのではないかということ」

　忘れ物に気づいたのは夜中だった。今すぐ必要なもので、朝まで待てなかった。といって時間が時間だけに、チャイムを押して訪ねるのも電話をするのもためらわれる。そこでこっそり忍び込むことにした。

「そこまでして取り戻さなければならないものがあるか？　人の生き死ににかかわるようなものなら、午前二時だろうが三時だろうが、ドアを叩くだろうし」

「携帯電話は？　若い子は、ケータイを体の一部のように思っている」

「ああ。うちの学生で、キーボードにお茶をこぼしたり、コピーを取り間違ったり、朝からミスを連発している子がいて、具合が悪いのかと尋ねると、家に忘れてきた携帯電話が心配だからと、うつろな表情で帰っていった。心配って、家に置いてあれば盗まれる心配はないじゃないか」

　理一は苦笑する。

「ただし、調べてみたところ、広重和哉は波多野大洋のところにケータイを忘れてはいなかった。彼はそもそもケータイを買い与えられていなかった」

「いいことだ」

「ではほかに、どんな忘れ物が――と考えたのだが、忘れ物説には矛盾があると気づいた。一つは窓鍵の指紋。今日は忘れ物をする予感がするからと、夜中でも取りに行けるよう、あらかじめ鍵《かぎ》を開けておいたというのか。そんなバカな話はない」

「鍵を開けたことに他意はないんじゃないか。暑くなって窓を開けただけなのかもしれない」

「ではもう一つ。ザイルとカラビナは事件の三日前に新しく購入したものだ。これは侵入のために用意したと解釈するのが自然だろう。つまりこの侵入には計画性があり、忘れ物という偶発的な出来事とは関係がない」

「ザイルとカラビナは登山のために買った。それがたまたま役に立った」

「残念ながら、彼に山登りの趣味はなかった。両親はそう言っているし、リュックもシューズも持っていない」

「そうなんだ」

「ということで、忘れ物説は却下。次に考えたのが、家出説。彼は友達に、母親と喧嘩《けんか》していると漏らしていた。帰宅後もひと悶着《もんちゃく》あって家を出た、友達の家を頼ろうにも時間が遅く、勝手に忍び込むことにした」

「なるほど」

「ところがおかしなことに、母親に尋ねたところ、親子喧嘩などしていないと否定された」

「親は軽く注意したつもりでも、子は理不尽に叱られたと感じ、親とは交戦状態にあると一方的に解釈することは、往々にしてある」

「ひとみも？」

歳三が意地悪く突っ込むと、理一は仏頂面から黒縁眼鏡をはずし、シャツの裾《すそ》でごしごしこすった。

「ま、仮にそうだとしても、どうして前々からザイルとカラビナを用意していたのかという問題が出てくる。前々から母親との折り合いが悪く、来たるべきXデーのために用意していたのだろうか。しかし家出を計画していたのなら、用意すべきものはほかにあるだろう。彼は手ぶらだった。財布にも小銭しか入っていなかった。そんな家出があるものか」

「そういえばおまえ」

そこまで言って、理一が噴き出した。眼鏡を手にしたまま、くすくす笑い続ける。

「何だよ、気持ち悪い」

「おまえ、家出のプロだもんな」

「あ？」

「お袋との折り合いが悪くて、しょっちゅう家出してたよな、小学生のころから。たいてい一日で帰ってくるわけだけど、寺の床下なんかに寝泊まりして。今でいうプチ家出だな」

「あ、いや……」

出来のよい長男は手放しで褒められ、奔放な長女はあたたかく見守られ、どうして次男だけがガミガミ叱られるのだと、歳三は納得がいかなかった。長じてもそのわだかまりは消えず、高校を卒業すると、待ってましたとばかりに、自宅から二十分の寮に引越し、その後も母親の存命中は盆と正月くらいしか実家には帰らなかった。

「いつでも家出できるように、ナップザックの中に菓子やラジオやタオルを詰めて、ベッドの下に隠していたよな。たしかに家出を考えていたのなら、そういう準備はしておくだろう」

理一はしつこく言う。

「うん、まあ、そういうことだ」

歳三はつとめて無関心に応《こた》え、ビールをぐっとあおる。理一はさっきの意趣返しをしているのだ。

「へー」

突然、ダイニングテーブルの方から声がした。

「トシちゃんって、そういう子だったんだ、へー」

独りで本を読んでいたひとみが、こちらに顔を向け、目をぱちぱちさせている。

「まあな」

歳三はうろたえ、シャツの胸ポケットに手を持っていく。

「ピーッ！　うちではタバコは禁止！」

指さされ、あわてて手を引っ込める。

「そろそろ——」

　理一が口を開きかけると、ひとみは顔の前に手を立てて、

「みなまで言うな。余は退場するぞよ」

　本を閉じ、椅子からぴょんと飛び降りる。理一はひとつ溜《た》め息をついて歳三に顔を戻す。

「計画性のある侵入ということだと、やはり盗み目的なのか」

「うん。落としどころはそこしかないような——。なあ、どうしたんだ」

「何が？」

「このごろ本を読んでばかりで」

　と歳三は、ひとみが消えていったドアの方に目をやる。

「いいことじゃないか」

「おかしいよ。テレビゲームは？　さわりもしない」

「謹慎中」

「は？」

「ゲームは夏休みになるまで禁止」

「どうして」

「テストを隠していたから」

「三十点？　二十点？」

「八十七点」

「はあ？　八十七点で罰って、厳しすぎだろ」

歳三はわがことのように顔をしかめた。

「点数は関係ない。採点の終わったテストを隠していたのではない。あの子は、テストが実施されることを事前に言わなかった」

「だから何？　事前に言おうが言うまいが、いい点を取ったんだぞ。罰じゃなくて賞を与えなくてどうする」

「結果は二の次、大切なのは姿勢だ。もし八十七点でなく、十点だったらどうなっていた。テストがあると親に伝えておかなかったのをこれさいわいと、十点のテストを闇に葬ったかもしれない」

「ひとみがそんなことをするもんか。それに、故意に隠したのではなく、言い忘れただけだろう」

「だとしても、そういうずるい人間になるきっかけを作ることになる」

「正論だけど、うーん……。兄貴の子供でなくてよかった」

歳三は首をすくめる。理一はキッチンから新しいビールを取ってくる。

「そんなことより、広重君のことだ。警察の結論は、盗みに入ろうとしていた？　波多野君所有のベッカムのサインボールや限定フィギュアに心惹《ひ》かれ、いつか自分のものにしてやるぞと計画を練っていた」

「いや、それがね、波多野君が言うには、自分はレアなグッズは何一つ持っていないし、ほかの所有物についても広重君からとくにうらやましがられたことはない、むしろ向こうの家の方が裕福で、彼はゲームもマンガもたくさん持っていて、こっちがうらやましいくらいだった。だから窃盗目的とするには——」

話の腰を折るように、勢いよくドアが開いた。

「盗むんじゃなくって、あげにいったんだよ」

ひとみだった。何のつもりなのか、畳んだタオルとパジャマを頭の上に載せ、両手を水平にしてバランスを保っている。

「あげる？」

歳三は訊《き》き返す。

「お部屋にこっそり入って、プレゼントを置いてくるの」

「夜中に？」

「サンタクロースだってそうじゃん」

歳三と理一は顔を見合わせた。

「それか、マジックで、ぐりぐり」

「魔法？」

「じゃなくって、落書きすんの」

「そっちのマジックか」

「顔にね、お花とかハートとか髭《ひげ》とか描くの。朝起きたらびっくり」

「うーん」

「それか、夜這《よば》い」

歳三は思わず咳《せ》き込んだ。

「お風呂」

父親に睨《にら》みつけられ、ひとみは頭にタオルとパジャマを載せたまま、回れ右をして出ていく。

「あいつ、わかって口にしてるのか？」

歳三は額に手を当てる。

「わかってないよ」

「あんなふうに、方々であっけらかんと言ってたら、怖いな。意味をわかっているとしても怖いけど」

「言うな」

理一は顔の前に手を立て、逃避するように目を閉じる。

「ひとみの話を聞いてて思ったんだけど、ただのいたずらで忍び込むというのはありうるな。意味のないバカをやりたがる年ごろだ。顔に落書きする、部屋を荒らす、物を置いてくる」

朝起きたら、本棚の本が全部床に撒《ま》き散らされていて、代わりに、見たこともない仏像が棚に鎮座していたら、さぞ肝を潰《つぶ》すことだろう。それを遠目に見てニヤニヤし、隠し撮りしたものを学校で披露してからかう。

「僕は別のことを思った」

　理一が薄く目を開ける。

「何？」

「広重君は波多野君にいじめられていたのではないのか？　その報復のため、深夜に忍び込もうとした。忍び込んだあと何をしようとしていたのかは、考えたくないが」

　理一は小さく首を振り、タンブラーを取りあげる。歳三は言う。

「あるいはその逆で、広重君が波多野君をいじめていた。あの晩も、寝込みを襲ってやろうと画策していた。さっき言ったようないたずらではなく、もっと陰湿で大きなダメージを与えるようなことを」

「そうとも考えられるな」

「いずれの可能性も検討済み。聞き込みも行なった」

「そうなのか」

「しかし、広重和哉がいじめに遭っていた、いじめを行なっていたという話はまったく入ってこなかった」

　二人は親友だった、学校でも放課後も休日も一緒に遊んでいたと、誰もが口を揃えて言った。

「第三者の目には仲良く映っても、その裏では、というのはよくある。暴力で支配されると、相手を拒めず、SOSのサインも出せない」

「まあそうだけど、双方の両親、担任の教師、クラスメイトとひととおり話を聞いて、何も出てこなかった。これ以上手をかけられないよ。最初に戻るけど、本件は自損事故なんだ。物証から、それは絶対だ。たとえ背景にいじめがあったとしても、事故自体に相手は関与していない。そういう問題を警察として調べるわけにはいかない」

理一は不服そうに唸《うな》り、黙りこんでしまった。が、ビールをちびちび舐《な》めるうちに、ふと顔をあげて、

「そう捨ててかかるのは危険じゃないか？　いじめがからんでいたとしたら、事故に見せかけた殺人という線が出てくる」

「ん？」

「波多野大洋は何やら耳ざわりな音で目が覚める。ベッドを出てカーテンの間からそっと覗《のぞ》くと電柱に広重和哉がいて、ベランダに向かってカラビナのついたザイルを投げている。この部屋に侵入し、自分に危害を加えようとしているのだ。そう察した彼は、外に出ていき、広重の足を引っ張った」

「たいした想像力だな。もう少し勘ぐって、波多野君の両親も手を貸したことにする？」

歳三は苦笑いをこぼす。

「笑いごとじゃないだろう。侵入の理由は謎に包まれているんだぞ。端緒さえつかめて

いない。どんな裏があってもおかしくない。ここで捜査を打ち切り、しかしあとになって実は事故でなかったと明るみに出たら、警察は槍玉《やりだま》に挙げられるぞ」

アルコールのせいなのか、理一はむきになっていた。

「そうだな。時間を見つけて、もう少し調べてみるよ」

場を収めるために、歳三は適当に返事をした。しかしまったく気になっていなかったのかといえば、決してそうではなかった。

5

歳三は二週間前から住吉町《すみよしちょう》の高級賃貸マンションを張っていた。

三階の非常階段脇の部屋にアジア系外国人三人が住んでいる。働いている様子がないのに高級外車を乗り回し、女の出入りが絶えず、朝っぱらから寿司《すし》屋の出前が届く。そして彼らの人相風体は、四月に発生したパチンコ景品交換所強盗殺人事件における目撃者証言と一致するものがあった。

広重和哉の死体が発見されたあの朝、歳三が徹夜明けだったのも、このマンションの張り込みを行なっていたからだ。斜《はす》向かいのアパートの一室を署で借り受け、二十四時間態勢で監視を行なっている。向こうが外出すればあとをつける。

歳三は七月十四日も朝からアパートに詰め、夕方に吉川と交代したあと、署に戻る道すがら、広重和哉の家に立ち寄ってみた。検察に送る書類の確認のため、などと適当なことを言って、和哉の母親に話を聞いた。

息子の死を告げられたあの日、彼女は錯乱していた。今はもう、奇声を発したり摑《つか》みかかったりすることはなくなっていたが、髪は乱れ、紅もさしておらず、十日あまりのうちに五年分老けてしまったように見えた。

広重和哉は、おとなしく、気のいい子だったという。先頭に立って何かをはじめることはないが、誘われれば二つ返事でついてくる。家族や友達への聞き込みをまとめてみると、そういう人物像が浮かびあがる。

気がいいということは、いいように使われやすく、ひいてはいじめられる可能性を秘めているともいえる。

しかしこれまでの聞き込みから判断すると、和哉は友達づきあいが苦手というわけでは決してなく、クラスで浮いているようなことはなかった。

波多野大洋の名前は出さず、歳三はあらためて母親に尋ねた。誰かからいじめを受けていたということはないか、今にして思えばという小さな兆候でもいい。

ない、と彼女はきっぱり答えた。怪我をして帰ってくることも、持ち物をなくしてくることもなかったという。学校にも休まず行っていた。

どうしてあの子が、どうしてあの子は――母親はそればかり繰り返した。息子の死を無念に思い、納得がいかず、行き場をなくした心があちこちさまよっているようであった。

広重家を辞去した歳三は、馬場慎吾の家にも足を運んだ。波多野大洋とともに広重和哉がとくに仲良くしていたというクラスメイトである。

梅雨明け宣言はまだだったが、ここ二、三日は朝から晴れあがっている。六時を回り、太陽はすっかり力を失っていたが、アスファルトに溜《た》め込まれた熱が足下から湧きあがってくる。といって雨が降ったら降ったで、この時期は豪雨であることが多い。外回りには一番厄介な季節だ。

訪ねてみると、慎吾は不在だった。バスケットボール部に入っているという。出直すと歳三が言うと、もうすぐ帰ってくるはずだからと居間に通された。

お茶を出され、歳三は放置された。夕食の支度があるのでと、母親は台所に引っ込んで出てこない。小学校高学年くらいの男の子がやってきて、すぐに立ち去り、またやってくる。慎吾の弟なのだろう。この客が何者なのか気になるとみえる。笑いかけると、さっと姿を消す。

所在なく、歳三は部屋を観察する。テレビの前にゲーム機が放置されている。脇に、蓋《ふた》の開いたソフトのパッケージがある。先週発売されたばかりのアクションRPG大作だ。説明書を読んでみたいという誘惑をこらえ、歳三は視線を横にそらす。

サイドボードの上に写真立てが並んでいる。大きいの、小さいの、二つ折り、ハート形のフレームと、二十も三十もひしめきあっている。アメリカの映画の中ではおなじみの光景だが、日本の家庭ではあまりお目にかかったことがない。

と、歳三の目がある写真に釘《くぎ》づけになった。

小学生が五人並んで写っている。前列に二人、後列に三人、全員紅白の帽子をかぶり、ゼッケンのついた体操服を着ている。運動会の時の写真のようだ。

「ひとみ？」

歳三は思わず声に出し、サイドボードに近づいていった。

やはり後列右端で裏ピースをしている女の子はひとみだった。胸のゼッケンに「5—1　舞田」とある。

前列で涅槃仏《ねはんぶつ》のように寝そべってポーズを取っている男子の胸には「馬場」とある。

さっきちょろちょろしていたここの子だ。ひとみとは小学校の同級生なのか。

そう思った次の瞬間、古い記憶、新しい記憶が次々とよみがえり、それらが勝手に触手を伸ばして一つにつながった。

「お母さん。奥さん。馬場さん」

歳三は台所に向かって混乱気味に声をかけた。エプロン姿の女性がレースの暖簾《のれん》を分けながら出てくる。

「この写真、お宅のお子さんですよね？」

写真立てを手に取って示す。

「はい。でもそれは慎吾でなく、由宇《ゆう》——下の子ですが」

「学校でジジイと呼ばれていませんか？」

「え？」

「ジジイという綽名《あだな》ですね？」

「え、ええ。そう呼ぶ子もいるようですけど。由宇が何か？」

馬場↓ババア↓男だからジジイ、なのだ。

母親が首をかしげたその時、玄関の方で音がした。

「慎吾？　ちょっといらっしゃい」

母親は壁の向こうに声をかける。ドアが開き、グレーのズボンに白いシャツの少年が顔を覗かせた。いかにもバスケ部を思わせる、すらりとした筋肉質の体だ。右手の親指と人さし指の付け根に大きな黒子《ほくろ》があり、それが目を引く。

「警察の方。広重君のことで話を聞きたいそうよ」

「二人きりにしてもらえますか」

歳三は母親に言って、

「君の部屋に行こうか」

と馬場慎吾に近づいていき、きょとんとしている彼を廊下に押し出す。

慎吾は弟と一緒の部屋だった。由宇は二段ベッドの上で携帯ゲーム機で遊んでいたが、お兄さんと話があるからと追い出した。出ていく前に確認したところ、クラスの女子にはジジイと呼ばれていると、本人が認めた。

　ドアを閉め、二人きりになると、歳三はいきなり言った。

「新田町の焼け跡に行ったね？」

　暗闇で声をかけられた時のように、慎吾はびくりと身を引いた。

「夜中にこっそり忍び込み、宝探しをした。広重君や波多野君と一緒に。親には内緒で」

　慎吾はぼんやりとうなずいた。警戒しているのと、驚いているのと、わけがわからないのと、いろいろな気持ちが混じっている顔だ。

「そして宝物を見つけたんだね？」

　うなずく。

「見せてもらえるかな」

　慎吾はとまどうように首をかしげた。

「見せて」

　歳三はもう一度、今度は強く言った。

　慎吾は机の引き出しの奥からＤＶＤのプラケースを取り出した。中にはディスクの代わりにティッシュペーパーの包みが入っていた。開くと、金色の光がふんわりと広がった。

　金地金だ。掌《てのひら》にすっぽり収まる小さなものだ。厚みも五ミリほどしかない。しかし手にしてみると、見た目以上の重さに面食らう。本物の金は比重が大きい。表面には９９

9・9と刻印されている。純金ということだ。メーカー名と製造番号の刻印もある。本物に間違いない。

「どこで見つけた？」

「どこって、だから、あそこの焼け跡」

「焼け跡のどのへん？」

「うーん、はっきり憶《おぼ》えてないけど、奥の方の瓦礫《がれき》の山の中から」

「地中に埋まっていたんじゃなくて？」

「いいえ。シャベルとか使ってません」

歳三は顔をしかめた。警察があれだけ引っかき回しても出てこなかったものをこんな子供に見つけ出され、プライドがいたく傷ついた思いだった。

「ほかに見つけたものは？　指輪、焼け焦げた一万円札」

「いいえ。これだけです」

「ジャンケンか籤《くじ》で君が所有することになったの？　それとも二人には見つけたことを黙っていた？」

「いいえ。ちょうど三枚見つかったので、山分けしました」

「すると、波多野君と広重君の家にも同じものがあるわけだね」

「はい」

そうか、なるほどと、独りごちながら歳三はうなずく。

「これを見つけたのは、いつ？」

「この間」

「何月何日？」

そう尋ねると慎吾は、机上のカレンダーを前の月に戻して、

「六月二十一日です」

「そのあと焼け跡に行ったのは、いつといつ？」

「行ってません」

「一度も？」

「はい」

「ずいぶん欲がないな。探せばまだ見つかるかもしれないのに。これ一つ、いくらか知ってるか？」

と歳三は百グラムの金地金をつまみあげる。

「昨日は二十二万五千円でした」

慎吾は即答した。毎日相場をチェックしてニマニマしているのだろう。

「価値を知っているのならなおさら、もう一丁、という気持ちになるんじゃないの？」

すると慎吾は、うーんと一声唸《うな》ってから、

「正直、それは考えました。けど、今度はいつ行こうかと相談していたら、なんか始まっちゃって」

「焼け残った建物が解体され、整地され、バラ線で封鎖された」

「はい」

「今月四日の晩は何をしていた？」

「四日？」

「広重君が亡くなった晩」

「家にいましたけど」

「彼と一緒に宝探しに行ってはいないね？」

「広重と？　いいえ」

「正直に話してね。嘘をつくと、あとあとめんどうなことになるよ」

「どうして嘘をつかなければ――、あ？　もしかして、僕が広重を？」

慎吾は目を剝《む》いて、

「僕はずっと家にいました。ゲームをやっていました。三時過ぎまでやっていました。おかげで朝練に遅刻して、すげー怒られました。ネットゲームです。ログを調べたら、本当にやっていたとわかります」

身を乗り出して訴える。

「何を勘違いしているんだ」

歳三は笑顔でしれっと言った。で、署に戻って裏を取るわけだ。十六年のキャリアが、平気で表と裏を使い分けられる人間を作りあげてしまった。

「質問は以上だ。部活で疲れているところ、悪かったね。ところで君は、火事場泥棒という言葉を知ってるかな」

「え？」

「火事のどさくさにまぎれて盗みを働くこと。君たちの宝探しも一種の火事場泥棒だ。焼けて人が住んでいなかったとはいえ、あの土地にも、この金地金にも、正当な持ち主がいる。そこに勝手に入り込み、勝手に持ち出したら、泥棒だ。無人島での海賊の財宝探しとはわけが違う。それに、これを道端で拾ったのだとしても、黙って持ち帰ってはいけない。現金二十二万五千円が詰まった財布を拾ったとする。君はそれを黙って持ち帰るかい？　警察に届けなかったら、それはネコババだ」

慎吾は口に手を当て、目をきょときょとさせている。

「ということで、これは預かっておく」

歳三は金地金をティッシュにくるみ、ズボンのポケットに入れた。部屋を出ようとすると、慎吾がささやくような声で言った。

「僕、逮捕されるんですか？」

「これは犯罪だ」

歳三は慎吾を正面から見据え、きっぱりと言った。少年の表情が凍りついた。

「が、君はまだ十四歳、社会のルールに暗い子供だ。深い考えなしに遊び半分でやったのだとしたら情状酌量の余地はある。その判断は、今日明日のうちにというものではない。それまで、自分がやったことの是非を考えてみることだな。今日はお母さんには何も言わずに帰る」

　少年は大きな体を縮こまらせ、唇を噛み、膝頭《ひざがしら》をぎゅっと握りしめている。

　波多野家は夕食中だった。歳三は外で待つことにし、タバコを喫《す》いながら頭の整理を図った。

　宝を掘り当てた。同行者と山分けした。時間が経ち、独り占めしたいという欲望が頭をもたげだした。なにしろわずか百グラムで二十万円超の代物だ。黒い気持ちが芽生えてもおかしくはない。では誰が欲望に取り憑《つ》かれた？

　素直に考えれば広重和哉。まず波多野大洋の金地金を狙い、四日の深夜に盗みに入ろうとした。侵入時の音を消すために、わざわざ雨の日を選んで決行した。しかし雨は音を消してくれたのと引き替えに、彼の足を滑らせてしまった。

　だが、こう考えることもできる。広重和哉と馬場慎吾は共謀して波多野大洋の金地金を奪おうと図った。アクロバティックな侵入には体が小さいほうが有利なので、和哉が実行役となり、慎吾は通りを見張っていた。ところが和哉は滑落、電柱に頭を打ちつけてしまう。すぐに病院に運べば助かったのだろうが、恐怖とパニックから、慎吾は和哉を見捨てて逃げ帰った。

　いずれにしても侵入の目的はお宝である。これまで謎に包まれていた事柄がようやくあぶり出された。

歳三がタバコを一本も喫い終わらないうちに大洋が出てきた。何かを感じたのかもしれない。

大洋とは二階で二人きりで話した。彼の部屋は今日も取り散らかっていた。

「以前、君にこう尋ねた。『広重君が夜出かけるとしたらどこにだろうか。誰と一緒だろうか』」

歳三はそう切り出した。

『彼から、夜中にどこに遊びにいった、誰と遊んだ、という話を聞かされたことはない？』とも尋ねた。そのとき君は、すぐには答えなかった。私はそれを、必死に思い出そうとしているのだと解釈した。しかし実際には、心当たりはあるけれど、それを言うと自分に災いが降りかかるのではないかと、君は迷っていたのだ。そして黙っていることにした」

大洋は身を強張《こわば》らせている。

「彼が夜中に出かけるとしたら、新田町の焼け跡だ。君はそれを知っていた。当然だ。君も一緒に行っていたのだから」

大洋は固まっている。膝の上に置いた手が小刻みに震えている。

「馬場君と三人で、夜中にこっそり忍び込み、宝探しをした。そうだね？」

歳三は大洋に自白を迫り、そしてお宝を出させた。大洋はそれを靴下の中に入れ、衣装ケースの中に隠していた。慎吾が持っていた金地金と同じく百グラムで、同じメーカーの刻印があり、製造番号は一番違いだった。

「どこで見つけた？」

「奥の瓦《が》礫《れき》の下だって、広重君は言ってました」

「ほかに見つけたものは？　金貨、指輪、紙幣、株券」

「いいえ」

「これはジャンケンか籤《くじ》で君が所有することになったの？」

「いいえ。ちょうど三枚見つかったので、山分けしました」

「すると、馬場君、広重君の家にも同じものがあるわけだね」

「はい」

「これを見つけたのはいつ？」

「ひと月くらい前です」

「何月何日？」

馬場慎吾にしたのと同じ質問をするのは、矛盾がないか確かめるためである。

「六月二十一日です」

大洋は生徒手帳を開いてから答えた。

「今月四日の夕方、広重君が遊びにきた」

「はい」

「その時、彼の様子でおかしな点はなかった？」

「家に帰りたくないと言っていました」

「それ以外に」

大洋は首をかしげた。歳三は金地金を指さして、

「このことを話題にしなかった？　見せてとか、どこに置いてあるのとか言われなかった？」

大洋はしばらく頭に手を置いて、

「そういう話をしたような気もします」

「それで君は彼の要求に応《こた》えた？」

「よく憶《おぼ》えてないけど、訊《き》かれたなら、答えたと思います」

遊んでいる間に盗めれば、それに越したことはなかった。しかし、母親と喧嘩《けんか》しているから帰りたくないなどと適当なことを言って長居したものの、チャンスは訪れなかった。そこで次善の策として、深夜忍び込むことにしたのだ。

「これは預かっておく」

歳三は金地金を自分のハンカチにくるんでポケットに突っ込んだ。椅子から腰をあげると、大洋もさっと立ちあがり、

「お父さんやお母さんには……」

と、すがるような目でつぶやいた。

「君から話したほうがいいんじゃないの」

歳三はそっけなく言って少年に背を向けた。

歳三は署に戻り、二人が持っていた金地金を鑑識に回した。同時に、刻印されていたメーカーに製造番号を照会した。

鑑識の結果が先に出た。純度９９・９９パーセントの金に間違いなかった。

業務が終了していたため、メーカーからの回答は翌日になった。製造番号は登録されているもので、正規の商品に間違いないということだった。すでに化学検査により純金であることが確かめられているので、当然の答だった。だが、回答書にあったもう一つの記述に、歳三は己が目を疑った。

金地金の登録者は、全焼したあの家に住んでいた須永キミ子ではなかった。広重和夫《かずお》となっていたのである。

6

「自作自演だったということか」

理一は白髪混じりの長髪に両手を差し入れ、天井に顔を向けた。

「そう。お宝は広重和哉が単独で見つけているんだ。発見した瞬間を二人は見ていない。

ふりなんていくらでもできるじゃないか」

奥の瓦礫の下だって、広重君は言ってました――波多野大洋はそう言っていた。確認すると、金地金は和哉が見つけたということだった。馬場慎吾もそう憶えていた。

「自宅から持ち出した金地金を瓦礫の中に仕込み、それを自分で拾いあげて、『あった！』というわけさ。あたりまえだ。警察があれだけ調べても見つからなかったんだ。須永の婆さんの持ち物が残っているはずがない」

なのに少年たちが見つけたものと信じてしまった自分に歳三は腹が立つ。刑事として恥ずかしい。

「自作自演の動機は、受け狙い？」

「だろうね。みんなが血眼になって探しているお宝を最初に見つけることができたらヒーローになれると思ったのだろう。軽い気持ちでやったことさ。ところが予定外の重い要求を突きつけられた」

「『一緒に探していたのだから、当然三人で山分けだよな、広重？』」

「一枚しか仕込まなかったらまた話は違ったのだろうが、三枚持っていってしまったのが災いした。気のいい彼はノーと言えなかった。実は家から持ち出したのさ、あはは、と笑ってすませられなかった。種を明かしたら、殴られたり絶交されたりすると心配したのだろうね。しかしノーと言わなかったことで、親への対処を迫られる。一つ二十万以上もする代物だ。友達にあげちゃった、あはは、ではすまされない」

「金地金が紛失していることに親が気づく前に回収しなければならない。しかし正面切って返せとは言えないから、盗み出すしかなかった」

理一はやりきれないといった表情で首を振る。

できることなら、夕方波多野家を訪ねた際に盗んでしまいたかった。しかしタイミングに恵まれず、プランBに移行した。侵入の音を消してくれる雨が降っていたので、この夜を逃したくはなかった。ぐずぐずしていたら梅雨も明ける。そして命を落とすことになってしまった。

「それで、広重君の親御さんには？」

理一は小さな声で言う。

「伝えた」

歳三も力なく答える。

「どんな感じだった――いや、聞くまい」

理一は顔の前に手を立てる。歳三は無言でうなずき、ビールをぐっと飲み干す。

「皆の衆、余は寝るぞよ」

勢いよくドアが開き、ひとみが登場した。タオルをターバンのように頭に巻いている。

「われわれも今日はお開きにしようか」

理一は腰をあげ、ビール瓶とタンブラーを集める。

「お父上、シャンプーがもうすぐ切れまするぞ」

「出しとく」

理一は盆を持ってキッチンに入っていく。歳三はリモコンを取りあげ、テレビをつける。

「アヤシイ」

ひとみが近くに寄ってきて眉《まゆ》をひそめた。

「何が？　お、スポーツニュース。うわっ、ヴェルディ、0－6かよ」

歳三はチャンネルを次々切り替える。

「よそよそしい」

「そう？」

「ひーちゃんがきたら、飲むのをやめた。話もやめた」

「酔っぱらった。疲れてるからかな」

歳三はソファーの肘《ひじ》掛けに上体をあずける。

「なーんか、わざとら」

ひとみが顔を覗《のぞ》き込んでくる。

「その疑り深さ、刑事になれるな」

「ヤだ」

「刑事は嫌か」

「ヤに決まってんじゃん。日曜も仕事だし、夜遅いし」

ひとみは心底嫌そうに顔をしかめ、ぷいとあちらを向く。

広重和哉の死にはひとみのクラスメイトのお兄さんが関係している。馬場慎吾に責任はない。お宝の素性を知ったうえでせびったわけではないのだ。家から勝手に持ち出し、その事実を隠していた和哉が悪い。これは自業自得の自損事故以外の何物でもない。しかし彼自身も、周囲も、そう割り切っては考えられまい。

お兄さんのことを知った時、クラスメイトであるその弟と、昨日までと同じように接することができるのだろうか。それを考えると歳三は、今回の一連の出来事をひとみにどう説明していいかわからなくなる。自分が黙っていても早晩耳に入ってしまうのだから、尾鰭《おひれ》のついた噂話を信じ込む前に、きちんと伝えておくべきなのだが。

「トシちゃんさあ」

ひとみが顔を戻す。

「うん」

「どうしていっつもビール飲んでるの？」

「どうしてって、好きだから」

「ワインとかシャンパンとか梅酒とかウイスキーとか焼酎《しょうちゅう》とか日本酒とか白酒とか甘酒とか、いろんなお酒があるのに」

「いろいろあっても、ビールが一番好きだから」

「つまんなーい。いろいろ飲んでみればいいのに。何で？　どうして？」

言葉を切るたびに、ひとみは首をぐいぐい突き出す。

歳三が答に困っていると、携帯電話が鳴った。

「事件だ、事件。緊急出動」

ひとみが腕をぐるぐる回す。歳三は携帯電話を開いた。メールだった。ディスプレイには「野々島愛」とあった。

〈今、電話ＯＫ？〉

「彼女でした」

「ウソだー」

「ホントー」

歳三はおどけながら親指を動かす。

〈取り込み中。30分後に〉

「トシちゃんに彼女？　ありえねー」

「ありえるー」

「ありえねー」

「いたらどうするよ」

「いないもん」

「今度連れてこようか？」

「連れてこいよー」

「じゃあそのうち」

「あー、逃げた」

「そんなことより、いよいよ夏休みだな」

「だな」

「ゲーム解禁だな」

「うん」

ひとみはにっこりほほえんだ。右の頬にえくぼができる。

「解禁祝いにソフトを一本買ってやろう。何がいい？」

「べつにー」

「じゃあ買わない」

「どうしてもって言うなら、もらってあげてもいいよ」

ひとみは頭の後ろで手を組んで白い歯をこぼす。

「布団に入りなさい。湯冷めするぞ」

キッチンから理一の声が届いた。

「ほーい。では、どなたさんもごきげんよう」

ひとみは頭のタオルをするりとはずすと、新体操のリボンのようにひらひら振りながら退場していくのだった。

いいおじさん、わるいおじさん

1

「トシちゃんさぁ、『赤目おばけ』知ってる？」

〽草葉の陰に目が一つぅ、赤ぁい赤ぁい目が一つぅ

ひとみの質問に、歳三《としみ》は歌で応《こた》える。

〽カエルが鳴いてぇ、カラスも鳴いてぇ、三日月の向こうに星ひとつ、星ひとつ

ひとみが次の四小節を歌い、そこに歳三も加わって、

〽まだいるそこの子、はよ帰れ、はよ帰れ、ひゅーどろどろろん、赤目おばけが影を踏むぅ

最後の二小節は歳三が五度上を裏声で歌った。

「ハモったぁ！」

ひとみが手を挙げたので、歳三はそこにハイタッチをした。

「近所迷惑だぞ」

藍染《あいぞ》めの暖簾《のれん》の向こうから、きまじめな声が届いた。台所では、ひとみのよき父親で

あり優秀な主夫である理一《まさかず》が、明日の朝食の仕込みをしている。出汁《だし》を取っているのか、さっきから鰹節《かつおぶし》の濃厚な匂いが居間まで漂い出てきている。

「見たことある？」

口の横に手を立てて、ひとみが言う。

「赤目おばけを？」

「うん」

「ないよ」

「だよねえ」

ひとみはがっかりしたように唇をすぼめる。

「見てみたいのか？」

「見たくないよ」

「怖いんだ」

「怖くないよぉ。だいたい、おばけなんてこの世にいるわけないじゃん。赤目おばけもただの言い伝えに決まってんじゃん」

「醒《さ》めた子だな。お父さんにそっくり」

「うげー」

ひとみはさらに唇をすぼめ、顎《あご》に梅干しを作る。

この地方の民話に「浜倉百一夜話」というのがある。「赤目おばけ」はその中に登場するキャラクターだ。夕暮れ時に里におりてきて、藪《やぶ》の中から赤い目を光らせ、子供をさらっていく。目と目が合うと、瞬時に体が痺《しび》れ、身動きができなくなってしまうのだ。その話を基に、後年、歌ができた。民話は室町期の成立だが、赤目おばけの歌は昭和に入ってからのものである。

「今の子も歌うんだ。教科書から童謡や唱歌がどんどん消えていってるご時世だから、赤目おばけの歌もすたれてしまったのかと思ってた」

歳三が感慨深げに言うと、

「歌うよ。合唱祭の課題曲だし」

「合唱祭？　赤目おばけの歌を？」

「うん」

「なんだ、おじさんの時と一緒じゃないか」

歳三は、ふっと顔をほころばせた。

「へー、トシちゃんも合唱祭で赤目おばけの歌を歌ったんだ」

「歌った歌った。富士見《ふじみ》小の歴史に残るパフォーマンスだった」

「なんだ、そりゃー」

「奇《く》しくも今のひとみと同じ、五年生の時だった。担任の女の先生が産休を取って、代わりに、大学を出たばかりの男の先生が来た」

「サンキュー」

「赤ちゃんが生まれるから仕事を休むこと」

「もー、ボケだよー」

「その代理の先生がとんでもない野郎でね。普通、合唱の伴奏は生ピだよね」

「ナマピ？」

「アコースティック——普通のピアノのこと。体育館のステージに置いてあるやつ」

「うん」

「ところがあいつときたらシンセサイザーで伴奏したんだよ。しかもそのアレンジがすごい。歌のパートが三分だとしたら、イントロや間奏の部分が十分！ 生徒を置き去りにして、一人でキーボードを弾きまくり。ただ和音を弾くんじゃないぞ。右手は空気を縦横に切り裂くような速弾きのソロ、左手で突風や雷鳴の効果音、フットペダルでフランジャーのかかったベース音を入れ、シーケンサーが心臓の鼓動を思わせるパルス音を繰り返す。そう、あれはまさにプログレだった。肘《ひじ》で弾くわ、腕を風車のように回すわ、クライマックスではキーボードに乗って、ありゃ、キース・エマーソンを意識してたんだろうな。さすがに、ナイフを突き立てたり、空中一回転はなかったけど。一度、合唱祭の特訓ということでクラス全員で先生の家に行ったんだけど、まあびっくりしたね。部屋の中がキーボードだらけ。それも、ヤマハのＣＳ-80にＤＸ7、アープのオデッセイにソリーナ、ローランドのジュピター8、ホーナーのクラヴィネットＤ-6、ハモンドＣ-3、オーバーハイムＯＢ-8、メロトロンＭａｒｋⅡ、ミニモーグといった、そうそうたる顔ぶれだ。テルミンやVCS3、リボンコントローラーもあったぞ。さすがにヤマハのGX-1はなかったが。もっともそれを見た時には、おじさんはまだ十一歳の小僧でしかなく、ただキーボードの数に圧倒されただけで、そういう名器が揃っていたと気づいたのはもっとあとになって、姉貴に感化されてロックに目覚めてからだ。当時はまだ、テレビのベストテン番組にしか興味がなかった。しかしあの先生、大学を出たばかりで、しかも臨時教員という身分でありながら、あれだけのキーボードをどうやって集めたのだろう。親が金持ちだったのだろうか。先生、今はどうしているんだろう。あのあと正式に採用されたのかな。もしかしてミュージシャンになってたりして。まさかね。いやいや、スティングやブライアン・メイだって学校の先生をやってたわけだし。ところであの先生、何て名前だったっけ」

「誰の？」

予期せぬ声に、歳三はびくりと顔を上げた。

「おまえ、いつから独り言を言うようになったんだ」

そこにいたのは、ビール瓶とタンブラー二つを提げた理一だった。

「あ？　え？」

目の前にひとみはいなかった。歳三はうろたえ、首を左右に動かした。居間のどこにもひとみの姿はなかった。

2

舞田歳三は答を待った。

大喜多《おおきた》和子《かずこ》はうなだれて動かない。うつろな視線の先には膝頭《ひざがしら》の上で重ねた両手がある。手には皺《しわ》くちゃのハンカチが握られている。化粧気のない顔は土色で艶《つや》も張りもなく、白と黒の混じった後れ毛が枯れた雑草のように乱れている。無理もない、昨日は夫婦だったのに、一夜明けたら寡婦になってしまったのだ。

九月二十八日早朝、浜倉市中塚《なかつか》の路上に恰幅《かっぷく》の良い男性が倒れているのを、犬を連れて散歩していた近所の者が発見、消防に連絡した。しかし救急隊員が見たところ、男はすでに絶命しており、蘇生《そせい》の見込みもなかったため、警察が呼ばれた。

男性は、所持していた運転免許証から、浜倉市の市議会議員、大喜多要三《ようぞう》と判明した。免許証は財布の中に入っており、その他、現金、カードも残っていた。近くの路肩には、彼が所有する乗用車が、ドアがロックされた状態で駐《と》められていた。その車のキーも議員のズボンのポケットの中にあった。

大喜多が倒れていたのは飯盛八幡《いいもりはちまん》神社の石段の真下であり、そして彼の後頭部には打撲の痕《あと》と裂傷があった。石段の途中で足を滑らせて落下したように見える状況だった。

ところが詳しく調べたところ、頭部の怪我と符合する痕跡《こんせき》が石段にも道路にもないのである。前夜は晴れだったので、雨で流されたということはない。となると、他者に後頭部を傷つけられた可能性がクローズアップされる。犯人は大喜多議員を殴りつけたのち、凶器《きょうき》を持ち去った。

石段からの転落とするにはおかしな点がもう一つあった。被害者のズボンのポケットの中には携帯電話があった。液晶画面が割れ、通話不能になっていた。ところがズボンのポケットの内側の生地は破れたり汚れたりしておらず、したがって、携帯電話が、被害者が石段から落ちた衝撃で壊れたとは考えにくかった。

こうして大喜多要三の死は事故と他殺の両面から捜査が行なわれることになり、浜倉中央警察署で遺体の確認をしてもらったあと、夫人に事情を聞いていたのである。

一分待ったが答はなかった。歳三はもう一度同じ質問をした。

「ご主人は何用があって八幡様に行かれたのですか？」

和子はうなだれたまま首を左右に振った。

「亡くなられたのは午前一時前後です。お参りするような時間ではありません」

和子は首を振る。

「丑《うし》の刻参りとか」

吉川文平が信じがたい軽口を叩《たた》いた。歳三は後輩の失言を取り消すように、大きな声で、

「それともほかのところ、たとえばタバコを買いにいく途中に立ち寄ったのでしょうか。

ご自宅を出られる際、何かおっしゃっていませんでしたか？」

和子は口元にハンカチを当て、小さく洟《はな》をすすってから、溜《た》め息を漏らすようにつぶやいた。

「史蹟《しせき》公園でしょう」

「史蹟公園？」

「ゆうべ主人が出ていったのは存じておりません。わたくしはすでに休んでおりました。けれど夜中に出ていくとしたら史蹟公園です」

「夜中にわざわざ何をしに行かれたのです」

昭和四十二年、浜倉市の西部丘陵地帯から弥生《やよい》時代の集落跡が発見された。それを記念して作られたのが史蹟公園である。園内には出土品を収めた展示館があるが、夜間はもちろん閉まっている。桜の名所でもあるが、花はとうに散っている。

「スケートボードを……」

「スケボー⁉」

吉川が素っ頓狂《とんきょう》な声をあげた。

「注意しに」

「注意？」

「史蹟公園でのスケートボードは全面禁止なのです。にもかかわらず夜になると若者たちが集まってきて滑るもので、主人はよくそれを注意しにいっておりました」

「焦ったぁ。議員が滑っていたのかと思った」

吉川は胸に手を当て、大げさに溜め息をついた。大喜多要三は六十二歳である。

「お宅は本宮町《もとみやちょう》でしたよね？」

歳三は和子に尋ねた。

「はい」

「史蹟公園は近所というわけではない。お宅からだと車で十五分はかかります。スケボーを注意するために、わざわざそんな遠くまで頻繁に行かれていたのですか？」

「この町を良くすることが主人の務めです。とりわけ青少年の健全な育成に力を注いでおりました。近い遠いは関係ありません」

和子は顔をあげ、生気の戻った目で歳三を睨《にら》みつけた。失礼しましたと歳三は軽く頭を下げて、

「ご主人がお出かけになったのは奥様がお休みになったあとだと先ほどおっしゃられていましたが、昨晩お休みになったのは何時でしょうか？」

「十一時ごろです」

「ご主人は毎晩そのように遅い時間に出かけられていたのですね？」

「毎晩ではありません。週に一、二度でした。それから、うちを出るのは、夕飯時のこともあれば夜中のこともあり、まちまちでした。最初は九時と決めて出かけていたのですが、すると若い連中はその時間だけ姿を消すという悪賢いことをするのだと、主人は

こぼしておりました」

「公園にはいつもお一人で？　それともどなたかと一緒に？」

「一人です」

「これまでご主人は、史蹟公園に行かれるついでに飯盛八幡に立ち寄るようなことはありませんでした？」

「それはさっきも申しましたように、まったく心当たりがありません。あの神社には初《はつ》詣《もうで》にも行ったことはありません」

飯盛八幡神社は大喜多議員の自宅と史蹟公園の間に位置している。史蹟公園に行く前に寄ったのか、公園の帰りに事件に巻き込まれたのか。前者と後者とでは事件の様相が変わってくる。ただし現時点ではそれを判断するだけの材料がない。

「ははあ、わかった」

吉川が指を鳴らし、その指先を夫人に突きつけた。

「議員とスケボー少年たちとの間でトラブルが起きていましたね？　ああいう連中は大人から注意されると条件反射的に反発する。ねえ、そうでしょう？」

「喧嘩腰《けんかごし》にやり合っているという話は聞きましたが……。主人も気が強いほうですし」

「ガキどもの名前を聞いていませんか？　一人でもいい」

「名前は知りません。あのう、主人は足を滑らせたのではないのですか？」

夫人はとまどうような目を吉川に送り、歳三に移し、また吉川を見て、それを繰り返す。

3

「あー、さぼりだ、さぼり！」

ソファーで横になっていた歳三の耳に元気な声が飛び込んできた。

「ああ、おかえり。例によって勝手におじゃましてます」

歳三は薄く目を開け、あくび混じりにひとみに応じた。

「署長にチクるぞー」

「今日は夜に大切な仕事があるんだよ。それに備えて力を蓄えてるの」

「そうか」

「そうだ。だから今日はゲームはしないよ」

歳三はもう一度あくびをして目を閉じた。

「何時までいるの？」

「八時には出る」

「あー、そりゃ残念だのう」

「何が？」

「ごはん食べられないね。パパッチ、今日は遅いでござるよ」

「教授会か」

舞田理一は大学の助教授である。そして男手一つで一人娘を育てている。食事も、出来合いのものには頼らず、仕事の帰りに食材を買ってきて、ぎこちない手つきで庖丁《ほうちょう》を振るう。

そこにやってくるのが、警察官をやっている独身の弟。寮の食堂はまずくてかなわないと、仕事帰りに、時には勤務中にもふらりと立ち寄り、夕飯をごちそうになっている。ビールのお相伴にもあずかっている。そして皿洗いひとつ手伝わない。

「ラーメン作ったげようか？」

ひとみが言う。

「いいよ」

「遠慮するなよ」

「昼が遅かったから」

「あ、そう」

「そう」

少し寝かせてくれと、歳三は背もたれの方に顔を向けた。しかしひとみは解放してくれなかった。

「あのさあ、あたしゃあ信じてないよ。ぜーんぜん信じてないよ。でもさあ、見たって譲らない子がいるんだよ」

「何を？」

「赤目おばけだよ」

「この間！」

歳三はがばと起きあがり、姪《めい》を睨みつけた。当人はきょとんとしている。

「おじさんを置き去りにしただろう。自分から赤目おばけの話をし出したのに、途中で勝手に消えてしまって」

「トシちゃんがつまらない話をするからじゃん」

あっけらかんと急所を突かれ、歳三はうっと喉《のど》を詰まらせた。

「そんなことよりトシちゃん、見たって言ってきかないんだよ」

「何のことだよ」

「だからぁ、赤目おばけって言ったじゃん」

「赤目おばけを見た？」

「そう。こないだはその話をしたかったんだよ。なのにトシちゃんったら、わけわかんない昔話をはじめちゃってさ」

ひとみはピンクの手提げを投げ出し、床にぺたりと坐《すわ》った。歳三は顔の前に両手を立てて、

「わかった。もう言うな。で、誰が赤目おばけを見たって？」

「星蘭ちゃん」

「セーラ——ああ、フリーマーケットでがらくたを売っていたクラスメイト」

「違うよー、それは森川さん。星蘭ちゃんは二小の子。ダンス教室で一緒」

「あ、そう」

「こないだのことなのに、もう忘れてる。脳がヤバい」

「ちょっと見かけただけだろう」

「それでもしっかり記憶しておかないと、刑事としてヤバい」

「それで？　星蘭ちゃんが赤目おばけを見たって？」

　歳三は早口でうながす。もう寝るのはあきらめた。

「て言うんだけど、おばけがいるわけないじゃんねえ」

　ひとみは両膝《りょうひざ》を抱え、膝頭に顎《あご》を載せる。

「どこで見たって？」

「星蘭ちゃんちの近く」

「どんな姿？　背は高い？　低い？　デブ？　色は？　脚は何本？」

「わかんない」

「見たのに、わからないはないだろう」

「見たのは目だけ。藪《やぶ》の向こうで、目がキラーンと赤く光ったんだって。怖いから、ダッシュで逃げた」

「それ、おかしいぞ」

「うん、おかしいよね。赤目おばけと目が合ったら、その瞬間に動けなくなっちゃうんだもんね。逃げることはできないよ」

なかなか論理的なことを言う子だ。

「とすると、考えられることは二つ。星蘭ちゃんは嘘をついた。赤目おばけを見たと言えば、みんなに注目されるから」

「そういうの、『吹く』っていうんだよね」

「よく知ってるな」

「トシちゃん、マジ、脳がヤバい」

ひとみはムンクの「叫び」のように両頰に手を当てる。歳三は意味がわからず、とりあえず苦笑いを返しておいた。

「星蘭ちゃんは嘘つきだよ。出てもいないのにラブベリーの大会で優勝したとか、自分で使い込んだくせに知らないおじさんに月謝を盗まれましたとか、バレバレの嘘をつく。だから星蘭ちゃんが言うことは半分くらいしか信じないことにしてる。赤目おばけも嘘に決まってる。でも、ひーちゃんがそう言っても、星蘭ちゃんはホントだって言って譲らないんだよ。ううん、それだけじゃなくって、みんな星蘭ちゃんのほうを信じるんだよ。ひーちゃんが、『赤目おばけなんて迷信じゃん』って言っても、誰も信じない。『なーに必死になってんのー、ププッ』なんて笑われる。それって悔しいよ。メチャクチャ悔しいよ」

ひとみはぷうと頬を膨らませる。歳三が対応に苦慮している間に彼女は続けて言う。

「さっき、考えられることは二つって言ってたけど、もう一つは？」

「ええと、何だっけ。そうそう、おばけではない何かをおばけと思い込んだ、ということだね。たとえば、赤く光る車のテールランプを赤目おばけの目だと思ってしまった。あたりが暗くて心細ければ、そういう思い込みが発生しやすい」

「でも、そこ、車は入れないところだよ」

「『たとえば』って言っただろう」

「じゃあほかの『たとえば』は？」

うーんと歳三は腕組みをして、

「急に言われてもわからないよ」

「考えてよ」

「急に思いつかないよ」

「刑事のくせに」

「おいおい」

「許せないよ、嘘つきがちやほやされてるなんて。悔しいよ。赤目おばけがいないことを証明してよぉ」

ひとみは歳三の腕を掴《つか》み、上下に振りたてる。

「わかったわかった」

歳三は小さな手をふりほどく。

「あー、適当にあしらってる！」

また摑まれる。

「調べてみるって」

「ホント？」

「一度現場を見て、近所の人に話を聞いてみるよ」

「やったー！」

ひとみは歳三の腕をぶんぶん振りたてる。

「休みの時にな」

「いつが休み？」

「いつかな。新しい事件が起きたから、当分休めないかも」

「ショボクレ小僧」

ひとみはその場に坐り込み、両膝を抱えて膝の間に顔をうずめる。

「ほら、お父さんが帰ってくる前に宿題を片づけといたほうがいいぞ」

歳三は小さな背中を叩《たた》いてソファーに横になる。

「ほーい」

ひとみは手提げを持って立ちあがり、床をスケートのように滑っていったが、ダイニングテーブルの横で足を止め、つと振り返った。

「お礼にいいこと教えたげる」

「何？」

「自分のことを『おじさん』というのはやめたほうがいいよ。老けっぽくてカッコ悪い」

4

白いセダンのドアが開き、男が三人降りてきた。隣の黒いセダンからも三人。六人は駐車場を横切り、石畳の小径《こみち》を一列になって奥に向かった。先頭を行くのは鉢の広い坊主頭、次は顎に鬚《ひげ》、その次は耳がカリフラワーと、いずれもいかつい顔をしている。

男たちはツツジの植え込みを抜け、桜のアーチをくぐり、コンクリート舗装された園内の周回路に出た。鉄柱の上の大時計は九時十分を示している。

飲料水の自動販売機の前に人影があった。その数、十前後。地面には工事用のパイロンや跳び箱の踏み切り板のようなものが並べられ、水銀灯の明かりの下、彼らはスケートボードに興じている。

六人の男は若者の一団にまっすぐ近づいていく。三人が自販機の手前五メートルで歩みを止め、残りの三人が若者たちの横を通り過ぎて背後に回った。

自販機前の三人の中から顎鬚の男が一歩前に出た。班長の長谷川《はせがわ》だ。両手を口の横に当て、よく通るバリトンを張りあげる。

「よーし、おまえたち、そこまでだ！　全員こっちに来い！」

　数人の若者が動きを止めて長谷川に注目したが、半数は意に介さず、パイロンの間をスラロームしたり、ジャンプの練習を繰り返したりしている。長谷川は手帳を開いた。吉川がそこに懐中電灯の光を当てる。金色の朝日影がキラリと光る。

「警察だ」

「やべ！」

　誰かが声をあげ、ボードを掴んで走り出そうとしたが、退路は三人の警察官によって断たれている。六人の刑事は輪を縮めるように若者たちに寄っていく。

「なんだよー。何もしてねーだろ」

　一人が甲高い声で抗議した。

「スケボーしてるだろう」

　自販機横の看板を吉川が叩いた。〈園内でのローラースケート、スケートボードは禁止します〉と書かれている。〈禁止します〉が棒で消され、〈全然オッケー〉と上書きされている。余白には〈F＊CK！〉〈死ね!!〉の落書きもある。

「法律で禁止されてるんすか？　条例にそうあるんすか？　結局、〈タバコのポイ捨てはやめましょう〉とかいう注意書きと同じで、何の効力もないわけでしょ」

　別の若者がまくしたてた。歳三はつかつかとそちらに歩み寄っていって、

「これは法律で禁じられている」

と彼の指先からタバコをはたき落とした。明らかに十代の顔をしていた。

「夜遊びをどうこう言いにきたんじゃない。昨夜亡くなった大喜多要三さんのことで話を聞きたい」

長谷川が言った。

「市議会議員の大喜多要三さんだ。知ってるよな？　よくここに来て、おまえらを注意していた。おまえらはそれに耳を貸さず、それどころか激しく反発していた」

吉川がいきなり挑発する。

「だから何だよ。オレらが殺したって言うのかよ。スゲー、イチャモン」

一人がそう言ったあと、ブーイングが湧き起こった。

「議員なら、いろんな方面から恨みを買ってたんじゃねーの？　議決への不服や利権がらみで」

別の者が言った。そうだそうだと声があがる。負けじと長谷川が声を張りあげる。

「黙れ！　大喜多さんはな、清廉潔白で、誰からも尊敬されていたんだよ。反発していたのはおまえらだけだ」

大喜多要三に殺意を抱いていそうな人物は、今のところ浮かびあがっていない。自宅に脅迫めいた電話や文書が届いていたということはなく、借金や女性関係にまつわる噂話も聞かれない。夫人が言ったように、大喜多は初当選以来三期十二年、青少年の健全な育成を柱に議員活動を行なっており、自宅の壁は感謝状で埋めつくされていた。近所や役所での評判もすこぶる良い。

　長谷川は感情的に続ける。

「それでおまえたち、ゆうべも大喜多さんとの間でひと悶着《もんちゃく》あったな？」

「ねーよ」

「悶着かどうかはこっちが決める。何があった？」

「何もねーって」

「すっとぼけると自分の首を絞めることになるぞ」

「とぼけてねーよ。だいたい、あのジジイと会ってねーもん」

「何だと？」

「ゆうべだろう？　会ってねー」

「ゆうべ大喜多さんと接触を持ったのは誰だ？」

　長谷川は睨《にら》みをきかせて一同を見渡すが、誰も返事をしない。いつも部下まかせの彼が血眼になっているのは、大喜多議員が細君の遠縁にあたるからだ。

「隠すとためにならんぞ。絶対に誰かいるはずだ。正直に名乗り出ろ」

　名乗り出る者はいない。

「上等だ。今から個別に話を聞く。どこまでしらを切り通せるか、やってみることだな。逃げ出したら認めたとみなすから、そのつもりで」

　ふざけるな横暴だブーブーと不満を爆発させる若者たちを抑えつけ、浜倉中央署の六人は手分けをして事情聴取をはじめた。

歳三が最初に担当したのは、先ほどタバコをはたき落とした少年だった。

「名前は？」

「……」

「名前」

「タナカ」

「本当にタナカなんだな？」

「……、ソガワ」

「フルネームで」

「ソガワコウキ」

「どういう字？」

「漢字の『十』に三本『川』、『光』り『輝』く」

「歳は？」

「十……、八、九……」

「十八？　十九？　どっちだ」

「十七」

「学校は？」

「学校がどこだって関係ないと思うけど……」

十《そ》川《がわ》光輝《こうき》はおどおど首を動かした。

「形式的な質問だ。タバコのことを報告するつもりはない」

「西高」

「市議会議員の大喜多要三さんは知ってるな？」

「はい」

「昨晩、大喜多さんと何か話したか？」

「いいえ」

「大喜多さんを見かけたか？」

「いいえ」

「君は昨晩もここでスケボーをやっていたのだな？」

「それは、まあ」

「何時から何時まで？」

「今くらいです。八時過ぎくらいに来て、十時ごろ帰りました」

「その時に大喜多さんはやってこなかったと」

「はい」

「十時に帰ったあと、夜中にまた滑りにきたということはないね？」

「来てないです」

「夜中の一時ごろは何をしていた？」

「寝てました」

そう答えた少年の顔を、歳三は正面からじっと見据えた。少年はすぐに目をそらしたが、嘘をついているような色は感じられなかった。

「君は毎日ここに滑りにきているのかい？」

ペンにキャップをはめ、歳三は雑談をするように尋ねた。

「まあ、雨が降ってなければ」

「いつもこのメンバーで？」

「まあ、だいたい」

「いつごろから活動しているグループなの？」

「グループつーか、なんとなく集まって、勝手に技を磨いてるだけで。学校の友達同士で来てるのもいれば、ここで練習してることをファイヤーバードで聞きつけて顔を出したのもいるし、たまたま通りかかって、なんかおもしろそうだからと加わった初心者もいるし。顔は知ってるけど本名もケータイの番号も知らないのも何人もいるって感じで」

「ファイヤーバードって何？」

「スケートのショップです」

「ローラースケートも一緒にやるの？」

「スケートボードのことを、よくスケボーって略すけど、自分らはスケートっていいます」

「そうなんだ。大会に出たりするの？」

「出たけりゃ出ればいいし」

「ここで滑り終えたあと、みんなで飲みにいったりは？」

「時間決めて滑ってるわけじゃないから、帰るのはバラバラだし。ああでも一度、みんなで花見したっけ。と、オレはコーラですよ」

少年はばたばたと手を振った。

「じゃあ、部長というかリーダーというか、そういう人もいないんだ」

「いないっす」

「君は大喜多さんに直接注意されたことはあるの？　昨晩ということではなく」

歳三が話を戻すと、少年はとたんに口が重くなった。

「大喜多さんの言うことを聞かなかったのは、ウザイと思ったからなのか？」

自分の過去を振り返ると歳三は、大人に対するそういう反発心は理解できた。

「てゆーか、行き場がないし」

「行き場？」

「市内のどこの公園もスケートは禁止。サッカーや野球は禁止じゃないのにスケートは禁止」

「通行人の迷惑になるからだろう」

「だから夜にやってんじゃん」

「音がうるさいからじゃないのか」

「ここ、住宅地じゃないし。野球だってうるさい。ギターやサックスの練習してるのもいるんだけど」

あらためてそう言われてみると、スケートボードを禁止する理由はないように歳三には思えてきた。

「公園でできないのなら、じゃあ道路でやって轢《ひ》き殺されろ？」

少年は挑発的に歳三を睨みつける。

「どこかの公園にスケートボード場を作っているというローカルニュースを最近見た記憶があるが」

「美凪《みなぎ》市の臨海公園ね。先月できた。でも誰が車を出してくれるの？ せめて原チャリがないと」

少年の目の色は怒りから悲しみに変わった。

歳三は次の少年を呼んだ。肩までの髪を茶色に染めた長身の子だ。歳三より頭一つでかい。この集団の中でも飛び抜けている。しかしその顔立ちは、先ほどの十川光輝よりずいぶん幼い印象だった。

「名前は？」

歳三が問うと少年は、黄色いTシャツの裾《すそ》をもじもじ引っ張りながら、

「サカタチカシ」

と、まだ大人になりきっていない声で答えた。

「歳は？」

「十六」

「学校は？」

「第一学園」

「市議会議員の大喜多要三さんを――、おい、それはどうしたんだ？」

歳三は質問を中断し、少年の口元を指さした。少年はハッと口に手を当てた。

「見せてみろ」

歳三は言うが、少年は大きな黒子《ほくろ》のある手で口元を覆ったまま、

「何でもないです」

と首を振る。

「怪我をしているな？」

「何でもないです」

「どうしたんだ？」

「何でもないです」

少年は口に手を当てたまま首を振り続ける。

その姿を見ているうちに、歳三は妙な気分になった。

口元を隠す少年の右手の甲に黒子がある。親指と人さし指の付け根という珍しい位置

にあるそれには見《み》憶《おぼ》えがあった。

「サカタチカシ？」

歳三は眉《まゆ》を寄せて少年の顔を仰ぎ見た。少年は口を押さえたまま顔をそむけた。

「十六歳？」

歳三は少年の顔を正面からとらえようと立ち位置を変える。少年はまた顔をそむける。

「第一学園？」

歳三は懐中電灯を点《つ》け、その光で少年の顔を照らした。

「君、本当は中学生だろう」

少年は無言で激しくかぶりを振った。

「富士見中二年の馬場君」

少年はびくりとし、動きを止めた。

「やっぱりそうか。雰囲気が変わってたから気づかなかったよ。馬場君、下の名前は何だったっけ。慎吾？」

三月ばかり前、市立富士見中学の男子生徒が変死した際、彼と仲の良かったこの少年に、歳三は何度か話を聞いていた。

「また一段と背が伸びたなあ。百八十は軽くあるよね？　八十五くらい？　髪もずいぶん長くなったなあ。今の中学は染めてもいいんだ。俺の時は高校でも長髪は禁止だったものだが。しかしそんなに長かったら部活の時にじゃまだろう。たしかバスケだったよな？　後ろで縛るのか？」

　歳三は親しみを込めて話しかけるが、馬場慎吾は無反応である。

「嘘をついたのではばつが悪いのか」

　歳三は笑った。慎吾はにこりともしない。

「どうして嘘なんか――、いや、まあそれは聞くまい」

　この刑事は自分の母親と面識がある、夜遊びをしていたと告げ口されると困る――大方そう心配したのだろうと歳三は思った。この少年は以前にも親に黙って夜遊びをし、結果的に厄介な問題が発生してしまった。二度目となると許されないと恐れているのだろう。

「で、その口はどうしたんだ？」

　慎吾はまだ口を覆い隠している。

「見せなさい」

　歳三が強く言うと、やっと手をはずした。唇の右端が一センチほど切れ、そのあたりが、口の中に飴玉《あめだま》でも頬張っているようにぷっくりと腫《は》れていた。

「どうしたんだ？」

「何でもないです」

「何でもないような怪我じゃないぞ」

「転んだだけです。たいしたことないです」

「スケボーでか？」

「そうです」

「いつ？」

「いつって、まあ、きのう」

「傷口には絆創膏《ばんそうこう》を貼っておいたほうがいいぞ。君はゆうべもここでスケボーをしたわけだ」

「はあ、まあ」

「何時から何時まで？」

「八時ごろから十時半ごろまで」

「その間、大喜多さんはやってこなかった？　大喜多さんは知っているよね？」

「来てません。見てません」

「十時半に引き揚げたあと、夜中にまた滑りにきたなんてことはない？　この公園に」

「ないです。来てません」

慎吾は顔の前で手を振り、その手をまた口に持っていく。

「夜中の一時ごろは何をしていた？」

「もう寝てました。家で寝てました」

そう答えた少年の顔を、歳三は正面からじっと見据えた。少年はさっと目をそらした。

そして、

「僕は何も知りません。何もしていません。大喜多さんと会っていません」

早口でそう繰り返した。

「夜中に滑りにくるようなことを、誰かが言っていなかったかい？」

歳三は腕を左から右に動かして、事情聴取を受けている少年たちを示した。

「知りません。何も聞いていません」

慎吾は片手で口を押さえたまま、もう一方の手を振りたてる。

「いいかい馬場君、君を疑っているのではないんだよ。ここにいる誰かを疑っているのでもない。大喜多さんの死に不審な点があるので、それを調べるにあたって君たちに協力してほしいんだ」

刑事としてのキャリアが十年にもなれば、このようなまやかしは日常茶飯事である。

「大喜多さんはきのうの夜中にここに来た可能性が非常に高い。君たちの中にそれを見た者がいたら、とても助かるんだ。一人だったとか、誰かと一緒にいたとか」

この情報が欲しいのは本当である。大喜多が誰かと一緒にいたとしたら、その相手は重要参考人となる。一人だったとしても、その時刻までは生存していたと確定するので、事件発生時刻を絞り込める。

「僕は知りません。誰も見ていません。十時半に帰ったって言ったでしょう」

しかし馬場慎吾は、声を裏返し、キレ気味に繰り返すばかりだった。

何かを隠していると歳三は感じた。

その勘の正しさはほどなく証明された。

5

翌二十九日の夕方、歳三は吉川をともなって馬場慎吾の自宅を訪ねた。

慎吾は不在だった。バスケットボール部の練習から帰ってきていないのかと母親に問うと、そうではないと言う。どこに行っているのか何時に帰るのかと尋ねると、そのへんだろうそのうち帰るだろうと投げやりに答える。では帰宅するまで待っていると言うと、いつ帰るかわからないからお引き取りくださいと泣きそうな顔で言う。携帯電話にかけてくれと頼むと、番号を書いたメモを黙ってよこしてくる。結局、歳三が慎吾の携帯電話にかけて帰宅させた。

話は馬場家の居間で行なわれた。三か月前に来た時と変わらず、サイドボードの上には、しあわせそうな家族の写真がたくさん並べられていた。

慎吾の隣には母親が寄り添うように坐《すわ》った。きわめてデリケートな話なので保護者の同席が必要だった。父親はまだ仕事から帰ってきていない。

「ゆうべはどうして嘘をついたのかな」

歳三は穏やかに切り出したが、吉川は性急だった。

「おとといの夜中、史蹟公園に行ったな。ネタはあがってるんだ」

古い刑事ドラマのような台詞《せりふ》で恫喝《どうかつ》すると、慎吾は大きな体をびくりと引いた。

「横断歩道を渡って史蹟公園に入るおまえさんの姿を見たという人がいるんだよ。午前一時半ごろのことだ」

慎吾は何も言わない。強張《こわば》った表情で固まっている。

「おとといの夜中、史蹟公園に行ったね？」

歳三はあらためて尋ねた。母親は事態がまったく呑《の》み込めていないらしく、きょときょとした目を、息子と刑事、双方に送る。

「誰が……」

喉《のど》を絞められたような声で慎吾がつぶやいた。

「誰が見たか？　それは教えられない。だが、はったりじゃないぞ。そのとき君は黄色いＴシャツを着ていたはずだ。胸には大きな数字がプリントされていた。下はだぶだぶしたズボン、カーゴパンツじゃないかな。ん？　上下とも、いま着ている服と非常に似ているね。そういや昨日もそれだったな。ずいぶんお気に入りなんだな」

プリントを隠すように、少年はＴシャツの胸に手を当てた。

「行ったな？」

吉川が迫る。慎吾はかすかにうなずいた。

「この野郎、嘘をつきやがって。手間を取らせるな」

「行きました。でも、大喜多さんとは会っていません」

慎吾は大きな背中を丸め、か細い声で応《こた》えた。

「何だと？　ネタはあがってるって言ってるだろう」

これははったりである。史蹟公園付近の聞き込みにより、九月二十八日の午前一時三十分ごろ、黄色いTシャツの少年が公園に入っていったという情報が得られた。身長はゆうに百八十はあったといい、スケボー少年たちの中でこれほどの長身は馬場慎吾だけである。しかし、そういう少年が公園に入っていったというだけで、公園の内外で大喜多要三と対面していたという情報はない。飯盛八幡周辺での聞き込みでも、馬場慎吾らしき少年の目撃談は得られていない。

「あの、うちの子が何か……」

母親がおどおど割って入った。歳三は事情を簡単に説明した。訪問した時から不安そうだった顔からさらに血の気が退《ひ》き、今にもその場に倒れてしまいそうになった。

「でも僕は何もしていない」

慎吾は母親を見ずに言った。

「じゃあそれは何だ」

吉川が慎吾の顔に指を突きつけた。慎吾はハッと口を押さえて、

「だからこれは転んだんですって」

「大喜多議員と何かあって、その時できたんじゃないのか？」

「違います。何もありません。自分で転んだだけです」

「おまえな、嘘をついても一発でバレるぞ。ＤＮＡは何でも知ってるんだからな」

　大喜多要三の手の爪の間から、本人のとは異なる皮膚と微量の血液が採取されていた。和子夫人によると、大喜多議員は事件当夜自宅で風呂《ふろ》に入ったというから、爪の間の皮膚と血液は入浴後、すなわち犯人と揉《も》み合った際に付着した公算がきわめて大きい。しかし今の段階で馬場慎吾にＤＮＡサンプルの提供を求めることはできない。

「おとといの夜中、史蹟公園に行ったんだね？」

　歳三は確認する。

「行きました」

「何時に？」

「一時とか二時とか、そのくらいです」

「一時？　二時？　どっちだ」

　時間は非常に重要である。

「出たのが一時だから……、着いたのは一時半ごろかと」

「何時までいた？」

「三十分はいたと思います。でも一時間はいなかった」

「その時、大喜多さんと出くわしたか？」

「だから、会ってませんって」

「大喜多さんの姿を見かけてはいないか？」

「見てもいません」

「顔をあげろ」

歳三は少年の目を見た。昨晩とは違い、嘘をついているようには見えなかった。

「何もしていないのなら、どうして嘘をついた。大喜多さんと会っていないのなら、行ったけど会っていないと、ありのままを言えばよかった」

「疑われると思ったから……」

消え入るように言い、慎吾は顔を伏せた。

「公園には一人で行ったのか？」

「はい、一人です」

「スケボーをしに？」

「そうです。そしたら転んじゃって……」

慎吾は、まだ塞《ふさ》がっていない傷口に小指の先を当てた。

「おたくはいったいどういう教育をしているんですか」

吉川が八つ当たり気味に母親に詰め寄った。

「すみません」

母親は蒼白《そうはく》な顔を膝《ひざ》まで下げる。

「中学生ですよ、中学生。夜中の一時に外出を許すなんて、非常識きわまりない」

「すみません」

「だから疑われるんですよ」

すみませんすみませんと母親は繰り返す。

「謝るなよ」

慎吾が母親の肩に手をかけた。

「僕が勝手に出ていったんだし」

「それを出させないようにするのが親の務めなんだよ」

「最初から家にいなければ、どうしようもないし」

「はあ？」

「もうヤケクソでさ」

慎吾は茶色い髪を両手で掻《か》きむしった。それから歳三の方に顔を向けて、

「広重があんなことになったじゃないですか」

広重和哉——七月に死んだ同級生である。

「広重がああなったのはおまえのせいだって、みんなが言うんですよ」

「みんな？」

「みんな。誰も彼も。おまえがお宝の分け前をせびらなければ、広重はあんなことにならなかったって」

「それは見当違いな——」

「僕は何も知らなかった。知ってれば、山分けしようなんて言わなかったよ。でもみん

なは僕が悪いと言う。おまえの卑しさが広重を追い詰めたって。広重の両親は、馬場君のせいじゃないって言ってくれた。でもみんなは僕に責任があると言う。夏休みなのに朝から電話がかかってくるし、メールが山のように届く。『人殺し』、『よく生きてられますね』、『おまえも死ね』――。登校日に学校に出ていくと、昇降口で、廊下で、便所で、みんな僕の方を見て、ひそひそささやき合う。教室に入っていくと、みんなの目がいっせいにこっちを向いて、いっせいにぷいと顔をそむける。机には十字架やドクロが彫られている。変な臭いがすると思ったら、机の中に腐ったタマネギが入ってた。だから二学期から学校に行かなくなった。そのことで親にもひどくあたった。学校にも家にもいられなくて、ゲーセンやネットカフェやモールでぶらぶらするようになった。そしたらクガ先輩に会った。バスケ部の先輩。五つも上だから学校で一緒になったことはないんだけど、ＯＢ戦で試合したことがあって、お互い顔は知ってた。なに学校さぼってんだよって言われて、事情を説明したら、だったらオレんちに来いよって。アパートを借りて独り暮らししてるから全然オッケーだって。それでこの間から先輩の家に居候してた。僕が勝手にこの家を飛び出したんです。夜の公園にも先輩の家から出かけてたんです。先輩がスケートやるんで、それについていってた。きのうもいたでしょう、お地蔵さんみたいな坊主頭の人、あれがクガ先輩。親は、僕がスケートをやってることも、夜の公園に通っていたことも知らなかった。だから止めようもなかった。親は関係ありません。責めないでください」

慎吾は胸の内を一気に吐き出してしまうと、しぼんだ風船のように背中を丸めた。その横では母親が肩をふるわせている。吉川もさすがに口をつぐんでいる。慎吾が毎日同じ服なのは家出していたからだったのかと、歳三は納得した。母親が息子の携帯電話にかけようとしなかったのは、着信拒否されていたからなのだろう。

突然、荒々しくドアが開いた。

「兄ちゃんは悪くないのに！」

キャップを後ろ前にかぶった男の子が入ってきた。

「どうして、みんなして、兄ちゃんをいじめるんだよ！」

威嚇のつもりだろうか、手にはバドミントンのラケットを握っている。

「由宇」

いけませんと言うように、母親が首を振った。小学五年生になる慎吾の弟だ。

「いじめるから、兄ちゃん、帰ってこなくなっちゃったじゃないか。それに、お母さんを泣かすな！」

「自分の部屋にいなさい。ちょっと失礼します」

母親は由宇を連れて居間を出ていった。

「すみません」

慎吾がつぶやいた。

「君が謝ることはないよ」

歳三が言うと、

「じゃなくって、もう一つ嘘をついてました。スケートで転んだんじゃありません」

腫《は》れた口の横に指を当てる。

「じゃあやっぱり——」

「違います。先輩に殴られたんです」

「居候先の？」

「クガ先輩。おとといの夜中に僕が史蹟公園に行ったのは、先輩のスケートボードを探すためだったんです。その前、八時ごろに滑りにいった時、先輩はスケートを二つ持っていったんですけど、一つを置いてきちゃったんです。アパートに戻ってからそれに気づいて、僕が取りにいくことになりました」

「取りにいくのをしぶったから殴られたのか」

「いいえ。ただで置いてもらってるんだから、パシリくらいおやすいご用です。殴られたのは、スケートが壊れていたからです。あの晩も自販機の前で滑っていました。置き忘れたのなら、そのあたりのはずです。ところが行ってみると、見つからない。それで、公園をぐるっと一周しました。そしたら駐車場で見つかったのですが、デッキが割れていて……」

「デッキ？」

「スケートの板です」

「足を載せるところか」

「はい。割れたらおしまいです。だから殴られました」

「しかし君が壊したんじゃないだろう」

「僕は荷物持ちでした。僕が持って帰るべきなのに、僕はそれをうっかり忘れた。責任をまっとうできなかったのだから、怒られて当然です」

慎吾は長い溜《た》め息をつく。自分を無理やり納得させているように歳三には感じられた。

「どうして最初からそう言わないんだ。手間を取らせやがって」

吉川が眼鏡をふきながら舌打ちをくれる。

「先輩に迷惑がかかると思ったから……」

慎吾はうなだれ、その時の痛みを思い出すように頬に手を当てた。

6

「休み、いつー？」

携帯ゲーム機を操作しながらひとみが言った。

「いつになるかなあ」

携帯ゲーム機を操作しながら歳三が答える。

「忙しいんだ」

「忙しいねえ。あ、やられた」

ひとみは気のないガッツポーズをして、

「いぇーい、四連勝」

「でもトシちゃんに勝っても、ちーっとも嬉《うれ》しくないよ。歯応《はごた》えナッシング」

ゲーム機を投げるように置き、ソファーからずるずると床に滑り落ちた。

勝者は嬉しくないとのたまっているが、敗者は実に悔しく思っている。小学生相手に手を抜いているわけでは決してないのだ。

台所で庖丁《ほうちょう》がリズミカルな音を立てている。揚げ油の香ばしい匂いがする。今晩のメインディッシュは千切りキャベツを添えたトンカツ、と歳三は推理する。昼がカツ丼だったから、できれば別のもの、たっぷりの大根おろしを添えた新サンマの塩焼きなどが望ましいと思うものの、ただで食べさせてもらっている身の上として、そういう贅沢《ぜいたく》は言えない。

「もう一回」

歳三はゲーム機を取りあげ、ひとみに差し出す。

「えー」

「お願いします」

「しょうがないなあ」

ひとみが体を起こす。これではどちらが遊んでもらっているのかわからない。いつこの家に寄っても対戦できるよう、自分の携帯ゲーム機を常に鞄《かばん》に忍ばせていることは、署の人間には内緒である。

　ゲームをリセットし、さあ対戦開始という時に歳三の携帯電話が鳴った。

「土方さん、至急応援をお願いします」

　吉川だった。

「何の？」

「ファイヤーバードの聞き込み」

「焼き鳥？」

「気の利いたボケのつもりですか？　スケボーのショップですよ」

「あそこはもう十分だろう」

　スケボー少年たちと大喜多要三の間のトラブルについて情報を得るため、一昨日、昨日と、連日聞き込みを行なった。

「いや、それがですね、今、馬場慎吾がファイヤーバードに行ったんですがね、出てきたら泣いてるんですよ。何があったのか店員に訊《き》いてください。自分は彼の尾行を続けなきゃならないので」

　深夜の史蹟公園に行ったのは先輩のスケートボードを探すためだと馬場慎吾は告白した。先輩、久《く》我涼《がりよう》に尋ねたところ、確かに探しに行かせたということで、裏も取れた。しかしそれで慎吾の疑いが晴れたわけではない。スケートボードを探しにいったところ大喜多と鉢合わせになり、こんな遅くに何をしていると叱られ、家まで送っていくと車に乗せられ、車内で延々と説教され、親にも学校にも言わなきゃならんなの一言で頭に血が昇り、飯盛八幡で車を停めさせ、兇行《きょうこう》に及んだ——ということがなかったとはいえないのだ。だから本件の捜査担当が交代で馬場慎吾の行動を監視している。

「あしたでいいだろう。逃げられることはないんだし」

「いいえ、こういうのは早いほうがいい。時間が経つと、話が不正確になります」

捜査に携わる人間としては正しい判断である。

「やれやれ、デートだよ」

歳三は電話を切り、ゲーム機の電源も切った。

「デートする暇はあっても、赤目おばけを調べる時間はないんだ。ふーん」

ひとみはあさっての方を向く。

「違うよ。本当は仕事だよ」

「わかってるよ」

ひとみは、いーっと白い歯をこぼす。

スケートボードショップのファイヤーバードは史蹟公園前の通りにあった。一階が店舗、二階が住居となっている商業施設の一角で、両隣が古着屋と中古ゲーム屋、ほかにラーメン屋やバイク屋などが連なっている。

五坪ほどの狭い店だ。壁にはカラフルなボードが掛けられ、ガラスのショーケースの中には、車軸や車輪、ベアリングが陳列されている。そのほか、ヘルメット、プロテクター、シューズ、Tシャツ、ステッカーやDVDまで販売されている。

「三十分ほど前、背の高い少年が一人で来ましたよね」

　歳三が到着したのは閉店間際で、さいわい客はいなかった。

「誰だろう。今の子はみんな高いが」

　主人は店を閉める作業を続けながら、うんざりしたように答えた。この主人、顔の皺《しわ》、手の甲の血管、二の腕のたるみ、腹の出具合から判断して五十代半ばと思われたが、ヒップホップ調のTシャツに腰で穿《は》いたショーツと、その恰好《かっこう》はこの店に出入りする少年たちと変わらない。髪は明るめの茶色で、オールバックにして後ろで縛っている。首に巻いたタオルがオヤジ臭いが、もしかしたらこれも今の若者のファッションなのかもしれない。

「ひときわ高い中学生です。名前は馬場慎吾」

「ああ、あの子か」

「彼、店内でトラブルでも起こしました？」

「いいや。どうして？」

「店から出たあと、泣いていたのですが」

「ああ……」

　とつぶやき、店主は作業の手を止めた。タオルの両端を握り、アントニオ猪木《いのき》、あるいは矢沢永吉《やざわえいきち》のように首をしごく。何か言いたげな様子だったが、結局それ以上は何も言わず、ガラスのドアを開けて外に出た。看板の明かりを消し、店内にしまいこむ。

「何があったのです？」

　歳三は尋ねる。

「リョウ君のスケートのことでね」

「壊れたスケートボード？」

「そう」

　店主はまた外に出て、足拭《ふ》きマットを叩《たた》きはじめる。

「そのスケボーのことで何か？」

　歳三は声を張りあげて尋ねる。

「どうにか直せないかと言うから、見てやった」

「修理できたのですか？」

「無理だよ。トラックやウィールなら交換できるが、デッキが割れたんじゃあ」

「トラック？」

「車軸。ウィールは車輪」

「彼はだから泣いてしまったのですか」

「買い直すとなると、小遣いじゃどうにもならない」

「そんな高価なものなんですか」

「十万くらいかな」

「十万円⁉」

「サンタモニカエアラインのビンテージだからね。しかも限定もの」

店主はマットを店内にしまい、シャッターを半分おろす。

「しかしビンテージの限定品となると、弁償しようにも手に入らないのでは」

「難しいね。リョウ君はネットオークションで手に入れたそうだけど、半年に一つ出るかなあ。出たとしても落札価格は十万前後だ。僕が同業者に声をかけておけば見つかる確率はあがるけど、しかし友達価格で買えたとしても七万は下らない。中途半端に期待を持たせるとかえって傷つくことになるから、それははっきりと言ってあげた。泣いていたのは、だからだろう」

「なるほど」

歳三は淡々と相槌《あいづち》を打つ。心の中では、慎吾に落ち度があるとはいえ全額弁償はおかしいだろう、そもそもそのように高価なものを人まかせにするのが間違っている、と憤慨している。しかし警察官として、そのようなことを口にしてもはじまらない。

「十万の出物があったとして、それを一万で譲ってあげるわけにはいかないよねえ。かわいそうだけど、うちも商売だから」

店主が大きく溜《た》め息をつく。

歳三は考える。

馬場慎吾は久我涼に命じられ、スケートボードを探しに深夜の史蹟公園に行った。スケボーは見つかったが、大喜多要三にも見つかった。説教と反発が繰り返されたすえ、大喜多にスケボーを奪われ、壊された。それが殺害の引き金に？

　しかしこれも想像にすぎない。

7

「おじさんのごはん、残ってるよね？　もとい、俺のメシ、ある？」

　ネクタイを緩めながら歳三が居間に入ると、「しーっ」と、ひとみが唇に人さし指を立てた。

　ソファーで理一が寝息を立てていた。プーさんのエプロンをしたまま横になり、背中を丸め、手足を縮め、まるで母親の胎内にいる子供のようだ。

「疲れてるのかな」

「みたい」

「嫌なことがあったのだろうか」

　ときどき歯軋《はぎし》りがする。

　ひとみが背伸びをし、歳三に耳打ちする。

「運んでよ」

「寝室に？」

「あっちに布団敷いといた」

「動かしたら目を覚ましちゃうよ。こういう場合、起こしたら、すごーく不機嫌になる可能性が高い」

「風邪ひかないかなあ」

「平気だろう、まだ暖かい」

「そだね」

「そのうち、寝苦しくて自分で起きるよ」

「職員室の先生の椅子みたいだったらよかったのにね」

「は？」

「寝室までゴロゴロ押していける」

「キャスター付きのソファーなんて聞いたことないよ」

歳三は笑った。

笑いが途中で凍りついた。

「ごはん食べる？　トンカツ冷めちゃったけど」

ひとみが言う。歳三は返事をしない。うなずきもしない。

「トシちゃん？」

歳三はソファーの方を向いている。ソファーの上では理一が窮屈そうに眠っている。

「どした?」

　ひとみが腕を伸ばし、歳三の顔の前に手をかざして上下に動かす。

　歳三はハッとわれに返って携帯電話を取り出した。

「吉川? 舞田だ。馬場慎吾の監視はもういい。今すぐ久我涼のアパートに来い」

8

　バス通りの方からやってきた男は丸山《まるやま》ハイツの前で足を止めた。左右を見、顔を正面に戻し、敷地の中に入る。慎重な足取りで階段を昇っていく。

　階段を昇りきって最初の部屋、二〇一号室の前には洗濯機が置いてある。その陰に赤いスケートボードが立てかけてある。

　男は腰をかがめてスケボーを取りあげると、胸にしっかり抱きかかえ、階段を降りる。

　公道に出たところで、男の顔に光が当たった。男はまぶしそうに顔をしかめ、片手をスケボーから放して目の上にかざした。

「ずいぶん宵っ張りだな」

　吉川が声をかけた。現在、午前二時である。

「何だよ。誰だよ」

　男は顔をそむける。それを懐中電灯の光が追う。

「浜倉中央署の者だよ」

「何です、こんな時間に」

一転、声が狼狽《ろうばい》した。

「それはこっちの台詞《せりふ》だ。こんな時間に何をしている」

「何って、頼まれたから……。まぶしいからやめてください」

しかし吉川は懐中電灯の光を顔から離さない。

「何を頼まれた？」

「何をって……、修理を……」

男はスケボーを抱きしめる。

「へぇ、修理できるんだ」

「いや、トラックやウィールは使えるから、取って別のデッキに移植を……」

「取るのはパーツじゃなくて血痕《けっこん》だろう？」

「え？」

男の眉《まゆ》が大きく動いた。すかさず歳三が追撃を加える。

「その傷は？」

そう指さすと、男はハッと首筋に手を当てた。

「大喜多さんと揉《も》み合った際にできたんでしょう？　大喜多さんの爪の間には、あなたのその部分の皮膚が残っていますよ。さっきタオルを巻いていたのは、傷を隠すためだったんじゃないですか」

布施皓一《ふせこういち》には任意同行を求めた。とりあえずの容疑は、久我涼所有のスケートボードの窃盗である。

浜倉中央署に連れていくと、早速事情聴取を行なった。布施は一時間で落ち、大喜多要三の死体遺棄容疑で逮捕した。今後取り調べが進めば、殺人もしくは過失致死の容疑で再逮捕となるだろう。

スケートボードを目の敵にする大喜多要三に憤りを感じていたと、布施皓一は動機を語った。野球やサッカーは可でスケボーが不可である論理がわからない、不良の遊びだと決めつけているだけではないのかと直談判したこともあったが、ルールだからとまったく相手にされなかった。それどころか、おまえのようないかがわしい大人が青少年に与える悪影響は計り知れない、酒もタバコも黙認とは何ごとか、まさか薬物を供与していないだろうなとまで言われ、相手が議員なので愛想笑いで応《こた》えていたが、腹の中はいつ爆発してもおかしくないほど煮えくりかえっていた。布施皓一——ファイヤーバードの店主である。

布施は憤りを感じるのと同時に強い危機感も抱いていた。大喜多の執拗《しつよう》な排除運動により、少年たちが嫌気がさしてスケボーをやめてしまうかもしれない。あるいは、スケボーができる場所を求めて市外に出ていってしまうかもしれない。そうするとファイヤーバードからも足が遠のき、商売があがったりになる。

九月二十七日夜、店を閉めた布施皓一は、浜倉駅近くの飲食店を二軒はしごし、日付が変わって二十八日の午前零時半ごろ、ファイヤーバード二階の住居に戻るため、史蹟公園を突っ切っていた。そこで大喜多と出くわした。

いつもは愛想笑いで話を受け流していた布施だったが、アルコールが手伝い、鬱憤《うっぷん》が爆発した。強い調子で大喜多に抗議し、勢いあまって凄《すご》んだり胸倉を摑《つか》んだりもした。酔っぱらいは手に負えないと判断したのだろう、大喜多は、警察を呼ぶぞと携帯電話を取り出した。布施はそれに逆上し、携帯電話を奪って地面に叩《たた》きつけた。何をすると食ってかかる大喜多を突き飛ばした。ゴツンと鈍い音がして大喜多が動かなくなったという。

布施は大喜多を置いて家に帰った。しかし気になったので、しばらくして公園に戻ってみた。大喜多は仰向けに倒れたままだった。呼びかけても返事をしない。頭の下に血《ち》溜《だ》まりができている。縁石の角に後頭部をぶつけていた。

布施は逃げ出しかけたが、このまま放置しておくと、大喜多と対立していたスケボー少年たちに疑いがかかるのは確実だと思い直した。疑いが晴れても、少年たちを見る市民の目は冷たくなり、スケートボード完全締め出しの気運が高まりそうだ。

布施はそこで、大喜多の死体をスケボー少年たちとのつながりがない場所に移すことにした。大喜多のポケットには車のキーがあった。この車で遠くに運べばよい。しかし駐車場までは距離がある。かついで運ぶには、大喜多は太りすぎている。車をここまで乗り入れることもできない。

そのとき布施の目にとまったのが放置されたスケートボードだった。布施はこれで死体を動かした。死体を仰向けにした状態で頭から背中にかけてを板に載せ、手足を胎児のように畳んでコンパクトにすることで、小さなスケボーで大きな体を運ぶことができた。死体を運び出すにあたり、地面の血痕はウエスで拭《ふ》き取った。

死体は駐車場まで運び、大喜多の車に乗せた。しかし先を急ぐあまり、スケボーをそのままにしてしまった。車を出した際にスケボーを轢《ひ》いてしまったのにも気づかなかった。これが後々、布施の首を絞めることになる。

死体は、少年たちとは縁もゆかりもない飯盛八幡神社まで運び、石段から足を滑らせて落ちたような恰好《かっこう》で道路に遺棄した。転落のはずみでそうなったように見せかけるため、壊れた携帯電話はポケットに入れた。

しかし警察はそう甘くなく、事故で片づけてはくれなかった。さらに布施は、死体の運搬に用いたスケボーを無策で放置していたことを、馬場慎吾に気づかされる。スケボーには自分の指紋と大喜多の血が付いたままである。これが警察の手に渡ったら疑いがかかること必至だ。

布施はそこで、修理可能か見てやるからと、問題のスケボーを慎吾に持ってこさせ、状態を見るふりをして表面の汚れを落とした。こうしてさわっておけば、もしスケボーを警察が調べて自分の指紋が出ても、慎吾が持ってきた時にさわったと言い逃れがきく。もっともこれは素人考えの工作でしかなく、洗剤で洗っても血液反応は出る。ソファーで体を縮こまらせて眠る兄と、姪《めい》の何気ない一言により、スケボーで死体を移動させたのではないかと歳三はピンときた。そう解釈すれば、自動販売機の前に置き忘れたスケボーが駐車場にあったことにも説明がつく。そして、駐車場に運んだのは車に乗せるためであり、すると車を運転できる大人が犯人なのではないのか。

　そう推理した歳三は久我涼に協力を求めた。布施に電話してもらったのだ。

「さっき慎吾が持っていったスケートに血が付いてませんでした？　トラックとウィールの隙間からジクジク漏れてくるんだけど。そっちで見た時にはそんなことはなかったですよね？　じゃあやっぱり慎吾が何かやらかしたんだ。あの野郎、あとでシメてやる。デッキはしょうがないとしても、せめてパーツを流用できないかって思ってたんだけど、これじゃあなあ。家の中に置くのは気持ち悪いから、外にほっぽってますよ。十万のスケートが野ざらしって、超ゼータクっすよね」

　そうして歳三と吉川が丸山ハイツを張り込んでいたところ、布施が餌に惹《ひ》きつけられて、のこのこ現われたという次第である。

9

十月四日の夕方、犯人逮捕の報告をするため、歳三は本宮町の大喜多邸を訪ねた。親《しん》戚《せき》ということで、長谷川が行くと言っていたのだが、彼はこの日未明に発生した誘拐事件の捜査に駆り出されたため、歳三が代理を務めることになった。

バスを降り、もう何度となく通った舗装の荒れた路地を奥に進むと、カナメモチの生け垣の向こうに大喜多夫人の姿が見えた。夫人の前には焦げた一斗缶があり、黒い煙をあげている。

ダイオキシンが発生するため、焚《た》き火は条例で禁止されている。しかし初七日をすませたばかりの人間にそういう警告を発するほど、歳三は無慈悲ではない。

歳三は生け垣のすぐそばまで足を運び、葉の密度が薄くなっているところに顔を寄せて軽く頭を下げた。しかし夫人は歳三には気づいていない様子だった。一斗缶に何かをくべては溜め息をつき、またくべては割烹着《かっぽうぎ》の袖口《そでぐち》を目元に当てる。

夫人が燃やしているのは写真のようだった。夫の面影を断ち切るために燃やしているのか。

ご主人は立派な方でした。子供を叱れない大人ばかりになってしまった今の世の中にあって、大喜多さんは希有《けう》な存在でした。心から子供たちを愛し、この国の未来を考えておられた――。

用意してきた台詞《せりふ》の、なんとむなしいことか。

　殺人事件の加害者が捕まれば社会秩序は回復できるが、被害者遺族にとっては何も回復されないのだ。

　夫人はアルバムを投げ捨てるように火にくべ、両手で顔を覆い、その場にしゃがみこみ、肩をふるわせる。

　そんな彼女の姿をただ見つめることしか、歳三にはできなかった。

いいおじさん？　わるいおじさん？

1

藪北《やぶきた》郡乙坂《おとさか》村に住む谷口昌孝《たにぐちまさたか》の朝は早い。一年を通して四時半に起床し、自分の朝食より先に乳牛に牧草と配合飼料を与え、牛舎を掃除し、乳搾りをする。妻と二人で切り盛りする小さな酪農農家だ。

谷口には息子が二人いる。上の子は北海道の大学の畜産学科に進んだのだが、思いがけずあちらの空気になじんでしまい、向こうの食品会社に就職してしまった。次男は酪農にはまるで興味を示さず、地元の大学の法学部に入った。

谷口自身、老舗《しにせ》旅館の跡取りを放棄して畑違いの仕事をはじめていたので、自分の子供に将来を押しつけるようなことはしたくなかった。息子夫婦と一緒にやれれば、牛舎を拡張でき、手作りのバターやヨーグルトも販売できると夢を広げたこともあったが、今は、自分が倒れたあとの譲渡先を真剣に考えている。

十月四日も谷口は四時半に床を離れた。パジャマを脱ぎ、つなぎに着替えて一服していると、家の電話が鳴った。職業柄、この時間にかかってくることは珍しくない。

「……さん……」

取ると、弱々しい声が聞こえた。

「もしもし？　電話が遠いようですが」

「お父さん……」

「明良《あきら》？」

「助けて……」

「え？」

「お父さん、助けて。二千万円用意して。でないと殺される。死にたくないよ。助けて、お父さん」

電話はそれで切れた。浜倉市で独り暮らしをしている次男の声に聞こえた。息も絶え絶えに助けを求めてきた。しかし谷口はまず、ニュースでよくやっている振り込め詐欺ではないかとの疑いを抱いた。

妻に電話の内容を説明していると、ふたたび電話が鳴った。

「谷口さん？　お宅の明良ちゃんが不始末をしでかしてな」

くぐもった男の声がそう言った。

「賠償金として二千万用意しろ。息子は金を受け取るまで預かっておく」

電話はそれで切れた。振込先は言わなかった。ということは、これは振り込め詐欺ではなく、明良は何かの事件に巻き込まれているのか。

谷口は明良の携帯電話にかけてみた。電源が入っていないか電波が届かないとのアナウンスが流れた。搾乳の合間、十五分おきにリダイヤルを試みたが、二時間続けてもつながらなかった。次男は固定電話には加入していないので、ほかに連絡の取りようがない。

朝のひと仕事を終えたあと、谷口はあらためて受話器を取った。そして明良にではなく、警察に電話した。

2

舞田歳三《としみ》が五感を研ぎ澄まして歩いていると、上着のポケットの中で携帯電話が鳴った。捜査本部からだと思い、ディスプレイを確認せずに耳に当てると、怒ったような女性の声が飛び込んできた。

「いったいどうなってるの？」

「あ？」

「『あ』じゃないわよ。どうなってるのかって訊《き》いてるの」

「何が？」

「もー、決まってるでしょう。誘拐事件だって？」

「お。情報が早いな」

「どこに勤めてると思ってるの」

野々島愛は浜倉市が生んだ数少ない有名人、東京のテレビ局のアナウンサーである。

「ニュースで伝えるんじゃないぞ」

歳三はゆっくり歩きながらしゃべる。

「伝えるわけないじゃないの。報道協定があるんだから」

「オフレコでも情報は流せないからな」

周囲への目配りも続ける。

「そんな無理は言いません」

「じゃあ何の用？　こっちはその事件で忙しいんだけど」

「トシちゃん、担当してるんだ」

「ノーコメント」

「警戒しなくていいって。心配で、様子を聞きたかったのよ」

「心配？」

「いったい何が起きているの？」

「誘拐監禁事件」

「じゃなくって、春からずっと物騒な事件が続いてるじゃないの、浜倉中央署管内で。

いつからそんなに治安が悪い町になったの？」

四月にパチンコ景品交換所が襲撃され、ゴールデンウイークには公園でホームレス狩り、連休明けには高利貸しの家が丸焼けになり、夏休み前に中学生の宙吊《ちゅうづ》り死体が発見され、九月末に市議会議員殺し、それが解決した矢先の誘拐事件である。

「半年足らずの間に四人も殺されてる。なんなの、この異常事態は」

「一人は事故死だよ」

「そういう醒《さ》めた反応、事件慣れして安全に対する意識が鈍っているとしか思えない」

「いついかなる時でも客観的な判断ができないと刑事はつとまらない」

「だめだわ、こんな人が警察官をやっているようでは、浜倉が日本のヨハネスブルグと呼ばれる日もそう遠くはない」

「そういう感情的な発言はジャーナリストとしての品位を下げるよ。おっと、あなたは与えられた原稿を機械のように読むだけの人だったね。それともタレントとして扱ったほうがいいのかな？」

歳三は軽口を叩《たた》きながらも周囲の観察は怠らない。

「うるさぁい！　とにかく、そっちで兇悪《きょうあく》犯罪が続いているのは事実でしょ。いったい何がどうなってるの？」

「べつに何もどうにもなっていないよ」

「そんなはずない。急に治安が悪くなったのには、根底に何か理由があるはず。たとえば、指定暴力団の動きが活発化しているとか」

「ないよ」

「風紀が乱れるような施設が増えてるとか、それにともなって市外から人が集まるようになったとか」

「ないない」

「人口の増加に警察官の数が追いついていないとか」

「たまたまだよ」

「たまたまで――」

「三日続けて同じ交差点で交通事故が起きることもあれば、市内全域でひと月以上人身事故が発生しないこともある」

「でも――」

「たしかにこのところ、毎月のように兇悪な犯罪が発生している。しかし、だからといって市内の治安が悪くなっているという印象はないね。いや、印象じゃない。繁華街での暴力沙汰《ぼうりょくざた》、ひったくり、自動販売機やATM荒らしの件数が増えているわけではない。小中高校が荒れているという報告もない。変質者が出没しているという話も聞かない。集団登下校も行なわれていない。単発の事件が、たまたま続けて起きたにすぎないんだよ」

「本当に？」

「この町を一番近くで見ている俺が言ってるんだぞ」

「そう。だったらいいけど……」

野々島愛は溜《た》め息をつく。

「心配になるのはわかるけど、立場上、過敏に反応しないでもらいたいね。番組で特集を組むとか、そういうことは絶対によしてくれよ。煽《あお》ったりすると、住民にいたずらな不安を与えることになるし、どこかのバカが便乗を思い立つからな」

「うん。それでどうなの？」

「何が？」

「誘拐事件は、その後？」

「結局それが聞きたいのかよ」

「二千万円は用意できたの？　受け渡しについての連絡はあったの？」

「そろそろ切るぞ。重要な連絡が入るかもしれないから」

「だからプライベート用のケータイを買いなって言ってるのに。こっちで契約して送ったげようか？」

「いいよ」

「家族割にして料金もこっちで払うから。いつもお世話になってるから、そのくらいはするよ」

「二つも持って歩けない。じゃあまた」

歳三は通話を終了させ、携帯電話をポケットにしまった。

次の角に達する前にふたたび呼び出し音が鳴った。今度はディスプレイを確認した。

　同僚の吉川文平からだった。

「見つかりました！」

　興奮がストレートに伝わってきた。

「犯人確保か！」

　歳三も興奮気味に応じた。

「犯人はまだです。被害者が見つかりました」

「生きているのか？」

「生きています」

「怪我は？」

「しているようですが、程度はわかりません」

「わからない？」

「冷蔵庫の中に閉じこめられているのですが――」

「冷蔵庫？」

「ドアが開かないのです」

「どういうことだ？」

「来ればわかります」

「場所は？」

「二小の裏です。桜町《さくらまち》市営住宅の跡地がありますよね。そこです」

「捜査本部には？」

「連絡ずみです。救急車も呼びました」

「すぐ行く」

歳三は携帯電話を閉じ、踵《きびす》を返して走り出す。

3

十月四日朝、県警本部内にある通信司令センターに、息子が何者かに監禁されているようだという一一〇番通報があった。

通報してきたのは県北で酪農業を営む谷口昌孝という男性で、この日の未明、次男から助けを求める電話があったという。それに続いて、二千万円を要求する電話があった。谷口の次男、明良は、浜倉暁星《ぎょうせい》大学の三年生で、親元を離れ、浜倉市住吉町のワンルームマンションで独り暮らしをしていた。二件の電話のあと谷口昌孝は明良との連絡を試みたが、何度かけても携帯電話とつながらず、警察に相談することにした。

通報を受け警察は、近くの交番の巡査に谷口明良の部屋を見にいかせた。呼んでも誰も出てこず、ポストには新聞に郵便物、投げこみちらしがたまっていた。大学のほうにも人をやったが谷口明良は見つからず、その行方も摑《つか》めなかった。彼は九月二十八日から大学に出てきていなかった。

谷口が最後に目撃されたのは二十七日の午後八時ごろ。浜倉市郊外に新しくできたショッピングモールで、大学の友人二人、河《か》東《とう》周人《しゅうと》と長谷部《はせべ》洋海《ひろみ》と映画を観《み》、食事をしたあと、河東の車で自宅マンションまで送ってもらい、一階エントランスの前で別れている。以降は電話やメールで谷口とやりとりした者もいない。

河東と長谷部によると、二十七日の晩に一緒だった際には小さなトラブルもなかったという。谷口が困りごとを抱えているふうもなかった。このあと誰かと会う、どこかに行く、ということも口にしていなかった。ただ、明日と明後日はアルバイトで学校を休むからと、代返を頼まれた。ところが三日後の講義にも出てこず、週が明けても姿が見えず、電話やメールにも応答がないので、熱を出して寝込んでいるのだろうかと心配していたところだったという。

何のアルバイトなのかは不明である。尋ねると、知り合いの手伝いとだけ答えた。しかし谷口はアルバイトに行く前に事件に巻き込まれた公算が大きかった。というのは、二十八日の朝刊もポストの中に残っていたからだ。

以上から、事件発生は二十七日の午後八時から翌朝にかけて、場所は自宅近辺であろうと判断され、所轄による聞き込みが始まった。乙坂村の実家には県警本部から特務班が駆けつけ、犯人からの次の電話に備えた。これが十月四日の午後。

しかし当初捜査にあたったのは、所轄、県警本部合わせて十名足らずであった。小学生以下の誘拐事件であれば、すぐに捜査本部が開設され、五十人、六十人の捜査員が投入されるのだろうが、警察内部には、これは谷口明良の狂言で、悪い仲間と組んで父親から小遣いをせしめようとしているのかもしれない、という斜めからの見方もあった。この段階では舞田歳三も捜査には加わっていなかった。

犯人からの次の電話は四日の午《ひる》過ぎにあった。金は用意できたかと尋ねてきて、いま集めていると谷口昌孝が答えると、明日の朝までに揃えないと息子の命はないと脅してきた。しかしこの時はまだ捜査の準備が十分整っておらず、通話を録音したり発信元を調べたりするにはいたらなかった。

事態が大きく動いたのは日が変わってからだった。五日午前五時、犯人から電話が入った。前回同様、金は用意できたかと尋ねるもので、一千万円は用意できたが残りは昼まで待ってくれと警察の指示どおりに昌孝が懇願すると、用意できたぶんだけ紙袋に詰めておけと言って電話は切れた。どういったトラブルがあったのか尋ねたり、安否確認のために明良を出させたりして通話を引き延ばすことはかなわなかった。

しかし発信元が特定できた。この五時の連絡には谷口明良の携帯電話が使われていたのだ。しかも通話終了後電源を落としておらず、犯人の現在地もおおよそ判明した。携帯電話は電源が入っていると、位置情報を通知する電波を常時発信している。したがって、その電波をどの基地局が拾ったかによって、端末が存在するエリアを特定できるのだ。携帯電話事業者に要請して電波の出所を追ったところ、谷口明良の携帯電話は、浜倉市新田町にある基地局を基点に、西側五キロ、北西側五キロの三角形で結ばれる範囲内であることが判明した。このエリアは浜倉中央署の管轄区域にすっぽり収まる。

犯人の居所が絞り込まれたこの段階で浜倉中央署内に捜査本部が立ちあげられ、三十人態勢でエリア内の捜索が行なわれることになった。ここに歳三も加わった。担当地区の世帯を一軒一軒訪問し、不審な人物や出来事の情報を訊《き》いて回る。駐車中の車輌《しゃりょう》や空き家をチェックする。

捜索は午前九時に始まり、成果のないまま午になった。犯人からの次の指示もなかった。しかし依然として携帯電話の電源は入りっぱなしで、エリアも移動していなかった。捜索は引き続き午後も行なわれた。そして夕方近くになり、人質を発見したとの知らせが吉川文平から入ったのである。


歳三が桜町の現場に到着すると、吉川のほかにも中央署の刑事が二人いた。野次馬も結構な数集まっていて、それを一人の制服警官が必死に整理している。

野球とサッカーが同時にできそうな、広々とした更地である。老朽化した木造二階建ての棟割り住宅が鉄筋十階建ての中層住宅に生まれ変わる予定なのだが、予算の関係から旧住宅が取り壊されたあと計画が凍結されてしまい、数年来更地の状態が続いている。

来ればわかるという吉川の言葉に偽りはなく、歳三は一目で状況を察した。雑草の生い茂った土地の奥に、明らかにそれとわかる巨大な箱があった。業務用の大型冷蔵庫だ。大人の一人や二人、楽に入る。

近づいてみると、表面のステンレスはくすみ、腐食し、ところどころ穴も開いていた。不法投棄されたものなのだろう。胴体には鉄の鎖が二重に巻かれ、鎖の交差部分には大きな南京錠がぶらさがっている。

「誤って子供が入らないよう、市が行なったようですね」

吉川が近づいてきて南京錠を手に取った。「浜倉市役所環境課」というシールが貼られている。

「谷口明良さんが中にいるのか？」

歳三は小声で尋ねる。

「います」

「生きてるんだな？」

「生きています」

「谷口明良さん？」

歳三は冷蔵庫に向かって呼びかけた。すると、声は返ってこなかったが、中から、ドンと鈍い音がした。

「猿轡《さるぐつわ》か？」

吉川に尋ねる。

「でしょうね」

「犯人は？」

「中は一人です。近くにひそんでいる可能性が高いので、いま矢崎《やざき》さんたちが見て回っています」

「鍵《かぎ》は？」

「市の担当に持ってこさせています。消防と捜査本部には金属カッターを持ってくるよう言いました。さて、一番乗りは誰か」

なかなか気が回るじゃないかと、歳三は後輩に感心する。

「吉川が発見したのか？」

「そうです」

「この中に人がいると、よく気がついたな。助けを呼んでいたわけじゃないんだろう、猿轡をされているのだから」

歳三はまた感心して言った。すると吉川は、よくぞ訊いてくれましたとばかりに顔をほころばせて、

「横の通りを歩いていたら、子供たちの騒ぎが聞こえたんですよ。奇声をあげ、棒きれを振り回し、この冷蔵庫に向かって石を投げつけている。その騒ぎっぷりがあまりに奇妙だったので、どうしたのかと声をかけたところ、モンスターと戦っているなんて言う。ほら、あのガキども」

野次馬の中に、背伸びをしたり、ぴょんぴょん飛び跳ねたりしている男子が数人いる。小学校四年生くらいか。

後の聞き込みでわかったことであるが、この市営住宅跡地は立ち入り禁止となっている。その旨記した看板が立ち、杭《くい》と太い針金で土地全体が封鎖されている。しかし柵《さく》の一部が破れ、子供たちが自由に出入りしていた。市内の公園のほとんどがボール遊びも凧《たこ》揚げも禁止なので、いい遊び場になっていた。ゴルフの素振りや犬の散歩をする大人もいた。それを市当局も黙認していた。

「危ないから石を投げるのはよせと注意すると、モンスターなんだよモンスターなんだよと繰り返す。なんでも、生きている冷蔵庫なのだとか。こっちに来るなと吠《ほ》えるんだそうですよ。石を投げると、食い殺すぞと唸《うな》り声をあげる。犬か猫が中に入り込んでいるのだと思いましたね。ところがそう言うと、違う違うと金切り声をあげる。あの年ごろの男の子の声って、どうしてああも耳につくんでしょうね。それはさておき、じゃあ何だろうと耳をすましてみると、か細くうめくような声が中から聞こえる。子供に棒を借りて冷蔵庫をつついてみると、ドンドンと音が返ってくる。俺はそれでピンときたんですよ。ねえ土方さん、すぐれた刑事の条件って、直感力だと思いませんか？」

吉川はニヤニヤと鼻の頭をこする。歳三はもう感心していなかった。どうしてこんなやつに手柄が転がり込んだのだと不愉快になる。自分の担当区域から五百メートルと離れていなかったというのに。

「谷口さんだと確認したのか？」

歳三はムッとして尋ねる。

「ええ。まずね、『誰かいますか？』と尋ねたんですよ。すると、ドンドンと中から壁を叩《たた》いてくる。『しゃべれないのですか？』と尋ねると、うーうーと低い唸り声がする。そこで、『イエスなら一回、ノーなら二回叩いてください。谷口明良さんですか？』と尋ねました。すると、ドンと一度だけ応答があったわけですよ。『しゃべれないのですか？』にはドンと一回、『怪我をしていますか？』にはドン、『口がきけないようにされているのですか？』にはドン――」

吉川には勝手にしゃべらせておき、歳三は冷蔵庫に開いた穴に目を近づけた。穴は小さく、中は暗いため、何も見えなかった。

「谷口さん？　谷口明良さんなんですか？」

声をかけると、中から、ドンと側面を叩く音がした。

「おい、おかしくないか？　市が鍵をかけていたのだろう？」

歳三は吉川に言い、南京錠を手に取った。

「そうですよ」

「なのにどうして中に人を閉じこめられるんだよ」

「ピッキングで開けたのでしょう」

「すると犯人には窃盗の前科があるかもしれないな」

「それかあれですね、犯人は鍵を使って開けた」

「ん？」

「市役所の職員なら、鍵を持ち出すのもスペアを作るのも朝飯前でしょう」

と吉川が言った時、線の細いクラクションが二度鳴って、野次馬を割って軽のバンが現われた。ボディーには波に流星をあしらった浜倉市の市章がある。車は柵の破れ目の前で停止し、中から水色の作業ジャンパーを着た男が出てきた。市の環境課の職員だ。

ところが南京錠は開かなかった。鍵が合わなかったのだ。

「なに間違って持ってきてるんだよ、この緊急時に。馬鹿野郎が」

吉川は威圧的に非難した。市職員は、合わない鍵を鍵穴にこじ入れようとしながら、おかしいおかしいと首をかしげる。

「犯人がつけ替えたんじゃないのか」

歳三は言った。浜倉市環境課がつけていた南京錠Aを壊してはずし、中に人を入れたのち、ホームセンター等で購入してきた南京錠Bで鎖をとめた。つけ替えがすぐにわからないよう、ネームシールも貼り替えた。

「だいたい、なんでこんなところにこんなものを放置してあんだよ」

中に人がいるのも忘れ、吉川は冷蔵庫を蹴《け》りつける。

「不法投棄されたものでして」

市職員はなおしつこく、おかしいおかしいと鍵と格闘している。

「だから、どうしてさっさと片づけなかったんだよ。おかげで人が閉じこめられるはめになっただろうが」

「市に処分の義務はありません。不要になった所有物を処分するのは所有者の責任ですから」

「なんだよ、その役人根性は」

「ルールどおりきちんと処分させるために、勝手に捨てていった者を捜していました」

「捜している間に子供が入ったら危ないだろうが」

「ですから、過って入らないよう鍵をかけていました」

「だいたい、どうやって犯人を見つけるんだよ。どうせ見つかりっこないんだから、とっとと片づければいいじゃないか」

「それはいけません。不法投棄されたものを市がすぐに片づけたら、適当に捨てておけばどうにかなると、ルール破りが横行します。その結果、貴重な税金が際限なく無駄に使われることになります」

「その結果、犯罪に悪用されただろうが」

　不毛なやりとりが繰り返される中、署からの応援が到着した。

　枝切り鋏《ばさみ》のような大型の金属カッターにより、鎖はあっけなく切断された。両開きのドアの左右に捜査員が二人ずつ取りつき、せーので取っ手を手前に引く。

　扉の奥に人の輪郭が見えた。しかし光が足りず、表情や状態はまったくわからない。

　空は暮れかかっている。懐中電灯の光が二つ三つ、四角い暗がりに向かって当てられる。

　若い男が椅子に坐《すわ》っていた。髪がぐしゃぐしゃに乱れ、額がうっすらと血で汚れ、口には粘着テープが貼られている。懐中電灯がまぶしいのか、目を閉じ、眉間《みけん》に皺《しわ》を寄せている。手は体の後ろに回っている。中にはその男一人しかいない。

一人の救急隊員が冷蔵庫の中に入る。二人が担架を持って待機する。歳三はその間から中を覗《のぞ》く。

男が坐っている椅子は、折り畳み式のディレクターズチェアだった。男の両足首は粘着テープで縛られている。足下は一面黒く汚れ、潰《つぶ》れたデイパックが転がっている。救急隊員は男をかつぐようにして立ちあがらせると、そろそろとした足取りで後ろ向きに出てきた。男の両手首は粘着テープによって腰のあたりで縛られている。

冷蔵庫から出ようとしたところで、段差につまずいたのか、救急隊員が大きくよろけ、男が地面に投げ出された。手足と口のテープはそのままで運んでいたので、男は声もあげられず、芋虫《いもむし》のように悶《もだ》えた。

待機していた救急隊員が男に寄っていく。両側から助け起こし、そのまま担架に載せる。

野次馬から歓声と拍手が湧き起こった。

4

ソファーに腹這《はらば》いになり、脳が若くなるというふれこみのゲームをやっていた歳三の耳元に生暖かい息がかかり、トシちゃんトシちゃんとささやく声がした。歳三はぶるっと首を振って肩をすぼめた。

「ニュースニュース」

「よせって、くすぐったい……」

歳三は耳を手でブロックする。その手をはがしてひとみがささやく。

「今日の夕方電話があって――」

「普通にしゃべれよ」

歳三は体を起こしてパジャマ姿の姪《めい》っ子を睨《にら》みつけた。

「だって――」

「五分過ぎてるぞ。またパパッチのお小言をもらっても知らないぞ」

この家では、子供は九時半までに布団に入ることが義務づけられている。

「だから小さい声でしゃべってんじゃん」

ひとみはキッチンの方をちらと見て、口の横に手を立てる。暖簾《のれん》の向こうでは父親が夕食の後片づけを行なっている。

「何？」

歳三も声をひそめた。

「ふたばちゃんから電話があったの」

「おお、生きてたか」

「来月、来るって」

「来月？　正月はまだ先だけど」

「なんかね、何かあるんだって」

「おいおい、それじゃあ何かさっぱりわからないだろう」

「パーティーとか言ってた」

「浜倉で？」

「うん」

「同窓会かな」

「かな」

「友達の披露宴かも」

「かも」


ふたばは歳三の二つ上の姉である。最初の子が理一《まさかず》、次がふたば、三人目が歳三——一、二、三で、子供のころはずいぶん嫌な思いをしたものだ。

ふたばは東京のデパートでアクセサリーを売っている。夜は銀座《ぎんざ》のクラブ勤め。いや、今は昼間が区役所の臨時職員で、夜がＮＴＴの番号案内だったか。一年くらい昼夜を問わず無休で働き、長期の休暇を取って海外に出ていく。そんなに長い休みは認められないと言われれば、その場で辞表を提出する。ある時はバックパックを背負ってインドに、翌年は豪華客船で世界一周クルーズ（ただし二等室）、かと思えばデスメタルバンドの全米ツアーの追っかけと、旅には何の脈絡もない。彼女はそんな暮らしを十五年も続けている。

「まさか自分の結婚パーティーじゃないだろうな」

「ふたばちゃん、また結婚するの？」

「だよなあ」

ふたばはバツニである。結婚しても気の向くまま旅に出てしまうのだから、旦那《だんな》に愛想をつかされて当然だ。

「でも、また結婚してほしいなあ」

「おばちゃんにはしあわせになってほしいか」

「結婚が女のしあわせだなんて、今どきはやんないよ」

「おいおい」

「結婚したら披露宴するじゃん」

「三度目だからしないかもしれないぞ」

「ダメ。しなきゃダメ。でないとフランス料理が食べられない」

「それ狙いか」

歳三は苦笑する。

「トシちゃんは？」

「何が？」

「結婚」

歳三は咳《せ》き込んだ。

「グランドホテルがいいな。ふたばちゃんの二度目の時、チョーおいしかったよね。あ！　トシちゃん、約束忘れてるよね！」

ひとみは出し抜けに歳三の鼻先に人さし指を突きつけた。

「グランドホテルで披露宴するなんて約束してないぞ」

「ほーら、やっぱり忘れてる。完全に忘れてる」

ひとみは頬を膨らます。

「ええと、約束？　何かしたっけ？　約束？」

歳三がうろたえながら記憶を探ろうとした時、背後でパンパンと手が叩《たた》き合わされた。

「時間だ」

ミッフィーのエプロンをした理一が暖簾の前に仁王立ちしていた。

「ちょっと用事があったんだよぉ」

ひとみは唇を尖《とが》らす。

「時間だ」

理一は両腰に手を当て、首を横に振る。

「来月、姉貴が来るんだって？」

歳三が言っても、

「時間だ」

「じゃあね、トシちゃん」

ひとみはぴょんとソファーを離れると、歳三に手を振り、父親の前は素通りして居間を出ていった。

大きな音を立ててドアが閉まると、理一は一転、相好を崩した。

「じゃ、これからは大人の時間ということで」

いったんキッチンに引っ込み、ふたたび暖簾をかきわけて出てくると、

「どっちがいい？」

歳三に向かって両手を突き出した。左手に酵母ビール、右手には黒ビールの瓶を持っている。

「うーん、今日は遠慮しとく」

歳三は顔の前に手を立てた。

「なんだ」

「このところ連チャンで飲んでたから。忙しすぎて、飲まないとやってられなくて」

「そうか」

理一はがっかりした様子で顔を引っ込める。

「あ、いや、やっぱり一杯だけ」

明日は飲むまいと歳三は誓う。

乾杯ののち、理一が言った。

「融通がきかないと思ってる」

「ん？」

「ひとみのこと」

「子供の夜更かしは俺も感心しないよ」

「とはいえ、杓子定規《しゃくしじょうぎ》に管理しては子供を萎縮《いしゅく》させることになると思っている。だろう？」

「うーん、わからないよ、子供持ってないし」

それは歳三の正直な気持ちである。

「ルールがあるならルールを守る、自分の都合でルールを変えない。あたりまえのことだ。だが世の中には、そういうあたりまえのことができない人間が多すぎる。あたりまえでないことがあたりまえになり、モラルの低下には目を覆うばかりだ。僕はひとみを、そういう人間にはしたくない」

「わかるよ」

「大人になってからモラルを説いても手遅れなんだ。子供の時分に体にしみこませておかないと。これは親の義務だ」

「うん」

「犯罪の八割は、それでなくせると思う。簡単なことなんだよ。ところが、その簡単なことがみんなできない。あたりまえであることが恰好《かっこう》悪いと思い、自分の欲望や利益のためには平気でルールを破り、それを分別もつかない子供に刷り込んでいく。おかげでこんな世の中だ。あんな事件も起きてしまう。犯人は？」

「へ？」

「誘拐事件の犯人だよ」

「ああ。まだ」

「目星は？」

「まだ何とも」

「捜査は長引きそうなのか？」

「行きずりの犯行だとしたら厄介かもな」

「ああいう輩《やから》は前科があるんじゃないか？　登録されている指紋を照合すれば」

「該当する指紋はなかった」

「犯人は相当な土地鑑を持っているぞ。あそこに業務用冷蔵庫が放置されていると前々から知っていた。通りすがりに見た程度では、それを監禁場所に利用しようという発想は生まれない」

「それは考慮に入れている」

「南京錠の購入者は割り出せないのか？　最近はどこのホームセンターも防犯カメラを導入しているぞ。個人商店で購入したとしたら、店員が顔を憶《おぼ》えているだろう」

「鋭意聞き込み中。兄貴は心配するな」

歳三は苦笑して、ビールをぐっとあける。

救出から四日、谷口明良は現在、浜倉市内の警察病院に入院している。脱水症状を起こすなど衰弱が激しく、丸一日は面会謝絶状態だったが、現在は警察の聴取にも応じている。

谷口によると、二十七日の夜、友人に送られてショッピングモールから帰ってきたあとしばらくして、一人でふたたびモールに向かったのだという。モールは港を望む高台にあり、夜景がことのほかきれいだったので、写真を撮ろうと思った。

事件は旧浜倉街道の浜倉新田交叉点で起きた。横断歩道を渡ろうとしたところ、後ろから車がやってきた。左折のウインカーを出しているのは見えたが、歩行者優先なので、そのまま渡りはじめた。しかし車は止まろうとせず、クラクションを汽笛のように長く鳴らして、谷口をかすめるようにして曲がっていった。谷口は立腹し、通り過ぎた車に向かって、首からさげていたカメラのシャッターを切った。腹癒《はらい》せにストロボの光を浴びせてやったのだ。

すると、横断歩道を渡ってしばらくして、後ろから車がやってきて、谷口を追い越し、行く手をさえぎるように幅寄せして停まった。そして助手席から若い男が降りてきて、谷口の前に仁王立ちになった。何を撮ったのかと男は言った。何も撮っていないと谷口は応《こた》えた。嘘をつくな、ストロボが光ったぞ、ナンバーを撮っただろうと男は詰め寄り、谷口は誤解だと繰り返した。

気がつくと、谷口は四人に囲まれていた。いずれも二十歳そこそこで、ちんぴらふうのだらしない恰好をしていた。かかわりになるとめんどうだと谷口は思い、ナンバーを撮ったつもりはないけれど写ってしまったかもしれないと、つい口にしてしまった。すると、ちょっと来いとワゴン車の後部座《ざ》席《せき》に連れ込まれた。

走る車の中で男たちは言った。人の持ち物を許可なく撮影していいのか、しかもナンバーも写して、プライバシーの侵害だ。凄《すご》みのきいた声で入れ替わり立ち替わり責めてくる。両側から挟まれているので逃げることもできない。そうするうちに谷口は、自分に落ち度があるような気がしてきて、すみませんと口にしてしまった。

すると男たちは、誠意を見せろと言い出した。谷口は彼らの目の前でデジカメのメモリーを全消去した。おまえの誠意はその程度かと男たちは恫喝《どうかつ》した。谷口は、金品を要求されているのだと理解した。しかし財布の中には五千円しかなかった。おろしてこいと命じられたが、銀行にも一万円あるかないかである。

金がないならお仕置きだと、男たちはニヤニヤしながら谷口の手足を粘着テープで縛りつけた。そして坐席の足下に転がしてドライブを続けた。車は何度か停まり、男たち全員が降りていくこともあったが、谷口は身動きが取れず、逃げられなかった。口も塞《ふさ》がれていたので助けも求められなかった。

深夜のドライブが終わり、四人がそれぞれの家に散っても、谷口は車に放置された。

翌日車が使われた際も床に転がされたままで、フットレスト代わりに使われた。たまにトイレに行かせてもらえ、わずかな水とパンを与えられた。そのたびに谷口は、もう許してくださいと涙を流して訴えたが、男たちは、死なせはしないから安心しろとニヤニヤするだけで解放してくれない。そのまま何日間も車の中に監禁された。

恐怖と恐慌と空腹と疲労で頭がおかしくなりそうになってきたころ、誠意の何たるかを考えたかと男たちは言った。親に金を借りると谷口は応えた。いくら借りるのかと訊《き》かれ、十万円と言うと怒鳴りつけられ、五十万円と言い直して睨《にら》みつけられ、そう繰り返すうちに、結局二千万円と言わされた。そして自分の携帯電話で実家に電話させられた。

電話のあと、谷口は空き地に連れていかれ、拘束された状態で冷蔵庫の中に閉じこめられた。

その後一度だけ、夜中に男たちがやってきて、パンと水を与えてくれた。まだ出してもらえないのかと谷口が尋ねると、おまえの親が金を出ししぶっている、恨むなら親を恨めと、ふたたび体の自由を奪われて冷蔵庫の中に閉じこめられた。

肉体も精神も消耗し、谷口は何も考えられず、感情もなくしていた。起きているのか眠っているのか、生きているのか死んでいるのか、自分でもよくわからない混濁した状態の中、谷口は子供の声を聞いた。ごく近くから聞こえた。それで生存本能が目覚めた。

谷口は子供らに自分の存在を示そうと、粘着テープの下で声を振り絞り、肩や頭を冷蔵庫の内壁に繰り返しぶつけた。

必死の思いが実を結び、谷口明良は救出された。拉致《らち》から実に八日目のことだった。


「車のナンバーは？」

理一が言う。

「見ていないそうだ」

「車種は？」

「白のワゴン、右ハンドル、三列シート、シートはグレーの布張り。車種やメーカーは不明」

「犯人グループの顔は？　覆面はしていなかったのだろう？」

「似顔絵は作成中。だから兄貴は心配するなって」

歳三はまた苦笑いを漏らす。すると理一は分厚いレンズの奥で目を見開いて、

「心配するなと言うが、この事件の異常性はなんだ。見ず知らずの人間に因縁をつけ、拉致監禁し、身代金を要求する。何ら情状酌量の余地がない、通り魔殺人や無差別テロに近い悪質さだ。そんな輩が野放し状態では、おちおち外も歩けない。当然、子供も外で遊ばせられない。だいたいこのごろ、変な事件が多くないか？　いや、このごろじゃない、強盗に放火に誘拐、今年に入ってずっとだ。浜倉はいつからそんな無法地帯にな

ったんだ。おい、何がおかしい」

「いや、何でも」

歳三は噴き出しそうになったのを隠すように口元をぬぐう。ごく最近、同じような非難を浴びたばかりだ。

「かならず捕まえるよ」

そう言って理一にビール瓶を差し向けた時、家の電話が鳴った。手にしたタンブラーにビールを注がれていたまさにその最中だったので、理一はすぐに出られなかった。呼び出しは二回で鳴り止んだ。通話中のランプが点灯しているので、二階で取ったようだった。すぐに階段を駆け降りる音がして、ひとみが居間に飛び込んできた。

「電話」

と父親に子機を差し出す。

「誰？」

「中浦さんってギャル」

「中浦は学生だと言ってるだろう」

理一は電話を取りあげ、うん、どうしたとしゃべりながら居間から出ていった。

「ちょっとちょっと、聞いた？『中浦は学生だと言ってるだろう』」

ひとみは眉間《みけん》に皺《しわ》を寄せ、そう低い声で言ったのち、頬を緩めて、

「『うん、どうした？　そうか。見にいこうか？』」

声を五度ほどあげて快活に言い、

「だってー。声がぜーんぜん違う」

　そして唇をすぼめ、顎《あご》に梅干しを作る。

「親しくないから愛想よくしゃべるんだよ。よそ行きというやつだ。親しい人には計算せずに気持ちをそのまま出してしゃべるから、時には不機嫌だったり怒ったりもする。逆に言えば、愛想が悪い姿を見られるということは、相手はこちらに心を開いているということだ。つまり、ひとみはパパッチに愛されているのさ」

「ちっとも嬉《うれ》しくなーい。ひーちゃんの前でも、いっつもニコニコしててほしいよ」

「まあ、その気持ちはわからないでもないが」

「それにさあ、ひーちゃんの時と、よその人の前とで態度が違うって、裏表があるってことじゃん。そういうの、いけないんだー」

「裏表というのとは違うよ。相手によって顔を使い分けるのは、人としてあたりまえのことだ。ひとみだって、友達と話す時と先生と話す時とお店の人と話す時とで、同じしゃべり方はしないだろう？」

「うーむ」

　ひとみはわかったようなわからないような顔で腕組みをする。

「それより、ひとみ」

「おう」

「二階で電話を取ったら、わざわざ下まで持ってこなくても、内線で切り替えられるんだぞ。ほら、このボタン」

と歳三はテレビの横の子機に手を伸ばし、転送ボタンを指さした。

「知ってるよー。トシちゃんに用事があったから、渡りに船でわざわざ降りてきたんだよ。普通に話しにきたら、パパッチにダメ出しされるじゃん」

「よく知ってるな、渡りに船。で、用事って？　パパッチのことで愚痴りたかったのか？」

「ちがうよー。約束のことだよ」

「ああ。何か約束してたっけ？」

しかし答はまたもお預けとなった。

「ヤバ。電話が終わった。またのー」

ひとみはスケートのように足を滑らせて居間を去っていってしまった。入れ替わりで理一が戻ってくる。

「トラブル？」

歳三は尋ねた。

「うん、まあ」

「今から大学に行くの？」

「いや、だいじょうぶだ」

理一はソファーに腰を落ち着け、泡の消えてしまったビールで唇と喉《のど》を潤す。そして言った。

「ところで、いま電話している最中に思ったのだけど、いや、べつに電話の内容と関係あるわけじゃなくて突然閃《ひらめ》いたのだけど、そういうことってあるだろう？　問題解決の糸口が、その問題についていっしょうけんめい考えている時ではなく、食事や入浴の時にふと思いつくってこと」

「あるけど……。何を思いついたのさ」

「誘拐事件のことだ。さっきおまえは、行きずりの犯行だとしたら捜査が長引くかもしれないと言ったよな」

「うん」

「『だとしたら』という前提があるということは、行きずりの犯行でない可能性も考えられるのだな？」

「お。さすが兄貴殿、鋭い指摘かも」

「ところが被害者によると、犯人グループには見《み》憶《おぼ》えがない、通りすがりに因縁をつけられただけだという」

「そう」

歳三は兄のタンブラーにビールを注ぐ。理一は難しい顔でうなずき、腕組みをしてから、

「二つ気になる点がある」

「何？」

「谷口君の自宅は住吉町」

「うん、大学の近く」

「住吉町から中山《なかやま》のショッピングモールまでは三、四キロある。歩いて行くような場所ではない」

「歩けない距離ではないよ」

「しかし夜だぞ。それから、犯人グループはどうして、谷口君を拉致したあとすぐに実家に金を要求しなかったんだ。拉致したのが九月二十七日の晩で、最初の脅迫電話をかけたのが十月四日の未明だから、六日間は、ただ監禁していたことになる。死なせないよう、水をやったりトイレをさせたりするのは、はなはだめんどくさいのに」

「最初は、ただ因縁をつけ、調子に乗っていたぶっていただけなんだろう。そのうち、どうせなら金を取ってやろうと思いついた」

「そうかもしれないが、もう一つおかしな点があるぞ。最初から狙っていたにしろ、あとから思い立ったにしろ、犯人グループは谷口君の実家から大金をせしめようとした。ところが脅迫は中途半端な形で終わっている。谷口君のお父さんが、金は昼に揃うと言ったのに、午後になっても犯人は連絡をよこさなかった。用意できたぶんだけどこそこに持ってこいという要求もなかった。まるで身代金の奪取を放棄してしまったようではないか」

「それも説明はつくんだよ。犯人は被害者のケータイから脅迫電話をかけたわけだけど、ではそのケータイはどこにあったと思う？」

「アジト？　監禁場所を見張ることのできる空き家とか」

「いいや。市営住宅の跡地の中、それも冷蔵庫の近く、近くも近く、ドアの前の雑草の中に埋もれていた」

「え？」

「犯人が過ってそこに落としてしまったんだよ。五日の早朝を最後に脅迫電話が途絶えてしまったのは、そういう理由からだったんだな。脅迫したくてもできなくなってしまった」

「自分たちの携帯電話を使えばいいじゃないか。いやだめか、足がつく。じゃあ公衆電話からかければよかったのに」

「電話番号を知っていればそうしたさ。しかしそれまで脅迫電話は谷口君のケータイの電話帳からかけていて、実家の番号を控えていなかった」

「たしかにこのごろ、電話番号を憶えるという習慣がなくなったな」

「といって、日中は人目があるので、冷蔵庫を開けて谷口君から聞き出すこともできない」

「そうだな」

「だから犯人は谷口君のケータイを探したのだが、見つける前に谷口君本人が救出されてしまった」

「いちおう説明はついてるけど……」

理一は下唇を突き出し、無精髭《ぶしようひげ》の生えた顎に梅干しを作る。

「納得していないようだね。つまり兄貴は、被害者の話はどうも嘘くさいと言うわけだな」

「嘘というか、どこかちぐはぐした印象がある」

理一は眼鏡をはずし、レンズに息を吹きかけてシャツの裾《すそ》でぬぐう。

「つまり、狂言誘拐ではないかと」

「そこまでは言ってない」

「実は警察も、狂言を疑っていないことはない」

「そうなのか？」

理一は眼鏡をかけて身を乗り出す。

「あ、これ、オフレコね」

歳三は唇に人さし指を立てて、

「ほかにも少々ひっかかる点があるんだよ。一つは、財布。監禁場所の冷蔵庫の中に被害者のディパックがあり、中に彼の財布があった。たしかに五千円と小銭しか入っていなかった。しかしどうしてそれが残っている。被害者によると、犯人グループは若いちんぴらだ。五千円を端た金と無視するか？　キャッシュカードも残っていた。口座には一万円しかないと言われて、はいそうですかと引きさがるか？　ＡＴＭで残高を確認するだろうし、それで本当に一万円しかなかったとしても、とりあえずの駄賃としておろすんじゃないか？　さらに、デイパックの中にはもっと高価なものが入っていたのだが、これも手つかずで残っていた」

「何？」

「デジカメ」

「谷口君の？　犯人の車に向けてストロボを焚《た》いた時に使った？」

「ああ。コンデジ、コンパクトデジカメじゃないぞ。三百ミリのズームレンズがついた一眼レフで、三十万もする代物だった。それをどうして奪わなかった。犯人グループにカメラの知識がなかった、あるいはカメラにまったく興味がなかったのかもしれないが、どうも釈然としない。身代金の受け渡しが行なわれなかったことといい、犯人は本当に金を奪おうとしていたのか疑わしい」

「なるほど」

「それから谷口君は、拉致《らち》された翌日から二日間、アルバイトの予定があったということだったよね。それについて、何のアルバイトだったのかと尋ねたところ、まあちょっととと言葉を濁す。さらに追及したところ、あれは学校をさぼる方便で、実はアルバイトの予定はなかったとばつが悪そうに言う」

「するとつまりこういうことか。谷口君は悪い仲間と組んで狂言誘拐を計画、実家から金をせしめようとした。まあ『アルバイト』ではあるな。拉致されたというのは作り話、金品が盗《と》られていないのも狂言である証拠。ところが何度か脅迫電話をかけるうちに、どうも警察が介入してきたようだと感じ、身代金奪取は断念した」

「または、谷口君は親に何か含むところがあり、脅迫で困らせようとした。困らせようとしただけで、金を奪うつもりは最初からなかった」

「自分の親に大切にされていないことを恨めしく思い、誘拐されたことにして気を惹《ひ》こうとしたのかもしれないな」

わが身に置き換えて感じることがあるのか、理一は神妙に言った。

「ただ、狂言とは考えづらい面もある。狂言なら、二十七日の夜に拉致された設定であるなら、その日のうちか翌朝に脅迫電話をかけるんじゃないか。一週間も先に送る理由がない」

「そうだな」

「それに何といっても、被害者の衰弱は本物だ。脱水症状を起こし、栄養失調に陥っていた。肩が脱臼《だっきゅう》し、骨にひびが入っていた。芝居でそこまでできるものではない」

「なるほど。いや待てよ、狂言誘拐実行中に仲間割れが起きたとは考えられないか？　それで冷蔵庫の中に閉じこめられ、本当に生命の危機に瀕《ひん》するはめになってしまった」

「それはない。仲間割れしたとしたら、それは十月四日の早朝以降ということになる。

その時には谷口君と犯人役の一人が一緒に脅迫電話をかけているのだから。一方、谷口君が救出されたのは翌五日の夕方。一日半程度であそこまで衰弱することはない。医者によると、もう一日発見が遅れたら命の心配もあったそうだ」

「そうか……」

理一は考え込むように目を細めた。

「ただ、被害者は何かを隠しているとは思う」

歳三はタンブラーを取りあげ、中を覗《のぞ》き込んでからテーブルに戻した。

「誰かをかばっているとか？」

「かもしれない」

「やっぱり狂言誘拐の仲間割れじゃないのかなあ。芝居を超えて監禁され、半死半生の目に遭ってしまった。その点においては正真正銘の被害者だ。しかし狂言を企てたという点では加害者なので、どうしてもごまかすような言い方になってしまい、それがちぐはぐな印象を抱かせている」

そう自説を述べながら、理一がビール瓶を傾けて差し出してくる。歳三は空のタンブラーの口を兄の方に向けた。やはり一杯では終わらなかった。

5

十月十五日、事態は急展開した。

蕎麦《そば》屋で昼を食べた歳三が署に戻り、三階の刑事課の部屋に入ろうとしたところ、中から矢崎と鴻野《こうの》が飛び出してきて、歳三を両側からかすめていった。

「気をつけろ」

と歳三が振り返った時にはもう、二人は階段の奥に消え去っていた。

「何なんだ」

肩をはたきながら顔を戻すと、

「土方さん、行きますよ」

今度は腕を取られた。吉川だった。

「どこに？」

「谷口明良が死にました」

「え？　容態が急変したのか？」

谷口明良は入院後軽い肺炎にかかり、退院が遅れていた。

「いいえ。口を封じられました」

「何だって!?」

歳三は吉川の手を振り払い、逆に彼の腕を取った。

「きのうの夜中に轢《ひ》き逃げがありましたよね」

吉川は廊下を階段の方に向かう。

「轢き逃げ？　本宮町の？」

歳三は引っ張られるようにあとに続く。

「死んだ男性の身元がさっき割れました。谷口明良でした」

「何で谷口君なんだよ。彼は入院中じゃないか」

「病院から連れ出されたんですよ」

「誰に？」

「誘拐犯に決まってるじゃないですか。谷口には顔を見られている。ほかにも個人の特定につながることを見聞きされている可能性が高い。だから口を封じた。また、あの誘拐が狂言だとしたら、谷口が真相をゲロらないうちにと、共犯者が手を打った。交通事故に見せかけての暗殺です」

「本当かよ」

「じゃ、その目で確かめてください。警察病院の彼のベッドは蛻《もぬけ》の殻ですから」

吉川は小走りに階段を降りる。

「それで、どこに行くんだ？」

歳三はあとについていきながら尋ねる。

「だから、警察病院ですよ」

「何をしに？」

「決まってるじゃないですか。谷口がいついなくなったのか、不審な訪問者はなかったか、病室に遺留品はないか、調べるんですよ」

「調べる？　おい、待て。あの事件はうちの担当じゃないだろう」

　携帯電話のエリア探索に助っ人として加わったまでだ。谷口明良救出後は捜査から離れている。

「二班は人が出払っていて、手が足りないみたいですよ。班長からして休みですからね」

「しかし、指示が出ていないのに勝手に捜査するのはまずいぞ」

　歳三は吉川を踊り場で足止めする。

「べつに二班を出し抜こうってんじゃないですよ。あくまでサポートです」

「そういう問題ではなく――」

「得られた情報は表立っては明かさないから、波風は絶対に立ちません」

「情報を明かさない？　じゃあ何のための捜査だ。調べる意味がないじゃないか。趣味か？」

「情報は二班の誰かに丸投げするんですよ。矢崎さんあたりはどうかな。出世欲は人一倍強そうだけど実績がイマイチ。おいしい情報はいくらでも欲しがるでしょう」

「情報を同僚に売りつけるのか？」

　歳三は眉《まゆ》をひそめ、声もひそめる。

「売るなんて人聞きの悪い。べつに金をもらおうというんじゃないですよ。寿司《すし》をおごれというのでも」

「金はもらわず、手柄も向こう。いったい何のボランティアだ」

「貸しですよ」

「貸し？」

「そういう貸しをいろんな方面に作っておくと、あとあとかならず自分に返ってきます。情けは人のためならずってね。世の中、結局は人脈ですから。土方さんも行きましょうよ。内勤なんてつまらないじゃないですか。取り調べならまだしも、検察に送る書類作りなんて」

吉川はあっけらかんと言って階段を降りていく。

先輩として組織のルールを説くべきか、暴走阻止のため自分もついていくべきかと歳三が迷っていると、

「刑事さん」

と声をかけられた。吉川と入れ替わるように、踊り場の手前に和装の婦人が立っていた。

「あ？　こんにちは」

歳三はよそ行きの笑顔に切り替えて会釈をした。

「今、お忙しいでしょうか」

大喜多和子は歳三を見あげ、ためらいがちに言った。先月亡くなった市議会議員の奥さんである。

「いえ、忙しいというほどでは」

吉川の姿は見えなくなってしまった。

「お時間いただけますでしょうか」

「ご主人の件ですか？」

大喜多要三が殺害された事件を歳三は担当していた。

「ええ」

「何でしょう」

「それが……。ここでは、ちょっと……」

和子は階段の上下に目をやる。

「では、こちらへどうぞ」

歳三は和子を上の階に誘導した。

「土方さん、行かないんですか？」

階下から吉川の声がした。手《て》摺《す》りの隙間から覗《のぞ》く彼の顔に向かって歳三は手を振り、和子を刑事課の応接コーナーに通した。

「すみませんね、こんなところで」

歳三は形ばかり椅子の埃《ほこり》を払う。しかしはみ出したパンヤは直しようがない。

「いえ。こちらこそ、突然押しかけてしまい、申し訳ございません」

「それで、ご用件は？」

すると大喜多夫人は紬織《つむぎお》りの和装バッグを開いて一通の封筒を取り出した。表には〈浜倉市本宮町　大喜多要三市議〉とあった。番地は省略されているが、郵便物である。

「へー、これで届くんですか。有名な方だからですかね」

「中をごらんください」

便箋《びんせん》が一枚入っていた。

〈大喜多、よくもなめたまねをしてくれたな。今日のところは十万円で勘弁してやる。八日中に振り込んでおけ。いずれ挨拶《あいさつ》にいく〉

「何ですか、これは。脅迫？」

そう言いながら歳三は封筒を裏返した。〈ご存じの者より〉とだけあった。

「先週届きました」

「そうですか。え？　先週？」

歳三は消印に目をやった。十月六日の十二時から十八時となっている。扱ったのは浜倉中央局。

「そうなんです。主人が亡くなってから届いたのです」

大喜多議員が死んだのは九月二十八日である。

「議員が亡くなったことを知らずに脅迫してきたのですね。このような脅迫を受ける心あたりは？」

「いいえ、まったく」

歳三はもう一度便箋に目をやった。筆圧の高い殴り書きで、文字の大きさや行間も不統一である。作為的にこうしたのでなければ、相当な憤りにまかせて書いたと想像できる。

「十万円は振り込みましたか？」

「いいえ」

「賢明な判断です。今後同じような手紙が届いても絶対に応じてはいけませんよ」

「もちろんです。何のことかさっぱりわかりませんし、だいいち振込先がわかりません」

そう言われてみると、脅迫状には口座が記されていない。ということは、普段から大喜多要三と金のやりとりをしていた間柄なのか。

「過去に同様の脅迫状が届いたことはありますか？」

「わたくしは見たことはございません。気になって、主人が遺《のこ》した手紙を調べてみましたが、このような脅迫状めいたものは一通も」

「そうですか。少々お待ちいただけますか」

殺人や傷害がからんでいない単純な脅迫は自分の担当ではなかった。そこで歳三は生活安全課の者を呼んでこようとしたのだが、腰をあげかけた時、

「過去に届いたことはありませんが、このあとにもう一通」

と和子が言った。

「また届いたのですか？」

「はい」

和子はバッグから新たに封筒を取り出す。封筒と便箋は先のものと同じようだった。

〈ふざけんな！　なめんじゃねえぞ！　今度シカトしてみろ、議員生命を絶ってやる。十二年間の実績もすべて水の泡だぞ。少しだけ考える時間をやる。十三日の午後三時までに一千万円を振り込め。こっちは刺し違える覚悟だからな！〉

　差出人は一通目とは違い、〈地獄の白髪鬼〉となっていた。しかし筆跡は似ている。消印は十月九日の十二時から十八時、浜倉中央局。

「このあとは？」

「いいえ。届いたのはこの二通です」

「この脅迫にも応じてはいませんね？」

「ええ。こちらにも振込先が書かれていませんし」

「しつこいようですが、心あたりはないのですね？」

「ございません」

「ご主人がやられていた活動と関係あるのでしょうかね」

　大喜多要三は生前、青少年の健全な育成に力を注いでいた。繁華街のパトロール部隊を結成したり、町道場で剣道を教えたり、有害雑誌の自動販売機の撤去と廃棄ポストの設置を進めたり。

「現場では不良の子たちと言い争いになることもあったそうですが、辛抱強く対話を重ねると、みな主人のことをわかってくれました。更生した子たちから毎年年賀状がたくさん届きます。感謝されこそすれ、恨まれるようなことは……」

しかし、百人が百人、わかってくれるはずはない。うっとうしく思い、逆恨みされることもあるだろう。実際、大喜多が殺されたのも、彼の青少年育成活動が間接的にかかわっていた。

「脅迫状はこの二通ということですが、ほかに電話や電子メールで脅迫を受けたということは？」

「いいえ。そのような電話はいっさいございません」

「一千万円の振り込みの期限は二日過ぎています。催促の電話や手紙はありました？」

「いいえ」

「お宅に直接的な被害はありましたか？　窓ガラスが割られるとか、中傷ビラを撒《ま》かれるとか。奥様がお出かけの際、身の危険を感じたようなことは？」

「何も起きていません。起きていませんが、これから何か起きるのではないかと心配で……」

和子は肩をすぼめてぶるっと震えた。そして言う。

「息子は二人とも独立しておりまして、主人が亡くなった今、わたくしはあの家に独りなのです。頼りにできる人がいないのです」

目の前の刑事を弱々しく見つめる。

歳三はうなずき、担当者を呼んでくると席を立った。

それにしても、突然の死に打ちのめされているところに脅迫とは、まったくひどい話である。この町は本当に治安が悪くなってしまったのだろうかと、歳三は少々不安になった。

6

「生きている谷口明良が最後に目撃されたのは十月十四日の午後九時。病棟の消灯時間に見回りにきた看護師が、ベッドの中に彼がいたのを見ている。しかし翌朝六時半に検温にやってくると、ベッドは空っぽだった。寝間着は布団の中にあり、トレーナーとジーパンが消えていた。

いっぽう轢《ひ》き逃げが発生したのは十五日の午前一時ごろ。浜倉市本宮町の信号のない交叉点で、事故の目撃者はいない。通りかかった個人タクシーの運転手が発見し、自分の車で近くの病院まで運んだものの、被害青年は明け方息を引き取った。道路にブレーキ痕《こん》はなく、居眠りか飲酒運転による事故ではないかと考えられた。

被害者の身元はその日の午後に判明した。谷口明良だということで、すわ、誘拐犯か狂言仲間による口封じかとなったのだけど、何のことはない、ただの轢き逃げ事故だった。

犯人は翌十六日の朝になって出頭してきた。県の関連団体の職員で、運転中に普通でない衝撃を感じ、人を轢いたようだとは思ったが、飲酒運転が発覚するのを恐れ、そのまま帰宅したという。本宮町で人身事故があったとニュースで知り、自分の車のバンパーを見たところへこんでいたため、出頭することにした。で、きつい質問をしたのがいてね、ニュースにならなかったら出頭しなかったのかと尋ねたのさ。すると野郎は少し考えて、たぶん出頭しなかったと答えやがった。兄貴が言うところのモラルの低下だよな、まったく。しかしこの轢き逃げは、誘拐事件とは無関係と断定していいようだ。脅迫電話があった時間における団体職員のアリバイが確かめられた。本宮町で事故を起こす直前まで飲んでいたことも。警察病院から谷口君を連れ出す時間はなかった。

　じゃあ谷口君は何で夜中に病院を抜け出したのだ。肺炎も完治していないんだぞ。コンビニに行こうとしたのか？　警察病院から事故現場までは二キロもあるんだぞ。徒歩で三十分。途中にコンビニは四店あったが、どこにも立ち寄った様子はなかった。それとも誰かに連れ出されたのか？　それが誘拐の関係者？　たまたま飲酒運転の車が突っ込んできて谷口君を轢いてくれたので、こりゃ殺す手間が省けたと、とんずらしたのか？」

「聞いてないよ」

　ダイニングテーブルのほうから声がした。ひとみが足をぶらぶらさせながらファンタジーを読んでいる。

理一は歳三の向かいのソファーに腕組みをして坐《すわ》っている。うつむきかげんの顔を覗《のぞ》くと、眼鏡の奥の目は閉じていた。小さな鼾《いびき》も聞こえる。

「なんだ、どうなったのか教えろと言ったのは兄貴なのに」

歳三はばつの悪さを感じてソファーを離れ、ビアタンブラーを持ってダイニングテーブルに移動した。

「ずるいよね。ソファーでは寝ちゃいけないというルールのはずなのにさ。決めたのも自分なのにさ」

ひとみは父親を一瞥《いちべつ》し、本のページをめくる。

「寝てはいけないというのは、寝そべってはいけないという意味じゃないの？　寝そべらずに眠るのはセーフ」

「えー？　そんなの、ずっこい！」

ひとみはかなり大きな声をあげたが、理一はびくりと肩を動かしただけで目覚めない。

「疲れているんだよ」

「言い訳」

「ゆうべも——」

理一はひとみが眠ってから研究室に行ったらしい。本来は、六時、七時に帰宅できるような仕事ではないのだが、小さな娘のために無理に早く帰ってきている。そのため、やり残したことをするために夜中に大学に戻ることが少なくない。明け方まで仕事をし、そっと帰ってきて、わざわざパジャマに着替えて朝食の支度をすることも。

「ゆうべ、何？」

「ゆうべも、ここで寝たのかなあって」

歳三はとっさにごまかした。ありのままの現実を娘に見せることを兄は望んでいないだろう。ひとみも、自分の存在が重荷になっているのかと悩んでしまう。

「寝てたよ。このだらしない姿、パパッチが教えてる学生さんにも見せてあげたいよ。そしたら二度と『先生』なんて呼んでもらえないよね」

ひとみは、いーっと歯を剝《む》く。

「家だから、安心してだらしなくできるんだよ。大学では『先生』らしくふるまわなければならないから息が抜けない」

「やっぱり裏表がある」

「裏表じゃないって」

理一の足下に畳みかけたエプロンが落ちている。前ポケットにはキティちゃんがプリントされている。なんとか娘に好かれようと、彼なりに必死なのだ。

「ところで、約束って何だっけ？」

うまく説明できそうにないので、歳三は話題を変えた。

「もういいよ」

ひとみは膨れている。

「よくない。何かを約束したのなら、かならず守る」

「赤目おばけ」

「ああ。ごめん、調べてない」

「やっぱり！」

ひとみはますます膨れる。

「ごめんよ。ずっと忙しくて」

「言い訳」

「今度の休みに調べる」

「もういいよ」

「日曜日に休めると思うから、一緒に調べようか。探偵ごっこ」

「したくない」

「帰りにケーキ食べようか。それともゲーム屋に寄っていくか。新しくできたモール、大きいおもちゃ屋が入ったんだって？　もう行った？」

などと十一歳の子に媚《こ》びを売っている時だった。突然頭の中で回路がつながった。

「赤目おばけを見たという子、レイラちゃん」

歳三はがたりと椅子を引いて立ちあがった。

「星蘭。あーあ、この人、憶《おぼ》える気ゼロだ」

「彼女、二小だと言ったよな？」

「二小」

「名簿を見せてくれ。ダンス教室の名簿」

歳三はひとみの両肩に手をかけて前後に揺する。興奮を抑えられない。

「ないよ。個人なんとか法がうるさいから。痛いよー」

「じゃあダンス教室の電話番号。いや、二小にかければいいか。その子、何年何組？いや、そんなの学校に訊《き》けばいいだけの話」

「何言ってるかわかんなーい」

「今度、ケーキをおごるから。何がいい？　モンブラン？　ムース？　タルト？　ミルフィーユ？　ショコラ？　考えといて。全部でもいいぞ。近いうちにまた来る。パパッチはほっといていいから、戸締まりはしっかりな」

あっけにとられるひとみをその場に残し、歳三は上着を摑《つか》んで部屋を飛び出した。

7

「おもしろい。実におもしろい」

剣持《けんもち》は薄い眉《まゆ》を指の腹でこすり、抜けた眉毛に息を吹きかけて飛ばした。

「妄想じゃないですよ。携帯電話の端末を調べても無駄ですが、電話会社には記録が残っているはずです」

歳三は周りを気づかいながら言った。

「そうだな。記録が残っていれば決め手になる。しかし逮捕はできない」

「ええ」

「とっておきのネタという言葉に釣られて聞いてやったが、あんまりおいしい話じゃねえな。被疑者死亡のまま書類送検というのは負けに等しいし、世間からもいい顔をされない」

「じゃあ、聞かなかったことにしますか？」

歳三は片肘《かたひじ》をついて身を乗り出し、剣持を睨《にら》みつけた。しかしその三白眼をまともに見ると飲み込まれそうになるので、視線の先は鼻のあたりに置いておく。

剣持は若造を掌上で転がすように薄く笑い、コーヒーのお代わりを注文した。それから口元を覆い隠すようにタバコをくわえ、片目を閉じて窓の外をじっと見つめた。

山小屋ふうの喫茶店である。テーブルとテーブルの間には丸太を積み重ねた仕切りがあり、半個室のようになっている。店内にはジャズの有線が流れており、よほど注意しないことには隣のブースの声は聞こえない。

コーヒーが届くと剣持は、ミルクを全部と砂糖を二袋投入し、一口すすってから、ぼそりとつぶやいた。

「谷口明良は自ら進んで冷蔵庫に入った」

「ええ」

「目的は盗撮」

「そうです。常習者でした」

桜町市営住宅の跡地は子供の遊び場になっている。しかし公園ではないのでトイレがない。もよおした子たちは、わざわざ家まで帰るか、それがめんどくさいならそのあたりですするしかない。その際、よく使われていたのが冷蔵庫の陰だった。そこなら、用足ししているところを仲間に見られずにすむ。その姿を、谷口は冷蔵庫の中に隠れてデジカメで撮影していた。冷蔵庫は腐食して穴が開いていた。撮影しやすいよう、多少手を加えたかもしれない。

谷口の盗撮行為は、実は過去に人目に留まっている。オートフォーカスのカメラを暗い場所で使う場合、ピントを合わせるための補助光が光る。補助光は設定でオフにすることができるのだが、うっかり切り忘れたことがあり、それを子供たちに見られてしまった。夕暮れ時に出現した赤目おばけの正体がこれである。

「盗撮には共犯者がいる」

「いなければ、冷蔵庫に鎖を巻いて南京錠をおろすことができません。市役所がかけた鎖を切断することは一人でもできますが、中に入ったあと鎖を元のようにしておかないと怪しまれます。だからどうしてももう一人必要なのです。というより、そのもう一人のほうが、むしろ首謀者だったと思われます」

「大喜多要三」

「年齢や立場を考えると、大喜多が谷口にやらせていたのでしょう。高額の報酬を支払って。まさに『知り合いの手伝い』の『アルバイト』であったわけです」
「しかしそれは一想像だろう」
「想像です。二人がどういうきっかけで知り合ったのかもわかりません。しかし二人がつながっていることは疑いようがありません。谷口明良と大喜多要三、九月二十七日夜からの二人の動きが完全にシンクロするのです」

大喜多要三は週に一、二度、史蹟公園でのスケートボードの取り締まりのため、夜間の見回りを行なっていた。九月二十七日の夜も、それを名目に家を出た。しかしまっすぐ史蹟公園には向かわず、途中で谷口明良を拾い、桜町市営住宅の跡地に行った。谷口は冷蔵庫の中に入り、大喜多は外から鎖を巻き、南京錠をかけた。市の環境課がかけたものと交換した南京錠である。過去の盗撮も、このように夜の見回りのついでに冷蔵庫への潜入作業を行なったのだろう。子供たちが遊んでいる昼間に入るわけにはいかない。

谷口は冷蔵庫の中に二日間こもるつもりだったと思われる。学校を二日休むと友人に言っていたからだ。二日後の夜に迎えにくるという約束で、大喜多は公園のパトロールに出かけた。谷口は、二十八日、二十九日と、用意の食料や飲料水をとりながら、冷蔵庫の中で盗撮活動を行なった。

ところが約束の二日後、九月二十九日の夜になっても大喜多は迎えにこなかった。それもそのはず、大喜多は二十七日深夜に史蹟公園でトラブルに巻き込まれ、命を落としていた。しかし二日間ずっと冷蔵庫の中にいた谷口は知るよしもない。携帯電話から催促の電話をかける。ところがつながらない。史蹟公園での争いの最中、大喜多の携帯電話が壊れてしまったからだ。壊れていなければ、大喜多が死んでいても遺族が出るなどして連絡がついたのだろうが。

大喜多と連絡が取れないまま三日目の朝を迎えた。実は今晩迎えにくる約束だっただろうか、自分が日を間違えているのだろうかと思いながら夜を迎えるが、やはり大喜多はやってこない。携帯電話にはつながらない。自宅の電話番号は知らない。電話帳非掲載のため、番号案内でもわからない。鎖と南京錠により、自力では脱出できない。

あのオヤジ何をしているのだと谷口はいらいらする。そして次第に不安になる。食料も水も二日分しか用意してきておらず、このような事態に陥ることは想定していなかったので、すでに底をついていた。

それからも大喜多はやってこず、電話は通じない。といって、家族や友人を呼んで出してもらうわけにはいかない。何のためにこんなところに入っていたのか説明できないからだ。小学生の放尿の盗撮が知れたら大学は辞めざるをえず、地元も離れなければならない。

時間が過ぎる。大喜多は迎えにこない。電話は通じない。空腹がつのる。無理とわかっていてドアに体当たりを繰り返すと脱臼《だっきゅう》してしまった。もはや肉体的にも精神的にもいっぱいいっぱいだった。

そして谷口は一つの結論に達する。大喜多要三は自分を殺そうとしている。異常な性嗜好について口外されないよう、抹殺しようとしているのだ。

絶対に許せないと谷口は憤った。ただではおかないと報復を誓った。しかし怒りをぶつけようにも、冷蔵庫の中にいては話にならない。まずは脱出しなければ。報復どころか自分が死んでしまう。

朦朧《もうろう》とする意識の中、谷口は閃《ひらめ》きを得る。何者かに拉致《らち》監禁されたことにし、警察に救出してもらおう。誘拐の被害者を装うことで、盗撮行為を隠蔽《いんぺい》することができる。谷口は、自分自身と誘拐犯の二役を演じ、実家に電話をかけた。リアリティを出すため、脅迫電話は複数回かけた。大喜多を呼ぼうとしていた時には、バッテリー節約のためにいちいち電源を落としていたのだが、狂言誘拐に際しては、警察が電波で位置を特定できるよう、携帯電話の電源は入れっぱなしにしておいた。

はたして谷口の思惑は当たり、十月五日の夕方、八日ぶりに娑婆《しゃば》の空気を吸うことができたのである。人間は水なしでは一週間前後しか生きられないので、本当にギリギリの生還だった。

「冷蔵庫を出るまで、携帯電話は谷口の手の中にあった」

剣持が言う。

「救急隊員に連れられて出ようとしたところで谷口は倒れました。衰弱で倒れたのだと見ていたのですが、あれは演技だったのです。倒れたタイミングで、手の中に隠し持っていた携帯電話を雑草の中に埋め込んだ」

「手足と口の粘着テープは自分で貼った」

「後ろに回した手をロープで縛るのは難しいですが、テープを貼ることならできます。見た目固定されているようであれば、実際にはゆるゆるでもかまわないのだし。テープは、冷蔵庫に潜伏するにあたって、自分で用意しておいたのですね。盗撮の経験を重ねるうちに、あると便利だと思ったのでしょう。たとえば、デジカメを固定するのに使えます。大人が近づいてきたら、中を覗《のぞ》かれないよう、一時的に穴を塞《ふさ》ぐこともできる」

「粘着テープの残りは？　ディパックの中にあったのか？」

「いいえ。そのようなものが自分のバッグの中にあっては狂言が疑われます。ライターの火で燃やしたのでしょう。食べ物の袋やペットボトルがあっても変なので、それらも。冷蔵庫の底を鑑識に調べさせれば、一面黒くなっているのが燃えかすだとわかることでしょう。煙が大変だったでしょうが、壁の穴に口をつければ、焼却中も新鮮な空気を吸うことができます」

「自分を縛る前に、子供たちが写っているメモリーカードも全消去した」

「当然です」

「救出されたあと、大喜多要三への報復行動に出た」

「ええ。まずは脅迫状を送りつけました。救出された翌日、まだ死の恐怖が鮮明に残っていた時ですから、大喜多要三に対する怒りは相当なものだったのでしょう。便箋《びんせん》や封筒、切手は、看護師に頼んでもらったのか、ナースステーションから黙って拝借したのか、病院の購買で調達したのでしょう。いつも盗撮の報酬を振り込んでもらっているので、口座は記す必要がなかった。町名だけで出したのは、正確な住所を知らなかったからです」

ところが梨の礫《つぶて》だった。入金の確認は携帯電話でできる。それなりの生活をしている人間が十万円ぽっちを即日用意できないわけがない。ネットバンクを使えば、二十四時間振り込み可能なのだ。そして大喜多は病院にも顔を出さない。相変わらず電話は通じない。谷口の怒りに油が注がれた。谷口は最後通牒《さいごつうちょう》のつもりで二度目の脅迫を行なった。

「〈白髪鬼〉というのはあれか、江戸川乱歩《えどがわらんぽ》の小説の。生きながら埋葬された男が墓場から生還して復讐《ふくしゅう》を行なうという」

「オリジナルは英国の女流作家ですけどね。俺も白髪鬼のように生死の境をさまよった、白髪鬼のようにおまえに復讐してやる、というメッセージでしょう」

「しかしその脅しも無視された。だから、大喜多を直接襲撃しようと、病院を抜け出して彼の自宅に向かった」

「ええ。昼間は抜け出せないので、夜中に。ところが大喜多の家に着く前に飲酒運転の車に轢《ひ》かれて命を落としてしまった」

「事故現場も大喜多の自宅も本宮町。あとちょっとだったのにな」

剣持は皮肉らしく笑う。

「新聞を調べたり人に聞いたりすれば、大喜多の死を確かめることはできたんですよね。しかし谷口は怒りに凝り固まっていたため、大喜多が死んでいるという発想が出てこなかった」

　知恵を絞りに絞って鉄の棺桶《かんおけ》から脱出できたというのに、ちょっとした意識の齟齬《そご》により棺桶に引き戻されてしまった。

「たしかに状況証拠をつなぎ合わせると一つのストーリーになる」

「物証も揃えられますよ。谷口は大喜多に何度も電話しています。それが確かめられれば二人に関係があったと証明できる。谷口は自分のケータイから大喜多への発信履歴を消したでしょうし、大喜多の端末は壊れていたため着信履歴は記録されていない。しかし電話会社のホストコンピュータには記録されています。脅迫状の筆跡も決め手になります」

「そうだな」

　肯定の返事をする剣持だが、それ以上積極的に何かを言うわけではない。

「信じられないのですか？」

　歳三はやや詰問調で言った。

「何が？」

「六十二歳の立派な紳士、市議会議員を三期十二年務めた地元の名士に、そのような下劣な趣味があろうはずがない。だいいち、青少年の健全な育成に力を注いでいた人ではないか」

「そんなことは思わないさ。ジキルとハイドは嫌というほど見てきている。電車の中で性器を露出した大学教授とか、わが子を虐待死させた人権擁護団体の幹部とか」

「じゃあどうして気が乗らないふうなんですか」

「だから言っただろう、おいしい事件ではないって」

「おいしい、おいしくないって、警察官がそんなことでいいのですか――なんてことは言いませんがね」

歳三は首をすくめてタバコに火をつける。

「それが土方のだめなところだよな」

「え？」

「中途半端に熱く、中途半端に醒《さ》めている」

そういう自己分析をしたことはなかったが、指摘された瞬間に体がカッと熱くなったので、おそらく図星なのだろうと歳三は思った。

剣持は顔を窓の外に向けて甘ったるそうなコーヒーをすする。何かを試されているような気がして、歳三はひどく居心地が悪かった。

しばらくしてから剣持が口を開いた。

「どうしてこの話を俺に？」

彼は別班のボスである。

「谷口の事件は自分の担当ではありませんから。しゃしゃり出ると、二班の面々にいい顔をされません。個人的に仲のいいやつでもいれば、そいつに教えて点数を稼がせてやりますが」

「だったら、直接の上司に話すのが筋というものだろう」

歳三は首を横に振った。

「うちの班長は剣持さんのことをよく思っていない」

「俺も長谷川は嫌いだ」

剣持はニヤリと笑う。

「だからあなたへの対抗心から、真相を握り潰《つぶ》してしまおうとするかもしれない。いつまでも無駄な捜査を続けているがいいと。被疑者は死んでいるので、次の犯行が起きる心配もない」

「ずんぶん信望のない上司だな」

「それに、大喜多夫人は長谷川班長の奥さんのはとこにあたるんですよ」

「ああ、小耳に挟んだ」

「彼女に配慮して、真相を葬り去ろうとするかもしれません。ご主人の性嗜好が表沙汰《おもてざた》になったら針の筵《むしろ》です」

「小料理屋の女将《おかみ》と寝たとかいうならともかく、対象が孫のような歳の子じゃ、浮かばれないよな」

大喜多和子本人は、夫が異常であることを、すでに知ってしまったのではないか。

大喜多要三殺しの犯人を逮捕したあと、歳三はその報告のため、本宮町の大喜多邸を訪ねた。そのとき夫人は、庭で泣きながら写真を燃やしていた。夫の面影を断ち切るため、想い出の写真を燃やしているのだと歳三は思った。しかし真実は、燃やしていたのは子供たちの写真だったのではないのか。遺品の中にそれを見つけ、夫の性嗜好を知ってしまい、怒りとなさけなさにうちひしがれ、写真を見つけた事実も消し去ってしまおうと火にくべた。しかし彼女は、その写真が脅迫と結びついているとは思わなかったので、警察に相談にきた。

「そうやって計算を立ててこられちゃあ、俺が握り潰すわけにはいかなくなる。おまえ、そんな策士だったっけ？」

剣持は苦笑いを漏らす。

「吉川には負けます」

「うん、あのおぼっちゃんは抜け目ない」

「握り潰してもらってもいいですよ。あとかたづけだけの、つまらない仕事ですから」

風向きが変わったのを感じ、歳三は軽口を叩《たた》いた。

「長谷川と同類に見られるくらいなら、つまらない仕事でもするよ。もっとも、矢崎あたりにやらせるわけだが」

「じゃあ、あとはよろしく」

歳三は腰をあげる。上司と犬猿の仲で、かつ同じポジションにいる人間と親しげに話し込んでいるところを見られたら、厄介なことになりかねない。

「これは俺だろう」

剣持が歳三の手から伝票を奪い取る。

「招かれざる客を押しつけたわけですし」

「いいんだよ」

「おごってもらえるのなら、ブルーマウンテンにしとけばよかった」

歳三は憎まれ口を叩いてテーブルを離れた。そのまま外に出ようとしたが、レジの前でふと足を止め、ガラスのショーケースの中を指さしながらウエイトレスに注文した。

「全部一つずつでお願いします。紫芋《むらさきいも》のモンブラン、ラズベリーパイ、季節のフルーツタルト、レモンのレアチーズ――」

トカゲは見ていた知っていた

1

十一月三日は暦の上では休日だったが、舞田歳三《としみ》は平常どおりに出署し、夜の七時を過ぎてもまだ机に向かっていた。

梅雨時の聞き込み、炎暑の下の張り込み、粉雪が舞う中の尾行――刑事の労働環境は劣悪である。二日酔いの朝に呼び出しがかかり、ヘドロの中から引きあげられた腐乱死体を見ていると、この仕事を選択した自分を恨めしく思う。しかし歳三にとっての苦痛はなんといってもデスクワークだった。

被疑者供述調書は、取り調べの場で供述を聞きながら作成するのが望ましい。しかしこちらがいくら道筋を作ったところで、供述者が理路整然としゃべってくれることはまれであり、それを脳内で文章語に同時通訳するのは非常に困難である。したがって、取調室ではとりあえずメモを取り、あとからそれをもとに供述調書を作成ということになるのだが、そこに一つの、しかしとてつもなく大きな問題が控えていた。

歳三は極度の悪筆だった。漢字の書き取りをするように慎重に筆を進めれば、それなりに読める形態になる。しかし意識せずに手を動かした時には文字の体《てい》をなしていない。「ミミズがのたくったような」という形容は歳三のためにあるようなもので、それが他人から笑われるだけなら実害はないのだが、自分で取ったメモが自分で解読できないのだから、ゆゆしき問題である。

その日も歳三は、ジャン＝フランソワ・シャンポリオンのような気持ちでメモと格闘していた。すると携帯電話が鳴った。

「トシちゃん、助けて！」

端末を耳に当てるなり、切羽詰まった声が飛び出てきた。

「どうした⁉」

歳三は泡を食って、怒鳴るように尋ねた。

「早く来て！」

「どこに⁉　どうした⁉」

「なんか大変」

「知らない大人に声をかけられたのか？」

声の主は小学五年生の姪《めい》だった。

「ちがう。なんか大変なの」

「『なんか』じゃわからないだろう。何があったんだ？」

「なんかね、警察を呼べって騒いでるの。だからトシちゃんに電話したの。早く来て」

「誰が騒いでるんだ？」

「知らないおばさん」

「女の人が暴れているのか？」

「暴れてない。騒いでるだけ。でも、こっから出してくんない。警察が来るまで出るなって。トイレにも行っちゃだめって。ひどいよ。トシちゃん、助けて。早く来て」

「落ち着け。そこはどこだ？――もしもし？　おい、ひとみ？」

急に応答がなくなった。しかし電話は切れていなかった。ひどくざわついた様子が伝わってくる。

「もしもし？　返事をしろ。ひとみ？」

歳三は椅子から腰を浮かせて呼びかける。フロアーにいた数人の視線が集まる。

「ひとみ⁉　おい、どうした⁉」

繰り返し呼びかけていると、

「もしもーし」

別の声が応答した。女の声だが、ひとみよりずっと低い。

「あなたは？」

こいつが騒いでいる女なのかと、歳三はきつい調子で尋ねた。すると相手は、

「誰に口をきいてるの」

と高飛車に応じた。

「おい、女の子は？　彼女に何をしたんだ⁉」

歳三は完全に立ちあがる。事件性があるのかと、同僚が集まってくる。

「『おい』とはご挨拶《あいさつ》ね。ご令姉もお嘆きのことでしょう」

「は？」

「声もお忘れですか。薄情な弟を持って不幸だわ」

「あ？　姉貴？」

「なによ、その自信のなさそうな」

「なんだ、姉貴かよ」

歳三は溜《た》め息をつき、同僚たちに何でもないと手を振る。

「ご挨拶ね」

「何で姉貴が？　さっきの、ひとみだよな？」

「きのうからこっちに来てるんだよ」

歳三の実姉、舞田ふたばは東京に住んでいる。

「そういえば、今月こっちに戻ってくると言ってたな。友達の披露宴だっけ」

「違う。トリプルハンドレッド達成記念パーティー」

「何だ、それ」

「日本百名山とフルマラソンと海外旅行を――とりあえず説明は省略。とにかく、クラウンホテルでパーティーがあって、ひとみも連れてきた。たまには外でおいしいものを食べさせてあげたいじゃない。いっつも、鍋《なべ》か野菜炒《いた》めか冷凍の揚げ物しか食べさせてもらえてないのだろうから」

「そんなことないよ。兄貴、ずいぶん腕をあげた。出汁《だし》も自分で取ってる」

「あら、そう。ゆうべは鶏《とり》の水炊きだったけど。十一月のはじめから鍋なんかしてどうするの。汗、だくだくだったよ」

「そんなことより、さっきひとみが言ってたのは何だ。女が騒いでいる？」

「うん。パーティーの席に変なのが乱入してきて、警察を呼べ呼べわめいてるの。聞こえるでしょう？」

　ふたばは言葉を止め、そのまましばらく口を閉ざした。はっきりとは聞き取れないが、わめいているような声が伝わってくる。

「クスリでもやってるやつが暴れているのか？」

　歳三は尋ねる。

「ううん。薬は薬でも、毒薬」

「え？」

「お姉さんが毒を飲まされたと騒いでる」

「そこで騒いでいる女のお姉さんが？」

「うん。彼女のお姉さん、このパーティーに出てたんだって。で、毒を飲まされた」

「パーティー会場で？」

「うん。だから警察を呼べと言ってるの。犯人はまだこの会場に残っているかもしれないから。でもって、警察が来るまでは誰も帰るな、帰ったら犯人とみなす、だって。それはもうすごい剣幕なのよ。どうにかしてちょうだいよ」

「パーティーで毒を飲まされたって、本当なのか？」

「知らないわよ」

「会場で倒れたわけじゃないのか？」

「そういう人はいなかった」

「会場で具合が悪くなったのか？」

「さあ。今、病院で治療を受けているんだって」

「どこの病院かわかる？」

「ええと、浜倉厚生病院って言ってたっけ。意識不明だそうよ」

「名前は？」

「センゴクとかセンガワとか、そういう感じ」

「浜倉厚生病院だな。確認してみる。本当にそういう患者がいたら、すぐに会場に人をやる。クラウンホテルだったな。部屋は？」

「楓《かえで》の間。本当じゃなくても、おまわりさんをお願い。彼女をどこかに連れてって。もう、パーティー、めちゃくちゃ」

「諒解《りょうかい》」

歳三はそして電話を切る前に、

「しかしそういう話なら、最初から姉貴が電話しろよ。ひとみに言わせてもわけわからないだろう」

と一言意見しておいた。するとふたばはすかさずこう言ってよこすのだった。

「うるさいわね。弟に説教される筋合いはないわ」

2

歳のころは三十代なかば、白い肌が目を惹《ひ》く女性である。ふっくらとした頬はうっすらと桃色に染まり、わが国の伝統的な表現を借りるなら、お多福顔。身長は百五十あるかないか、横は――医学的には肥満の域には達していないようだが、現代の風潮ではデブとみなされるだろう。遠慮がちに茶色に染めた髪は後ろで一つに束ね、アウトドアブランドのパーカを着ている。指輪もピアスもネックレスもブレスレットもつけていない。

そういう地味めな女が派手に声をあげている。

「だめじゃないですか！」

顔をゆがめ、きかん坊のように両手を振りたてる。

「どうして帰してしまうのですか！」

腕の上下動に合わせて頬がぷるぷる揺れる。指でつまむとマシュマロのようにぷにぷにして気持ちよさそうだ。

「事件と断定できないこの段階で、これだけ多くの方を足止めするわけにはいきません」

歳三は胸の前に両手を立て、なだめるように言った。

激昂《げきこう》する女の後ろを、着飾った婦人や恰幅《かっぷく》のいい紳士が通り過ぎ、開放された金色の扉から廊下に出ていく。その際、ある者はこの彼女を指さし、またある者は睨《にら》みつけ、声高に嘲笑《ちょうしょう》しあうグループもあった。目の子勘定で百人ほどいる。

「断定できないって何です！　姉は毒を飲まされたのですよ！　それがどうして事件でないのです！」

女はますますいきりたつ。

「お姉さんが中毒症状を起こしていることは病院で確認しました」

「ほら！」

「しかしどういういきさつで中毒を起こしたのか、まずはそれをはっきりさせる必要があります」

「だから、ここで毒を盛られたんですって」

女は歳三を睨みつけたまま、腕を横に伸ばした。その指の先には脚の長い丸テーブルがある。テーブルの上には空のコップや汚れた皿が無秩序に載っている。部屋の中にはそういうテーブルが十いくつある。

「その証拠を、今、探しています」

各テーブルの周りでは紺色の制服を着た鑑識が黙々と作業を行なっている。

「そんなことより、容疑者を逃がさないことのほうが重要でしょう。ああ、もうっ！」

女は振り返り、楓の間を出ていく人々を引き戻すよう、腕をばたつかせた。

「パーティー出席者の名前と住所はすべて控えてあります」

「じゃあ、さっさと一軒一軒訪ねて尋問してください。頼みましたよ。私は病院に戻ります」

女は体を戻し、顎《あご》を突き出して歳三を睨みつけると、足下のトートバッグを取りあげた。

「待ってください。もう少しお話をお聞かせください。お姉さんから直接伺えない現状において、事実を明らかにするためには、あなたの証言が欠かせません」

歳三はそう言い含め、女を部屋の隅に誘導することになんとか成功した。

衝立《ついたて》の裏に入ろうとした時、首筋がむずむずしたので振り返ってみると、扉の陰から、横九十度になった女の子の顔がぴょこんと覗《のぞ》いていた。そして歳三と目が合うと、ひとみはパチンと片目をつぶり、腕をぐいと突き出し、親指を立て、声には出さず「イエーィ」と口を動かした。歳三は一瞬頬を緩めてしまったが、すぐに眉間《みけん》に皺《しわ》を寄せ、猫を追い払うように手を振って、衝立の裏側に入った。

「お姉さんの名前は仙崎紫乃《せんざきしの》。間違いありませんね？」

そう質問する歳三の顔はもう刑事のものに戻っていた。

「そうです」

「あなたは仙崎紫乃さんの妹さん」

「何、あたりまえのことを」

「お名前は？」

「仙崎薫子《かおるこ》。なんです、このばかばかしい質問は。役所の手続きをしてるんですか、まったく」

女は小さな目をいっぱいに開き、小鼻を膨らませた。警察も役所の一つですけどと言い返しそうになるのを歳三はぐっとこらえ、名前を取り違えたら大変なことになりますからと軽く笑って、

「仙崎紫乃さんはこのパーティーに出席なさっていたのですね？」

「そうだって言ってるでしょう」

「今日は何のパーティーだったのでしょう？」

「あそこに書いてあるでしょう」

と仙崎薫子は正面の壁を指さす。天井近くに、〈小松川亮介《こまつがわりようすけ》さん、おめでとう！　100・100・100達成！〉という、花に飾られた看板が掲示されている。

「小松川亮介さんというのは？」

「歯医者さん」

「百、百、百、というのは？」

「日本百名山とフルマラソンと海外旅行を——そんなの、本人に直接訊《き》きなさいよ。ほら、あそこ」

　薫子は衝立の端から顔を出し、顎をしゃくる。扉を出てすぐの廊下に、ヤギのような白鬚《しろひげ》を蓄えた老人が立っている。タキシードの胸には牡丹《ぼたん》のようなコサージュをつけ、初老の婦人連を相手に頭を下げたり握手をしたりしている。

　小松川亮介は御歳八十五、戦後すぐに浜倉市内で歯科を開業し、歯科医師会の会長も四期務めた、この町の名士の一人である。現在では病院のほうは娘婿にまかせ、悠々自適の老後を送っている。若いころから体を動かすことが趣味で、六十歳でセミリタイヤした際、日本百名山完登、フルマラソン百回完走、百か国渡航、の三つを達成することを第二の人生の目標と定め、そしてこのたびめでたく達成とあいなり、祝いの会が催されることになった。招待客も、偉業にちなんで百人。以上はあとから集めた情報である。

「お姉さんはこのパーティーで毒を飲まされたとおっしゃいますが、何を根拠にそう思われるのでしょうか」

　歳三は話を本筋に戻した。

「根拠？　なんです、私が出まかせを言っていると——」

「そういうわけではありません。状況を正確に把握したいのです」

「姉から電話があったのですよ。『気分が悪くなったから帰る』と、この会場から。それで、車で待っていたら、乗り込むなり意識を失って……」

薫子は苦しそうに大きな息を吐く。

「電話？　あなたはパーティーには出ていらっしゃらなかったのですか」

「出ていません」

見ればわかるだろうとばかりに、くたびれたジーパンの腿《もも》を叩《たた》く。足下は踵《かかと》のすりへったスニーカーである。

「気分が悪くなったとの電話を受け、お宅から車で迎えにいらしたわけですか」

「私は地下にいました」

「ん？」

「地下街のお店を冷やかして時間を潰《つぶ》していたらケータイにかかってきたのです。どこから話せばいいかしら――」

薫子は頬に手を当て、短い睫《まつげ》を伏せる。歳三は椅子を取ってきて彼女に勧めた。

「姉は『ケアひまわり』という介護ＮＰＯを主宰しておりまして、私は彼女のサポートをしております。スケジュール管理をしたり、手紙の代筆をしたり」

「秘書ですか」

「そんな洒落《しゃれ》たものではありません」

薫子は憤然とした調子で首を振り、それから自嘲《じちょう》するように、

「むしろ付き人です。朝起こしたり、出張の荷造りをしたり、昼を買いに弁当屋までひ

とっ走りですから。車の運転も私の役目で、今日もこのパーティーの送迎を行なっていました。姉は小松川先生とは旧知の間柄なのです。それで、姉をホテルまで送って、またわざわざ迎えに来るのもめんどうなので、私は近くで買物とかお茶とかしながら待つことにしました。そしたら姉から電話がかかってきて、『急に気分が悪くなった。すごくおかしい。帰る』と言うんです。それで、ホテルの地下駐車場に戻って車の中で待っていたら、姉がエレベーターから降りてきました。ふらふら危なっかしい足取りで、普通でないことは一目見てわかりました。私は車を降りて姉に肩を貸しました。けれど、なんとか車までは歩けたものの、乗り込んだとたんにシートに倒れてしまい、あとはいくら声をかけても応答がなくて……」

　そこまで一気にしゃべってしまうと、また苦しげに息を吐く。

「そのまま病院に運んだのですね？」

「厚生病院がすぐそこなので、救急車を呼ぶより早いと思いました。刑事さん」

「はい？」

「姉は何の毒を飲まされたのですか？」

「まだ不明のようです」

「そうですか。ああ、病院に戻らないと」

　薫子はあわてた様子で椅子から立ちあがる。それを歳三は押しとどめて、

「紫乃さんは、パーティーの前は元気だったのですね？」

「はい」

「なんとなく調子が悪いというようなことを口にされていたとか、あるいはそう感じられたということは？」

「いいえ、まったく。『バンバン食べてくるわ』と言って車を降りていったんですよ」

「紫乃さんはそのまままっすぐ会場に向かわれたのでしょうか」

「そのはずです。出がけにばたばたして、ホテルに着くのがぎりぎりになってしまいましたから」

「パーティーは何時開始だったのです？」

「五時です」

「お姉さんと別れたのは五時で、その時には彼女は何ともなかった」

「そうです」

「では、具合が悪くなったと電話があったのは何時のことです？」

「結構すぐですよ。まだ靴屋と帽子屋しか覗いていなかったから。五時半、六時――、あ、そうだわ」

薫子は膝《ひざ》に置いたトートバッグから携帯電話を取り出した。

開いた端末を掲げ、歳三に着信履歴を見せる。

「六時二分です」

「それを受けてホテルの駐車場に行き、車で待っていたところ、お姉さんがふらつきながら現われた」

「はい。マンガに出てくるでしょう、片手に寿司《すし》折《おり》を提げた酔っぱらいのおじさん。ちょうどあんな感じでした。だから最初は、姉も飲み過ぎたのかと思ったのですが、全然お酒臭くないんですよ。それに口の周りが涎《よだれ》で汚れていて、これは酔っぱらっているのではないと感じました」

「それで、病院に連れていった」

「はい。食べ物にあたったのではないかと私は思いました。先生も最初はそれを疑ったそうです。ところが食中毒の症状とは違うようなのですね。じゃあ食物アレルギーかということになったのですけど、姉は今まで、何かを食べて発作を起こしたことなどありません。それで先生は、薬物による中毒ではないかと考えられたようです。お姉さんは何か薬は飲んでいませんでしたかと尋ねられました。姉は薬は飲んでいなかったはずです。そう答えても、医者はしつこく尋ねてくるんですよ。精神安定剤は？　睡眠薬は？　風邪薬は？　そういう薬をお酒と一緒に飲んだことで具合が悪くなったのではと考えているようでした。でも私にはまったく心あたりがありません。姉のバッグを開けて調べてみても、目薬しか入っていませんでした。もちろん、麻薬のような怪しいものも見つかりませんでした。となると、考えられることは一つしかありません。パーティー会場で毒を飲まされたのです。ねえ、そうでしょう？　それしかないでしょう？」

　小さな目をいっぱいに開き、薫子は歳三を見つめる。

「だからホテルに戻ったわけですか」

「そうですよ。パーティー会場で毒を飲まされたということは、犯人は招待客か従業員です。パーティーが終わったら帰ってしまいます。その前に足止めしておかないと。なのに――」

　薫子は目つきを変えて歳三を見つめる。せっかく足止めした容疑者を帰してしまってどうするのだと抗議しているのだろう。歳三はそのきつい視線を片手でさえぎって、

「先ほど言いましたように、出席者の住所氏名は控えてあります。それに、薬物や毒物を体内に取り込んだと考えられるものの、まだ断定はできません。今まで口にしたことのない食物にアレルギー反応を起こしたのかもしれないでしょう。またたとえ毒物による中毒だとしても、何かの事故で紫乃さんの体内に入ったのかもしれません。たとえば、調理場にあった殺鼠《さっそ》剤《ざい》が誤って料理に入ったのかもしれないでしょう」

「いいえ。これは事故なんかではありません」

　薫子は歳三を見据えたまま、ゆっくり、強く、首を左右に振る。

「どうして事故でないと思われるのです。ひょっとして、お姉さんは誰かに命を狙われていたのですか」

　溜《た》め息が出そうになるのをこらえ、歳三は穏やかに尋ねた。こういう思い込みの激しい女は処置に困る。そういう気分だった。しかし薫子はきっぱりと言った。

「仙崎紫乃をじゃまに思っている人間がいます」

「どこの誰です」

「誰と具体的な名前を挙げることはできませんが――」

薫子は徐々に声を落とし、中途半端に言葉を切った。ほらみたことかと、歳三は表情に出さずに嗤《わら》う。

「来年の二月に市長選挙がありますよね」

女はささやくように言った。

「そうなんですか」

「それと一緒に市議会議員の補欠選挙が行なわれるのですが、姉はそれに立候補する予定でいます」

「そうなんですか」

「姉のほかに三人が立候補するとみられています」

「なるほど、対立候補に命を狙われましたか」

歳三はまだ話半分で聞いていた。

「立候補を表明したあと、嫌がらせの電話やメールが来るようになりました」

「本当ですか？」

「どうして嘘をつかなければならないのです。事務所にも自宅にも来ます。毎日です。嘘だと思うのなら事務所のスタッフに聞けばいい」

薫子は立ちあがり、握った拳《こぶし》を上下に振りたてた。

「まあ落ち着いて」

「あと、近所に中傷ビラがまかれています。これも立候補を表明してからです。明らかな選挙妨害です」

「そのビラは取ってありますか？」

「あります。事務所にあります。見せます。来てください」

薫子は歳三の腕を取る。歳三はそれをやんわりと払って、

「明日にでも伺いましょう」

「じゃあ来てください。私がいなくても、スタッフの誰かに言えばわかります」

薫子は名刺を歳三に押しつける。そしてばたばたと名刺入れをしまって、

「もういいですか？　姉のところに行かないと」

「はい。ありがとうございました。私もあとで病院――」

歳三が言い終えないうちに、薫子はバッグを抱えて衝立《ついたて》の向こう側に行ってしまった。鞠《まり》のような体を左右に揺すり、入口あたりにまだたむろしていたパーティー客を押しのけるようにして廊下に出ていく。

仙崎薫子の姿がエレベーターホールに消え、やれやれと歳三が息をついたところ、近くのテーブルの足下にかがんでいた眼鏡の鑑識課員と目が合った。

「終了」

玉村は腰を叩《たた》きながら立ちあがった。

「お？　背が伸びたな」

「やかまし」

「何かわかったか？」

歳三は衝立の陰から出る。玉村が両腕をずいと伸ばす。

「はい、こっちに来ない。大事な証拠が汚染される」

玉村の靴はビニールのカバーですっぽり覆われている。

「何が出た？」

「毒だかクスリだか細菌だか知らないが、それが特定されていない段階で小一時間調べて何がわかるというんだ」

「それもそうだな」

「今日はこのままにして引き揚げる」

「いいのか？　時間が経ったら鑑定に差し障りが出るんじゃないか？　なにしろ飲食物がらみだ。変質するおそれがある」

「わかってるじゃないか。だったらさっさと原因を特定してくれ」

「それは医者の役目だ」

「医者をせかすのが刑事の役目だ」

「わかってるじゃないか」

歳三は苦笑いを漏らし、携帯電話を取り出した。

3

午前零時を回っていたが、実家にはまだ明かりが灯《とも》っていた。

居間では、大きな体でソファー三つを占領し、ふたばがテレビを見ながら酒を飲んでいた。アルコールという意味ではなく、文字どおり酒、日本酒である。歳三と目が合うと、飲むか？　と尋ねるように四合瓶を取りあげた。歳三は小さく首を振って拒否し、勝手に冷蔵庫を開けて缶ビールを取り出した。

「お疲れさま」

ふたばがグラスをあげたので、歳三もプルタブを開けて乾杯に応じた。まだ口もつけていないのに質問が飛んでくる。

「結局何だったの？」

「うん」

「それじゃあわからないでしょう。捜査の秘密は明かせないわけ？」

「いや。死んだ」

「そうなの……」

ホテルに残っていたパーティー参加者に話を聞いたあと病院に行ったところ、仙崎紫乃の死を知らされた。

「それで、こんな時間に悪いけど、話を聞かせてもらいたい」

「うん」

「ひとみは寝ちゃったよな？」

「パパッチが出かけたのをいいことに、ずっとゲームしてたんだけど、十一時過ぎにダウンした」

「兄貴は大学？」

「うん。実験装置がトラブったって」

「じゃあ今日のところは姉貴だけでいいや」

「なによ」

「他意はないよ」

歳三はようやくビールに口をつける。

「で？　何が訊《き》きたいの？　だいたいその人、何で死んだの？　あの乱入してきた妹とかいうの、毒だ毒だと騒いでたけど、本当なの？」

ふたばは不愉快そうに質問を畳みかけ、少し充血した目で弟を睨《にら》みつける。

「毒だ」

「何の毒？　フグなんて出てなかったわよ」

「現在分析中。いちおうアコニチンが疑われている」

「タバコの誤飲？」

「それはニコチン。アコニチン。トリカブトの毒」

トリカブトは日本の山林にも多く自生しているキンポウゲ科の多年草で、根にも葉にも蜜《みつ》にも毒が含まれている。その毒成分がアコニチンで、致死量は数ミリグラムと、植物毒の中では最強クラスである。摂取後十五分程度で灼熱《しゃくねつ》状態、痺《しび》れ感が現われ、続いて眩暈《めまい》、発汗、嘔吐《おうと》、言語障害、起立不能と症状が進み、瞳孔《どうこう》散大、血圧低下、呼吸麻《ま》痺《ひ》、そして摂取後二十四時間以内に死にいたる。

仙崎薫子によると、駐車場に降りてきた紫乃は泥酔しているようだったという。そして涎《よだれ》を垂らしていた。どちらもアコニチンによる中毒症状に似ている。

「その毒をパーティーで飲まされたの？」

「おそらく。パーティー会場に入る前は何ともなかったというから」

「飲み物とか食べ物に混ぜられて？」

「おそらく」

「何の料理に？」

「それは今調べている」

いったん引き揚げた鑑識がクラウンホテルに再出動した。県警の科学捜査研究所からも人が出ているはずだ。

「ちょっと待ってよトシちゃん。私やひとみが食べたものにも？」

ふたばは口に手を当てた。

「だとしたら、今ごろここにはいないよ。さっきも言ったように、摂取後間もなく症状が出る」

「本当にだいじょうぶなんでしょうね」

「ああ。ひとみだって、アコニチンを摂取していたら、帰ってきてゲームなんか——」

ふたばが立ちあがった。ソファーを離れ、居間を飛び出していく。階段を駆け昇る音が響く。やがて静かに戻ってくると、大きく息をついて元の席に腰をおろした。ひとみの無事を確認しにいったのだ。

「ほかに死んだ人は？」

安心したのか、ふたばの頬は少し上気している。

「彼女を除いて、パーティー出席者、ホテルの従業員は全員生きている。体の不調も訴えていない」

「すると、その女の人の知り合いが犯人なのね。それっぽい知り合いはあがってるの？　動機は？　恨み？　保険金？」

「彼女がピンポイントで狙われたとはかぎらない。犯人は、適当なグラスや皿に毒を入れたのかもしれない。それをたまたま彼女が口にしてしまった。犯人にしてみれば、誰が死んでもよかった。無差別殺人だな」

「やだ……」

ふたばは顔をゆがめ、口に手を当てる。

「それで、毒の混入経路を特定するため、パーティーの様子を詳しく知りたいんだ。協力を頼む」

「協力は惜しまないけど、でも、事件と関係あるようなことは何も見てないよ」

「関係あるかないかはこちらで判断する。会場に入ってから見聞きしたことを、そのまま話してくれればいい。どんなつまらないことでも」

「諒解《りょうかい》」

ふたばはのっそりと居住まいを正した。

「まず、被害者の近くにどういう人物がいたか、憶《おぼ》えていたら教えてほしい。死んだのはこの人だ」

歳三は上着のポケットから仙崎紫乃の顔写真を取り出す。

「うそっ。死んだの、この人だったの？　ホントに？」

ふたばが目をしばたたかせた。

「知り合いなのか？」

「知り合いじゃないけど」

「話す機会があったのか？」

「うん。ひとみにやりこめられた」

「は？」

「うわー、あの人が死んじゃったんだ。知らなかったよぉ」

ふたばは両手で口元をおおう。

「ひとみと何があったんだ？」

歳三は身を乗り出す。ふたばはうなずき、パーティーでの出来事を話しはじめた。

舞田ふたばは十八の春に上京、大学を卒業しても故郷には戻らず、今も東京を生活の拠点としている。気がついたら、故郷で過ごした年月に、東京でのそれが追いついていた。

厳密にいえば、東京で過ごした時間はまだ十五年程度だ。足りない三年分は日本の外にいた。働いて金が貯まったら、仕事をなげうち、ふらりと海外に出ていく。正月休みをハワイでとか、ラスベガス・ロサンゼルス五日間とかいう旅行ではない。ガラパゴスでテント生活とか、サッカーのワールドカップをグループリーグ第一試合から決勝戦までとか、グレートブリテン島一周ドライブとか、一度旅に出たら最低ひと月は帰ってこない。秘境マニアとか日本代表サポーターとかいうわけではなく、その時の気分にまかせてふらりと出かけていく。舞田ふたばにはそういう放浪癖があった。おかげで、夫となった二人の男性に愛想をつかされてしまった。

一昨年の六月から七月にかけて、ふたばはバルト三国を旅した。

エストニアの首都タリンのネフスキー大聖堂前でスケッチブックを広げていると、うまいもんだと日本語で声をかけられた。ゆったりとしたジーパンにローカットの防水スニーカーという、いかにも旅慣れた恰好《かっこう》をしたその老人が小松川亮介だった。

日本人の少ない街で出会った心やすさからか、二人はその晩食事をともにし、その席でお互い浜倉出身だと知ってますます親しみをおぼえ、翌日も一日、旧市街の歴史地区を一緒にめぐった。

その際ふたばは小松川亮介に、「トリプルハンドレッド」達成のあかつきには記念の会を催すのでぜひ来てほしいと言われ、そんな誘いがあったこともすっかり忘れていた今年の九月、パーティーの招待状が届いた。

ふたばは十一月二日に浜倉の実家に戻ってきて、明くる日、姪《めい》のひとみを連れてクラウンホテルの会場に赴いた。

パーティーは定刻の午後五時に始まった。地元ラジオ局のアナウンサーの司会により、市長が開会の辞を五分も述べ、主賓の小松川亮介がごく簡単に挨拶《あいさつ》、浜倉市歯科医師会会長が乾杯の音頭を取った。それから商工会議所やロータリークラブや信用金庫のお偉いさんのスピーチが続き、さらに祝電が披露されるのだが、このころにはもう誰も聞いておらず、みな料理や歓談に夢中だった。ふたばもひとみの手を引いて、バイキングのトレーをめぐっていた。そこに声がかかった。

「あらー、かわいいわねぇ」

グレーのパンツスーツ姿の女性だった。

「かわいいわぁ、かわいいい」

いかにもよそ行きの声で繰り返し、ひとみが斜めがけしていたポシェットを手に取った。ホタテ貝のような形で、黒地にピンクと白の骸骨《がいこつ》がちりばめられている。骸骨といっても二頭身のコミカルなキャラクターで、両目の窪《くぼ》みはハート形だ。今回、ふたばが東京から買ってきてやったものだ。

「これもかわいいわねぇ」

かたわらのテーブルにビールのグラスを置くと、膝《ひざ》を折ってひとみの手を取り、ビーズのブレスレットを指先でつまむ。歳のころは四十過ぎ、年齢相応に化粧が濃い。

「あらー、こんなおしゃれまで」

ひとみに顔を寄せ、細い首筋を指さす。そこには紫の小さなバラが花開いていた。タトゥシールである。

パーティーの前に立ち寄った輸入雑貨屋で、ひとみがずいぶん欲しそうにしていたので、ブレスレットと一緒にふたばが買ってやった。ひとみの父親は四角四面の大学助教授であり、シールであってもタトゥなど絶対に許さない。パーティーの間だけの、ちょっとした冒険だった。

「おしゃれ？　おしゃれ？」

ひとみはにこにこしながらタトゥをさする。

「とってもおしゃれ。うらやましいなあ、おばさんもしてみたいわぁ」

女はわざとらしく胸の前で手を合わせて、露骨な作り笑顔で、

「お嬢ちゃん、お母さんによく似て、美人さんね」

と言い、ふたばにも笑いかける。ふたばは曖昧《あいまい》な笑いを返した。しかしひとみはあっけらかんと言った。

「残念。ひーちゃんは母なし子なのだ」

「え？」

「この人はおばちゃん。パパッチの妹」

「あら」

「お母さんはねー、ひーちゃんがまだ赤ちゃんだった時に死んじゃったのだ。そのあとおばあちゃんがお母さんの代わりをしてくれてたんだけど、おばあちゃんもひーちゃんが三年の時に死んじゃって、今はお父さんと二人暮らしなのだ。ごはんとかはお父さんが作るけど、材料の買物とかはひーちゃんも手伝ってるのだ。洗濯や掃除も半分くらいやるよ」

「まあ」

女は小さな目をいっぱいに開き、大きな口に手を当てた。

帰郷すると、ふたばはよくひとみを買物や食事に連れていってやる。そしてよく母親と間違われる。それを訂正し、実は母親はいないのだと言うと、みな決まって驚き、気まずそうに退散する。普通は。

「じゃあお母さんも美人さんだったのね。今、何年生？」

しかしこの女はというと、けろっとした顔で話を続けた。

「小五」

「将来はモデルさんかしら。今のうちにサインをもらっておこうかしら。そうだ、記念撮影、記念撮影」

などと調子のいいことを言って、ひとみの肩を抱き寄せ、携帯電話で写真を撮る。

「モデルなんてつまんなーい。服着て立ってるだけじゃん」

さすがにひとみもうっとうしそうである。

「じゃあ女優さん？　歌手？」

「ラーメン屋」

「え？」

「二十歳くらいで大恋愛するんだけど、子供ができたあと、いろいろあって別れなきゃならなくなっちゃうの。ひーちゃんは子供のためにいっしょうけんめい働くんだ。会社とか工場とか掃除とかコンビニとかケーキ屋とか、いろんな仕事をするの。それからまたいろいろあって、三十五歳くらいでラーメン屋さんになるんだ。テレビとかも来て、毎日大行列なんだけど、店員は雇わないで一人でやるの。女主人が切り盛りするラーメン屋」

「あら、『切り盛り』なんてよく知ってるわね」

「子供には手伝わせてもいいかな。皿洗いとかネギを刻むのとか。でもスープの秘密は子供にも教えないんだ」

「あらあら」

「だから、今のうちから、いろいろ研究してるの」

「おうちで作ってるんだ。それともラーメンの食べ歩き？」

「ブーッ。おいしいラーメンを作ろうと思ったらね、ラーメンを研究してもだめなの。フレンチとかイタリアンとか焼肉とかお寿司《すし》とか、全然違う料理を知っとかなくっちゃ。何でもそうだけど、人間、結局は、どれだけ引き出しを持っているかが勝負なんだよね。ねえおばさん、これ、おしゃれ？」

　しゃべりたいだけしゃべってしまうと、ひとみは首のタトゥを指先でつついた。

「うん、とっても」

「うらやましい？」

「うらやましいわぁ」

　女はまたわざとらしい笑顔で手を組み合わせた。するとひとみは、えへへと唇の端を吊《つ》りあげて、ちょっと待っててと人込みの中に飛び込んでいった。

「愉快な姪御《めいご》さんだこと」

　女は膝を伸ばし、ふたばに笑いかける。

「失礼なことばかり言って。あとできつく叱っておきます」

　ふたばは口ではそう言って、心の中では舌を出す。

「あら、わたくしとしたことが、ご挨拶が遅れてごめんなさいね」

女は名刺を差し出した。そこには〈ケアひまわり　仙崎紫乃〉とあったのだが、ふたばは一瞥《いちべつ》しただけで掌《てのひら》に収め、彼女と別れたらすぐに丸めて、汚れた皿の上に放置したので、そういう名前だったとは記憶にまったく残っていなかった。

「わたくし、ずっと市立病院で理学療法士をやっていましたの。でも、もっと幅広く介護に取り組んでみたいと、退職してＮＰＯを起《た》ちあげました」

「ご立派ですね」

「もう六年になりますか、それなりに成果があがり、地域にしっかり根ざしたといっていいでしょう。インターネットで〈浜倉市　介護〉で検索したら、一番にうちのホームページがヒットしますのよ。以下上位の五つも、うちに関連したサイトですのよ」

「あら、すごい」

「でもねぇ、経験を積んだことで、逆に限界も思い知らされましたの。現場でいくらがんばったところで、行政が真剣に取り組んでくれないことには、社会の中での介護のありようは何も変わらない。ところが、ああしてくれこうしてくれと要望を出しても、役所はほとんどくみあげてくれない。だったらこの自分が、システムを変えられる立場になるしかないじゃないですか」

「はあ」

「わたくし、専門は介護ですけど、福祉全般に強いのですよ。教育にも関心があります。

姪御さんの将来もおまかせください」

と仙崎紫乃はふたばの手を握ってくる。両手でぎゅっと握りしめ、上下に大きく動かす。ふたばは選挙のことは知らなかったので、この人は何かを売りつけようとしているのかしらと、警戒しながら愛想笑いを返していた。

「握手、握手。あたしも」

そこに、ひとみが戻ってきて手を差し出した。紫乃はふたばの手を放し、ひとみの方に手を伸ばした。ひとみは彼女の左手を両手で握った。

「いーち、にーぃ、さーん」

ひとみはゆっくりと数を数える。

「しーぃ、ごーぉ」

紫乃も調子よく声を合わせる。

「ろぉーく、しーち」

「いったい何のおまじないかしら？」

「なーんだ？　はーち、きゅーぅ」

「あら？　お嬢ちゃん、おてが濡《ぬ》れてる？」

「濡れてる。じゅーぅ、じゅーいーち」

「どうしたの？」

「ただの水だよ。じゅーにーぃ」

「水？」

「気にしない、気にしない。じゅーさーん」

そうして三十まで数えてから、ひとみはやっと手を放した。

きゃっと言って仙崎紫乃が目を剝《む》いた。

彼女の左手の甲にトカゲが載っていた。

紫乃は顔をそむけて手を振った。トカゲは手の甲から落ちなかった。

「タトゥシールだよ」

「え？」

「ひーちゃんの見て、おしゃれって言ったじゃん」

「え？」

「うらやましいって言ったじゃん」

「あ？」

「だから、おばさんにもしてあげたの」

「あ、ああ、そう……」

紫乃は及び腰で手の甲に目をやる。

「トカゲは縁起がいいんだよー。尻尾《しっぽ》が切れてもまた生えてくるじゃん。だから長生きのショーチョー」

紫乃はひとみを無視して指先でシールをこする。爪を立てる。

「無理に剝《は》がそうとしないほうがいいですよ。肌が傷つきます」

ふたばは言った。水を使って三十秒で貼りつけるタイプのものなのだが、接着力は見かけより強力である。

「除光液で取れます。石鹸《せっけん》をつけてタオルでこすってもいいです」

「そう……」

紫乃は溜《た》め息をつき、未練がましく手の甲をさする。

「申し訳ありません。悪気はなかったのですが」

ふたばは頭を下げる。

「うらやましいって言うから、してあげたんだよ」

ひとみはにっこり笑う。

「うん、ありがとう。じゃあね」

紫乃は引きつった笑顔で退場した。歩きながらジャケットの片方の袖《そで》を伸ばす。タトゥシールのついた手の甲を袖口に隠そうというのだろう。

「大成功」

ひとみが顔の両横に、カニのハサミのようにピースサインを立てた。ふたばはウインクを返し、唇の前に人さし指を立てた。

「いかにも胡散臭《うさんくさ》いおばさんだったのよ。ひとみもそれを感じて、ああいういたずらでやりこめたわけ。私も皮肉の一つくらい言ってやりたかったんだけど、いちおう大人だからさ、晴れの席に険悪な空気を持ち込むのはまずいと、お愛想を使っておいたのよ。その点、子供は得よね」

　ふたばは首をすくめ、日本酒に手を伸ばした。

「そのやりとりがあったのは何時ごろ？」

　歳三は尋ねる。

「祝電の披露が終わって、日舞の出し物が始まって——、五時半過ぎくらいかなあ」

「姉貴たちのところに来たとき仙崎さんは、グラスを持っていたんだね？」

「うん。ビールの」

「それを脇のテーブルの上に置いてしゃべっていた」

「トシちゃんの言いたいことはわかった。テーブルの上に置いたグラスに毒が入れられた可能性ね。私が見たかぎりでは、そういう怪しい動きはなかった。仮に私が見逃したのだとしても、そのグラスは関係ないよ。だって彼女はグラスを置いたまま退散したもの」

「そうなんだ」

「ええとね、正確には、グラスを持っていったか置いていったかは見ていないんだ。でも、グラスは持っていかなかったはず。タトゥシールが隠れるよう、しきりと袖をいじっていたから」

「なるほど。では、そのあと仙崎さんを見た？」

「何度か目には入った。いつも握手していた。セールスでなく、選挙だったんだ」

　ふたばは納得したようにしきりにうなずく。

「握手の相手は？」

「わからないよ。小松川のおじいちゃんを除いたら、知らない人ばかりのパーティーだったんだから」

「仙崎さんの周りで変わったことが起きなかったか？　たとえば、酔っぱらって料理をひっくり返した者がいたとか、飲み物を服にかけて騒ぎになったとか」

「そういうどさくさにまぎれて毒を？」

「毒を入れる機会がほしくて騒動を起こすということはあるだろう」

「騒ぎはあったにはあったけど、そのとき仙崎さんはもう会場にいなかったわけだから、毒の混入とは関係ないよね」

　ふたばの言っている意味がすぐに呑《の》み込めず、歳三は眉《まゆ》をひそめた。

「妹さんの乱入だよ」

「ああ。どういう騒ぎだったの？」

「どうもこうも、突然スピーカーがハウリングして、そろそろお開きの挨拶《あいさつ》かしらと思って見たら、壇上に丸ぽちゃの女の人が立っていて、『姉がこのパーティーで毒を盛られた。警察を呼べ。警察が来るまで出ていくな。出ていったら犯人とみなす』とマイクでがなり立てるのよ。近くの男の人が止めようとしたんだけど、寄るなさわるなコップや料理にも手を触れるな早く警察を呼べ誰が姉に毒を盛りやがったとわめき散らす。わけわかんないし、毒で具合が悪くなったなんて急に言われても、はいそうですかとはならないよ。パーティーに出るような恰好をしていないし、こいつはどこから紛れ込んだんだよって、みんなあっけにとられていた。毒電波を発しているのはあんたのほうでしょうってね。でもそういう手合いに抵抗すると何をされるかわからないから、とりあえず従っておこうという空気だった。で、トシちゃんに助けを求めたってわけ。もっともホテル側もおまわりさんを呼んで、そっちのほうが先に来ちゃったけどね」

「病院に確認を取っていたら遅くなったんだよ」

「べつに責めてるんじゃないよ」

「妹の乱入以前には、不審な出来事はなかったんだな？」

「なかった。でもさ、私は仙崎さんのことを追いかけていたわけじゃないから。私のあとに彼女と接触した人を捜して話を聞いたほうがいいよ」

「助言をありがとう」

歳三は皮肉を込めて言った。

仙崎薫子の聴取のあと歳三は、楓の間前の廊下やロビーにまだ残っていた招待客に話を聞いた。全員が仙崎紫乃に名刺をもらい、握手を強要されていた。ふたばが言うように、相当印象の強い女性だったようだ。しかし、彼女と話や握手をしている時に不審な出来事はなかったかという質問には、全員が記憶にないと答えた。

話を聞いた中に、仙崎紫乃が会場を出ていくところを見かけた者がいた。老年の主婦三人組で、猛烈な勢いで自己PRをしていた紫乃が突然、「気分が悪い。酔っぱらったみたい」と口元を押さえて三人の前を離れ、そのまま会場から出ていってしまったという。六時ごろのことである。この三人組にしても、紫乃が気分が悪いと言い出す前、とくに変わった出来事はなかったと言っている。

「ビデオを回していた人が何人かいたよ。何か映ってるかも」

「お、いい助言。デジカメやケータイのカメラもあたってみよう」

これは皮肉ではなかった。いずれにしても、本格的な聞き込みは明日からだ。

「しかしさあ、死んだ人を悪く言うのは気が引けるけど、仙崎さん？ 彼女、方々で反感を買ってたと思うよ」

ふたばは首をすくめ、グラスに口をつける。

「あつかましいから？」

「それに、心のこもっていない愛想」

「それが原因で殺されたとしても不思議ではない？」

「初対面ではカチンとくる程度だろうけど、毎度毎度ああいう態度で接せられていたら、虫の居所が悪い時には、『ババア死ね！』と思うかもしれない」

「実際、日常の傷害事件の多くは、そういう浅いレベルでの感情の軋轢《あつれき》で発生しているからね」

「でもさあ、毒殺って、なんかおかしくない？」

ふたばは首をかしげる。

「どうして？」

「これはパーティーの席で起きた事件だよね。周りには人が大勢いた。相手の態度にひどくムカついたら、人目などおかまいなしに手を出してしまうことはあると思う。平手打ちするとか、アイスペールを投げつけるとか、フォークを首に突き刺すとか」

「最後のはないだろう」

「あるよ。ファミレスで旦那《だんな》の頭にビール瓶を叩《たた》きつけた奥さん知ってるし」

「女は怖いな」

「あ、公務員の問題発言」

「言葉の綾《あや》だよ」

「けど、そういう場合に毒を使う？　普通、ないよ。カッとしたその時、手近に転がってないもの。あらかじめ用意しておかないことには手にすることができない。ナイフやスタンガンなら、護身用にいつもバッグに忍ばせているかもしれないけど、毒はそういう目的では持ち歩かない。つまり今回の犯人は、最初から人を殺すつもりでパーティーにやってきたのよ。パーティーの最中にムカついたからつい手を出したのではなく、パーティーが始まる以前から動機があった。となると、仙崎さんの物言いにカチンときて発作的に殺したという考えは成り立たないわ」

「さすが、刑事の姉」

「それほどでも」

「発作的な犯行ではない。言い換えれば、計画的犯行」

「うん。犯人は仙崎さんのことをずっと快く思っていなくて、殺す機会を窺《うかが》っていた。パーティーは毒殺を決行するには恰好《かっこう》のシチュエーションだわ」

「しかし人の目がたくさんあるぞ。どさくさにまぎれて毒を混入させやすい反面、目撃されるリスクも高い。計画的犯行なら、人目のない場所での実行を考えそうなものだが。夜道で襲うとか」

「一般的な物差しで測ればね。でも人を殺そうと思うこと自体が非常識なのだから、そういう非常識な人間が常識的な行動を取るとはかぎらない……」

ふたばはぶつぶつ言って、グラスの酒をぐっとあおった。歳三は四合瓶を差し出しながら言う。

「仙崎さんは性格的に問題があったようだ。選挙関係のトラブルも抱えていた。つまり殺される理由があった。けれど注意しなければならないのは、さっきも言ったように、だからといって彼女が狙われたとはかぎらないのだよ」

「無差別殺人？」

「うん。それにも二つのケースが考えられて、一つは単純な愉快犯。騒ぎを起こして楽しもうというやつだな。もう一つが、小松川さんに対する恨みからきたもの」

「え？」

「祝いの席で死人が出れば、小松川さんの面目は丸潰《まるつぶ》れじゃないか」

「えー？　小松川さん、人のいいおじいちゃんよ。まさに好々爺《こうこうや》」

「治療の失敗を根に持たれていたのかもしれないじゃないか。そもそも金持ちや地位のある人間は、それだけで嫉妬《しっと》の対象になる」

「まあそうだけど」

　ふたばは不服そうに唇を尖《とが》らして、

「佐藤太郎さんが狙われたのかも」

「佐藤？　誰だ、それ」

「または田中花子、鈴木次郎、山田春子」

「誰だよ」

　歳三はズボンのポケットに突っ込んであった招待客リストのコピーを広げた。いま挙げられた名前は見当たらない。

「仮名よ。ターゲットはほかの招待客、佐藤さんとか田中さんとかだったのだけど、誤って仙崎さんの口に入ってしまった」

「当然、誤爆のケースも頭に置いておく必要がある。しかしまあ今の段階では情報が不足していて、犯行の目的を絞り込むのは無理だな。あれこれ想像するのは先入観を生じて危険なので、このへんで打ち切ろう。協力ありがとう」

歳三は銀色の缶を乾杯のように挙げ、すっかり気の抜けてしまったビールを喉《のど》に流し込んだ。

「ねえトシちゃん、まさか」

ふたばは中途半端に言葉を止めて頬に手を当てた。

「何？」

「タトゥは関係ないよね？」

「ん？」

「ひとみがいたずらで貼りつけたタトゥシール」

「それが何？」

「シールの面に毒が塗ってあったってことはないよね？」

「え？」

「ひとみが塗ったんじゃないよ。買った時にはもう塗ってあった。故意なのか製造過程での事故なのかはわからないけど。それが皮膚から吸収されて……」

「まさか」

「でもほら、皮膚に貼って体内に吸収させる薬ってあるじゃない。気管支拡張剤とかニコチンのパッチとか」

「それとこれとは」

「輸入品で製造元もわからない、怪しい代物なんだよ」

「おいおい」

と笑い飛ばしたものの心配になり、歳三はふたばと二人で二階にあがった。ひとみはすやすやと穏やかな寝息を立てていた。念のためタトゥシールは鑑定に出すことにし、机の引き出しに入っていた未使用のものを回収した。

歳三は安心し、下に降りると新しいビールを開けた。半分を一気に流し込むと、背もたれに体をあずけ、溜《た》め息をつく。

「あーあ、またクレームが来そうだ」

「クレーム？」

「いや、何でもない」

「何よ」

「何でもないって」

「言ってよ。気になるじゃない。言いなさい。言え」

ふたばがビールを取りあげる。

「愛ちゃんが言うんだよ。最近の浜倉の治安の悪さはどうだ、ヨハネスブルグみたいだって。たしかにこのところ嫌な事件が続いているけど、そのたとえはジャーナリストとしていかがなものかと」

「愛ちゃん？　野々島愛？」

「そう」

「彼女とまだ関係があるんだ」

ふたばは驚いたように目をしばたたかせた。女子アナ野々島愛と歳三のつきあいは、なんだかんだで十年を超えた。

「なんだ、知らなかったのか」

「知らなかった」

「しょうがないじゃん、彼女が放してくれないんだよ」

歳三はビールを取り戻し、残りの半分を一気に飲み干した。

4

仙崎紫乃の遺体は夜のうちに司法解剖に回され、死因はアコニチンによる急性中毒であると断定された。

毒の混入先も明らかになった。会場の入口近くのテーブルに置かれていたタンブラーからアコニチンが検出された。ウーロン茶に混ぜられていた。パーティーに使用された食器類は、厨房《ちゅうぼう》に片づけられたものも含めてすべて検査したが、アコニチンが検出されたものは、このタンブラー一つきりだった。

タンブラーからは、仙崎紫乃の両手の指紋と掌紋、ならびに彼女の唇の上皮組織が採取された。彼女以外の指紋は一つも認められなかった。ホテル従業員のものも。おそらく、毒を入れた犯人が、自分の指紋を消すため、入念に拭《ふ》き取ったものと思われた。

楓の間の外には受付のテーブルがあり、パーティーが始まったあとも人を置いていた。遅れてやってくる客への対応と、早退する者に記念品を渡すためである。そして受付を担当していた者によると、パーティー出席者は九十三名（招待したうち七名は欠席）、全員が招待客で、身元は確かである。受付が空になったことは一度もなく、したがって部外者の侵入は考えられなかった。唯一の例外が、姉の異変を知らせに飛び込んできた仙崎薫子だった。

仙崎紫乃が会場から出ていくところは、受付の担当も見ていた。六時と記憶しており、それは主婦三人組の言と一致する。紫乃は受付の女性にも、具合が悪いので失礼すると言い、エレベーターホール手前のトイレに入ったという。口を押さえていたというから、我慢できず、一度戻したのかもしれない。トイレに入っていたのは三分ほどで、出てくるとエレベーターに向かった。

以上のような報告があった四日午前中の捜査会議のあと、歳三は吉川文平をともなって、さつきが丘《おか》のケアひまわり事務所を訪ねた。さつきが丘はバブル期に開発された瀟《しょう》洒《しゃ》な住宅地で、ケアひまわりは大規模マンションの一階に入っていた。

仙崎薫子の姿はなかった。葬儀の準備等があるため、今日は出てこないとのことだった。ほかの職員も、本来の業務に出ていたり、薫子の手伝いに駆り出されたりで、事務所には中年の事務職員が一人いるきりだった。

羽生《はにゅう》というその職員は、昨日の薫子の言を裏打ちした。すなわち、仙崎紫乃は市議会議員への立候補を表明して以来、たび重なる嫌がらせを受けていた。電話にファックスにメールに投げこみちらし。当初は、そのうち飽きるだろうと無視を決め込んでいたのだが、ひと月経ってもおさまる気配がなく、しかるべき処置を検討しはじめた矢先の今回の事件だった。

ファックスとちらしの一部は捨てずに残されていた。大半が、〈死ね〉とか〈家族が不幸になるよ（笑）〉とかいう幼稚な脅しだったが、中には、〈バツイチは欠陥人間。一家庭も維持できない人間に六十万市政をまかせられるか〉という、人格を攻撃する悪質なものもあった。これらは署に持ち帰ることにした。手書きのものもあり、犯人を特定できる可能性が高かった。

削除されていなかったメールも持っていくことにした。差出アドレスや経由先から個人を特定できるかもしれない。該当するメールを一つにまとめ、圧縮し、署のアドレスに転送する。

歳三が紙媒体を段ボール箱に詰め、吉川がメールの転送作業を行なっていると、事務所の玄関が開き、男が一人入ってきた。知った顔なのか、羽生が口を半分開け、半分腰を浮かせた。

「妹さんは？」

男は室内を見回しながら言った。黒い上下を着た、六十くらいの男である。髪はすっかり白くなっているが、耳をすっぽり隠すほど伸ばしている。

「今日はこちらには……」

羽生は言葉《ことば》尻《じり》を濁して応《こた》えたあと、歳三と吉川の方に顔を向け、口の横に手を立てて、

「池添《いけぞえ》さんです」

と、ささやくように言った。

「ではこれを渡しておいてください。このたびは突然のこと、お悔やみ申しあげます」

池添は香典袋を差し出し、軽く頭を下げた。

「どうして直接渡さないんだろうね」

吉川が出し抜けに立ちあがった。

「留守なのでしょう？」

池添が眉《まゆ》をひそめる。

「家のほうに行けばいい」

「何？」

「仙崎さんの自宅に顔を出せない理由でもあるんじゃないの？」

「何だね、君は」

自分の息子ほどの歳の者にぞんざいな口をきかれ、気分を害していた。しかし警察手帳を呈示されると顔色が一変した。

「せっかくだ、二、三、話を聞かせてもらいましょうか」

　吉川は机の島の間を抜け、前に出ていく。

　来年二月に予定されている市議会議員の補欠選、仙崎紫乃の対立候補は三人いた。大《おお》塚《つか》義紘《よしひろ》、山瀬《やませ》直也《なおや》、そして池添夢路《ゆめじ》。

「仙崎さんのことですか？」

　池添はとまどうように言った。

「わかっていらっしゃる」

　吉川は笑う。

「ではやはり、毒で？」

「やはり？」

「仙崎さんは毒を飲まされたのでしょう？」

「ほう、よくご存じで」

「ご存じもなにも、妹さんが言っておられたじゃないですか」

「あなたは昨日、クラウンホテルで催された、小松川亮介氏のパーティーに出席していた」

　パーティーの出席者名簿の中に、池添夢路の名前があった。大塚と山瀬の名前はなかった。

「していましたよ。だから、毒を飲まされたと仙崎さんの妹さんが騒いだのを知っているんじゃないですか」

「彼女が勝手に騒いでいただけで、あの場では誰も信じていなかったと、われわれは把握していますが。それから、あのあと仙崎紫乃さんが死んだと、どうして知っていますかね。地元紙や地元局でも報道されていませんが」

「近くに住んでいれば、いろいろ話が入ってきます」

「なるほど、そう答えますか」

「どういうことです」

「まあ立ち話もなんですから」

吉川は話をはぐらかすと、羽生に断わることなく、池添を応接コーナーに招いた。

「ところで、昨日は何のためにパーティー会場に？」

「小松川さんをお祝いするために決まってるじゃないですか」

「それだけ？」

「君、何だね、さっきから。わけのわからないことばかり」

「土方さん、それを」

吉川は気色ばむ池添から顔をそむけ、先輩を顎《あご》で使って怪文書の束を運ばせた。

「見《み》憶《おぼ》えは？」

ファックス用紙の一枚を取りあげ、池添に突きつける。

「〈介護とかいって服を脱がせて写真を撮っているんだろう。箪笥《たんす》の中を引っかき回しているんだろう。ＮＰＯの仮面をかぶった犯罪者め〉？　何だね、これは？」

「選挙妨害ですよ」

「ああ。この手のは、うちにも来るし、近所にもばらまかれているらしい」

池添は顔をしかめる。

「筆跡に見憶えは？」

「いいや」

「よく見てください」

吉川は怪文書を一枚一枚テーブルの上に並べる。

「うちに届いたものと同じのはないようだが」

「この中にあなたが書いたものは？」

「なんだと？」

「ありますか？」

「あるわけないだろう」

「言っときますが、鑑定すればわかることですよ」

「警察は何を言っても許されるのか」

池添はいきりたち、腰をあげる。

「ところで、仙崎さんのお宅に直接香典を持っていかないのはどういうわけです」

吉川はしれっと話を蒸し返す。

「きのうの今日で、ばたばたしているだろう。迷惑になる」

「葬儀に出て、そのとき渡してもいいし」

「私が顔を出すと、何かとまずかろう」

池添の声のトーンが下がった。

「何がまずいんですか？」

吉川は調子に乗ってすっとぼける。

「それはほら、私は彼女とはライバル関係にあったわけで、そういう人間が顔を出したら、ご遺族に不快な思いをさせることになるし、それから――、いや、そういうことだ」

「それから？」

「それはほら、彼女が亡くなったことで私は、そのう、ある意味得をしたことになったわけで、だからほら、疑いの目で見られるかもしれないだろう」

「やましいところがないのなら、べつに問題ないでしょう」

「いやだから、私だけの問題じゃなく、ご遺族の感情も――おい、これは取り調べか？　きさま、どこの署だ？　もう一度手帳を見せろ」

池添はふたたびいきりたち、傍若無人な刑事に指を突きつける。

「池添さん、亡くなった仙崎さんのことは、よくご存じだったのですか？」

歳三は割って入った。はたから見ているのは愉快だが、職務上、そうも言ってられない。

「あんた も私のことを――」

「見ず知らずの他人には香典は出しませんよね」

「さっきも言ったように、家が近い。それから、私も医療関係に従事していて、昔、勉強会でよく顔を合わせていた」

「仙崎さんは毒により亡くなったのですが、故意に飲まされた可能性があります。事故でなく、他殺ということです」

「私は何もしていない」

「仙崎さんが殺される心あたりはありませんか」

「ない」

「誰かに恨まれていた、金銭のトラブルを抱えていた、男女間の問題があった」

「知らん」

「仙崎さんは個性が強い方で、それが快く思われないこともあったと聞いています」

「たしかに彼女は昔から、少々行き過ぎるところがあった」

と言って池添は、向こうの机にちらと目をやった。これだけの声でしゃべっているのだから聞こえているであろうに、職員の羽生は知らん顔をして伝票を繰っている。

「旧知の間柄である池添さんなら、そのあたりの情報をいろいろお持ちではないですか」

「つきあいがあったのは昔のことだから」

「口が災いを招いた話とかあるでしょう」

吉川がせっかちに割り込んだ。

「いや、とくには」

「近所の噂話とか」

「ありません」

「少しは考えてから返事を――」

「もし思い出したらお聞かせください。どんな小さなことでも結構です」

先を急ぐ後輩を制し、歳三は池添に名刺を渡した。吉川は消化不良の顔でパソコンの作業に戻っていく。財布から自分の名刺を取り出しながら、池添がぽつりと漏らした。

「よくない評判は耳にしていました」

「どのような？」

「選挙に向けて顔を売るために、少々非常識なことをやっていたようです」

池添は声を落とし、羽生の様子をちらりと確認してから、

「パーティーがあると聞けば、ところかまわず乗り込んでいき、名刺を配る。招待されていない披露宴にごり押しでもぐり込み、勝手にマイクを握る。しかも、自分の目的を達したら、パーティーの途中であろうがさっさと帰る」

「なるほど、非常識だ」

「昨日のパーティーでも仙崎さんは、まだ壇上に人がいるというのに、名刺を配り、握手をしてまわっていました。そして、私、彼女がはやばやと会場から出ていくところを

たまたま見ておりまして、また勝手をやっているのかと、苦々しく思っていました。まさかそんな大変なことが起きていたとは……」

池添は自分が毒にあたったかのように、苦しげに顔をゆがめた。

残る二人の対立候補も訪ねた。

大塚義紘のことは、歳三はよく知っていた。小学生のころから知っている。市議会議員選挙に毎回出馬し、毎回ダントツで最下位の、ある意味地元の名士である。日曜日の昼に浜倉駅の南口広場に行けば、嫌でもその姿が目に入る。羽織袴《はおりはかま》で頭には孫悟空《そんごくう》のような金属の輪をはめ、宇宙の意思がどうのこうのと声を張りあげている。声をかけたり目を合わせたりしてはいけないと、学校から注意されていた。

昨日のことや仙崎紫乃について尋ねると大塚は、意味不明の演説をはじめる始末だったが、一時間それにつきあわされたあとようやく、パーティーが行なわれていた時には美凪市を廃品回収（それが大塚の生業《なりわい》である）で回っていたと答えた。裏はすぐに取れた。演説をしながら軽トラックを走らせる回収業者は、そういない。

山瀬直也は三十歳の塾講師。彼もパーティーには出ておらず、アリバイもはっきりしていた。連休を利用してサイパンにダイビングに行っており、帰国は今朝だった。

しかし、大塚にしても山瀬にしても、事件と無関係とは断定できない。手の者に仙崎紫乃を殺させたのかもしれない。あるいは、本人があずかり知らぬところで支援者が手を回した可能性もある。

5

夕方、歳三は吉川と別れ、実家に足を運んだ。ひとみに話を聞くためだ。子供の観察能力は高い。大人が気にも留めないようなことにも興味を示し、長く記憶にとどめておく。

ところがひとみはいなかった。学校から帰ってきたあと、ダンス教室に行っていた。その代わりに、ふたばがまだ居《い》坐《すわ》っていて、捜査の進捗《しんちょく》状況を歳三にうるさく尋ねてきた。興味本位に訊《き》いているのは明らかだったので、池添や大塚のことはいっさいしゃべらず、タトゥシールが無害だったことと、客の数人からビデオを借りて現在解析中であることのみ伝えた。するとふたばがこう言った。

「じゃあ次は私が報告する番ね」

「は？」

「仙崎紫乃さんは二十三で結婚、相手は同じ病院の放射線技師、やがて男の子を授かるが、本人の浪費が原因で離婚。子供は旦那《だんな》に取りあげられ、居づらさから病院も退職、失意のうちに実家で引きこもり生活に入る。一年後、一念発起して介護全般の勉強を始め、ケアひまわりを起《た》ちあげる。彼女の前向きすぎる行動は、家庭を失った寂しさから逃れるための代償行為だという説も。趣味は、七宝焼き、ピラティス、買物。血液型はO」

「何だよ、それは」

「調査結果」

「まさか、姉貴が？」

「そうですが。紫乃さんは現在も実家で暮らしていて、男の影はなし。ご両親は健在、妹の薫子さんも同居。あと、雑種の犬が一匹。薫子さんは結婚歴なし、建設会社で事務員をやっていたのだけど、紫乃さんに引っ張られて、ケアひまわりの手伝いをするようになった」

「どこで聞いてきたんだよ」

「いろいろ。小松川のおじいちゃんのところにも行ってきたよ」

「おいおい」

「自分が嫌がらせを受ける心あたりはまったくないって。自分が催した会での不幸だけに責任の一部は自分にもある、できるだけのことはしたいと、涙も流していた。やっぱりいい人だわ。それから、仙崎さんとは親しかったわけではなく、以前何かのパーティーで一緒になり、トリプルハンドレッド達成のあかつきにはぜひ私も呼んでくださいと押し売りされたんだって。たしかに彼女、そういうキャラクターよねえ」

「東京に帰らないで何やってんだよ、まったく」

歳三はあきれてタバコをくわえる。この家は禁煙だったと思い出し、すぐに引っ込める。

「犯人はパーティー参加者に限定されているんでしょう？　ということは私も容疑者の一人。かけられた疑いは晴らさなきゃ」

「わけわからん」

「もしかしたら私が毒を飲まされるはめになったかもしれないのよ。犯人が捕まらないことには気持ち悪いじゃない」

ふたばは両手を交差させて自分の肩を抱く。

「仕事はいいのかよ」

「一日で三日分働けばいいだけのこと」

「休んで馘《くび》にならないのかってことだよ」

「こんな有能な人材を捨てる会社は先が知れてる」

相変わらずの極楽とんぼである。

「で、犯人の目星はついたわけ？」

「嫌味ね。私は、捜査に役立ててもらえればと、材料を集めてきただけ」

「せっかくのご厚意だけど、ほとんどこちらで把握ずみ」

「ほとんどということは、一部は初耳なのね」

「訂正。すべて把握ずみ」

　そんな応酬をしていると玄関の方で音がして、三秒と置かず、ひとみが居間に飛び込んできた。

「へへーイ」

　片手で前髪を掻《か》きあげ、もう一方の手は腰骨に、左右にステップを踏んで、その場でくるりと一回転する。

「トラボルタ？」

　ふたばが言い、

「マイケル？」

　歳三が言い、

「シャキーラ」

　ひとみが答える。知らない名前に、年寄り二人は顔を見合わせる。

「きのうのパーティーの話を聞かせてほしい」

　歳三は言った。

「ローストビーフは厚く切りすぎ。グラタンのマカロニはゆですぎ。メロンがマスクメロンじゃなかった。料理はグランドホテルのほうが上だね」

「そういうことじゃなくて」

「いいけど、宿題が先」

「十五分で終わる」

「パパッチが帰ってくるまでに全部やっておかないと、ダンス教室をやめさせられる。ゲームも禁止にされる」

「わかった。夕飯が終わったころ、もう一度来るよ」

「よろ〜」

ひとみは両手を頭の上にあげると、フラダンスのような足取りでドアの方に歩いていく。

「襟が変よ」

ふたばが言った。ひとみのシャツの襟がスタンドカラーのように立っている。

「ヤバっ。忘れてた」

ひとみは足を止め、体を半分こちらに向けると、左の襟先を掴《つか》んで元に戻した。

首筋に紫色の蝶《ちょう》がとまっていた。

「タトゥシール？」

「ダンス教室で見せてきた。でも、帰りに近所のおばさんに見られたら、パパッチにチクられるかもしれないじゃん。だから隠してきたのだ」

「検査に出すために持ち帰ったんじゃなかった？　全部」

ふたばは首をかしげ、歳三に目をやる。

「ポケットに一枚あった」

ひとみがけろっと言う。

「あらー、黙って貼っちゃだめじゃないの。毒が塗ってなかったからよかったものの。じゃあ、早く剝《は》がそう。パパッチが帰ってくる」

「うん、ヤバい。ふたばちゃん、よく気づいた。プラス二点」

「たった二点かぁ」

「じゃあ十点」

「よしよし。除光液を貸してあげる」

ふたばはひとみを連れて居間を出ていく。


歳三が携帯電話を耳から離すと、ふたばが一人で戻ってきた。

「舞田ぁ、どこで油を売っとる。署に戻ってこんか」

ふたばが男の声色で言い、くすりと笑った。

「いや、病院にかけた」

「病院？」

「浜倉厚生病院。タトゥの確認をした」

「タトゥ？」

「仙崎紫乃さんの左手の甲にタトゥはなかったそうだ」

「えー？　右だった？」

「いや、右にもなかった」

「どういうことよ。ひとみが貼ったのは間違いないよ」

ふたばは自分の目を指さす。

「左手の甲に、激しくこすった跡が残っていた」

「なんだ。じゃあ、私たちと別れてから剥がしたんだ」

「犯人がわかったよ」

「そう。え⁉」

「毒はウーロン茶のグラスに入っていた。ノンアルコールはアルコールのあとに飲むのが普通だ」

「ちょっとちょっと。犯人がわかった？」

まあ聞けと、歳三は狼狽《ろうばい》する姉に席を勧めて、

「姉貴のところにやってきた時、仙崎さんはビールを飲んでいた」

「うん」

「一方、毒はウーロン茶に混ぜられていた。ビールとウーロン茶、どちらを先に飲むかといえば、ビールだ。飲みはじめはアルコールで、これ以上酔いたくないと思ったらノンアルコール飲料に変える」

「交互に飲む人もいるよ。酔いにくいからって」

「それは少数派だろう。一般的には、アルコールからノンアルコールに移行する。ということは、仙崎さんが毒入りウーロン茶を手にしたのは、姉貴の元を去ってからという

ことになる」

「私といた時には、まだビールだったからね」

「ところがおかしなことに、問題のタンブラーには、仙崎さんの両手の指紋と掌紋がついていた」

「何がおかしいのよ。彼女が使ったグラスなのだから、彼女の指紋がついていてあたりまえでしょう」

「右手のはね」

「右手？」

「そう、右手。右手の指紋はついていていい。しかし左手の指紋は、決してあってはならない」

「どうしてよ」

「ひとみがいたずらして、仙崎さんの左の手の甲にタトゥシールを貼った。彼女はしきりにそれを気にし、ジャケットの袖《そで》を伸ばして手を隠していた。選挙に出ようという者がタトゥをしていては印象がよくないからね。だから握手も物を持つのも右手オンリー。右手に持ったグラスをテーブルに置き、右手で握手し、右手でグラスを取りあげて次のテーブルに移動する。これはビデオで確認してみよう。さて、そのように左手は使わないよう気をつかっていたのに、どうして左手の指紋がグラスについているのだ」

　歳三は言葉を止め、ふたばに答を要求する。

「ついてていいんだよ。だってさっき言ってたじゃないの。遺体の左手にはタトゥがなかったって。私と別れたあと、シールを剝がした。タトゥがなくなれば、左手を使わない理由も消える」

歳三は首を左右に振る。

「タトゥシールは簡単には剝がせないのだろう？　除光液や石鹼《せっけん》が必要だ」

「除光液は持ち歩いていてもおかしくない」

「しかしパーティー会場で使うには臭いがきつい。ごしごしこするのもみっともない。やるなら会場の外でだろう。ところが、実はさっきもう一本電話をかけてて、相手はパーティーの受付をしていた女性。彼女に確認したところ、仙崎さんが会場を出たのは一度きり、具合が悪いと帰っていった時だけだというんだ。会場を出た仙崎さんは、エレベーターに乗る前にトイレに寄っているから、タトゥを落としたのはその時だろう」

「なるほど。ん？　毒を飲んで具合が悪くなってるのに、タトゥを落とす余裕なんてある？」

「そう、ありそうにないよね。けれどその問題はひとまずおいとく。仙崎さんはパーティーの間はタトゥを落としていない――これはいいね？」

「うん」

「タトゥがあるので左手は使えない。しかし左手の指紋がグラスについている。なぜ？」

歳三はもう一度問いかける。

「うっかり左で持ってしまった」

「掌紋までべったりついているんだぞ。うっかり手に取ったくらいでは、そこまでつかない」

「すぐに気づかず、しばらく握りしめていたんじゃないの」

「かもしれない。しかし、左手を見せたくなかった人間は左手を使わない——これが前提だ。アルコールとノンアルコールの問題と一緒で、とりあえず一番ありそうな可能性を優先させる。無数にある『かもしれない』をいちいち検討していたら、推理はまったく進まなくなってしまう」

「わかった。で？」

「仙崎さんはあのグラスをパーティー会場でさわっていないということだ」

「何言ってんの。指紋がついてるのよ」

「会場でさわったはずはない。しかし指紋がついている。この二つの事実を両立させる答は一つしかないじゃないか」

　歳三はいったん言葉を止め、そしておもむろに言った。

「会場の外でさわった」

「え？」

「会場の外で使ったグラスが会場に持ち込まれた。つまり、仙崎さんは会場の外で毒を飲まされた。そのグラスがあとから会場に持ち込まれた。何のために？　パーティーで毒を飲まされたと思わせるため。なぜそのような偽装を？　自分はパーティーに出ていないので、確実に嫌疑の対象からはずされる。したがって犯人は、パーティーに出ておらず、かつグラスを会場に持ち込めた人間である。その二つの条件を満たす者は一人しかいない。仙崎薫子」

　ふたばはぽかんと口を開け、それからくくっと喉《のど》を鳴らした。人間、驚くと笑ってしまうようである。歳三は続ける。

「妹は言っていた。エレベーターから出てきた姉は一人で歩けないほどで、車に乗り込んだとたんに倒れてしまった——とんだ作り話だ。地下に降りてきた時の紫乃さんはぴんぴんしていた。元気な彼女に車の中で毒入りのウーロン茶を飲ませたのだ。姉妹なのだから、飲ませる口実はいくらでもあるだろう。消化にいい漢方だとかね。そして車を出すと、厚生病院に着くころには中毒患者ができあがっているという寸法。救急外来に飛び込み、薬物中毒のようだという医者の言葉をもらうと、クラウンホテルに戻り、楓の間に乱入、パーティーの料理に毒が入っていたとひと芝居打つ。

　毒を飲ませるのに使ったコップは、会場に入って壇上に向かうまでの間に、適当なテーブルにこっそり置いた。もちろん素手でさわりはしないよ。ハンカチやシャツの袖口《そでぐち》で包み、自分の指紋がつかないようにした。いや、紙ナプキンだな。パーティーではコップの結露が指にふれないよう、紙ナプキンを使うのが普通だから、そうやってくるんで持っていても怪しまれない。で、そのコップはパーティーで使われたのと同じ種類のものだから、外から持ち込まれたとは思われない。仙崎薫子はそのコップを、クラウンホテルで行なわれたほかのパーティーや披露宴の時にくすねておいたのだろうね。どう、説明がついているだろう？」

ふたばは背もたれに体をあずけて腕組みをし、オヤジのように唸《うな》り声をあげた。三度唸り、そして言った。

「証拠は？」

「それは今から探せばいいだけのこと。たとえばそうだな、ウーロン茶。毒を飲ませるのに使ったタンブラー、これはホテルのものを調達したが、ウーロン茶まで同じものは使っていないだろう。適当な市販品で代用したはず。成分を分析すればブランドの違いがわかり、毒を外で飲まされた証拠となる。それから、コップを会場に持ち込むにあたっては、エレベーターの中や廊下では、裸で持ち歩いたわけはないよね。バッグや服のポケットに隠していたはず。そうすると、バッグや服の繊維がかならずコップに付着する。これを分析することで個人を特定できる」

「会場を出てから毒を飲まされたというけど、紫乃さんは会場を出る前に、気分が悪くなったと言ってた」

「嘘をついたんだな」

「どうして」

「早退の口実だよ」

仙崎紫乃が昨日のパーティーに出席したのは、小松川亮介を祝福するためではない。選挙に向けて自分の顔と名前を売るためである。したがって、出席者とひととおり握手を交わしたら、この会場にいる理由はもはやない。別のパーティーを探して名刺を配るか、買物にでも行ったほうがましだ。紫乃は毎度そうやってパーティーを途中で抜けており、今回の早退も同じ理由からだった。いつもと一つ違ったのは、事前に助言があったことだ。

——いつもさっさと帰って自分勝手きわまりないと悪い評判が立っている。これではかえって選挙にマイナスとなる。理由をつけて出ていったほうがいい。具合が悪くなったから失礼するとか。

薫子がそうささやいたのではないか。姉は妹の気遣いに感謝し、しかし実は狡猾《こうかつ》なたくらみであった。気分が悪くなったと会場を出ていき、その直後に中毒症状を起こせば、パーティーで毒を飲まされたのだと誰もが思う。偽装の補強である。

——帰る時には電話してね、買物に出ちゃってるかもしれないから。

こうも言い含めておいたのではないか。そして警察には、姉が助けを求めてきた、ほらこれが証拠と着信履歴を見せる。

「紫乃さんは、会場を出た時点では具合は悪くなかった。根拠はすでに話してある。彼女がタトゥシールを剥《は》がしたのは、六時に楓の間を出たその足で向かったトイレでだ。タトゥシールを剥がす余裕があったのだから、具合が悪かったとはとうてい思えない。

トイレに行ったそもそもの目的は、気分が悪かったからではなく、タトゥシールを消すためだったんだよ」

「動機は？」

　ふたばは怒ったように言う。

「さあ」

「さあって、犯罪で一番重要なのは動機でしょう。しかも毒殺という計画殺人。しかも妹がお姉さんを？　相応の説明がないと納得できないよ」

　腕組みをして歳三を睨《にら》みつける。

「一日しか捜査していないのに、そこまで要求するなよ。しかしまあ、この道十六年の経験から言わせてもらうと、近しい人間は、時として最も憎むべき存在となる」


　仙崎薫子は地元の短大を卒業後、地元の建設会社で事務員として働いていた。コピー取りに電話番にお茶汲《く》みの毎日に意義を感じていたわけではないが、不満があったわけでもなかった。判で捺《お》したように九時から五時まで働き、デパ地下でケーキを買って帰宅し、ネットとゲームとマンガで夜更かしし、休日は録り溜《た》めたビデオを観て過ごす。それでそこそこ充実した人生だった。

　ところが姉の紫乃がＮＰＯを起《た》ちあげ、有無を言わさず彼女の鞄《かばん》持ちをさせられることになった。車の運転や弁当の買い出しといった仕事の内容には不満はなかった。しかし、姉が市長主催の麻雀《マージャン》大会に出れば、自分もそれにつきあって待機していなければならない。介護用品の展示会があれば、休日であっても東京までお供しなければならない。自分の時間が奪われ、薫子のストレスは日に日に高まった。また、紫乃は、こうと決めたら良し悪しを吟味せずに突っ走ってしまうので、そのフォローも回ってきた。

薫子は疲れてしまった。しかし、姉に迷惑がかかるかと思うと、辞めるとは言えなかった。

だから結婚を考えた。つきあっている男性がいたわけでも、いい縁談があったわけでもないのだが、結婚してしまえば自動的に姉から解放されると考えた。

しかし姉は解放してくれなかった。薫子が結婚願望をそれとなくにおわすと、結婚などするものではない、私を見ればわかるでしょうと、自分の価値観を押しつける。

薫子は耐えられなくなった。しかし、姉に面と向かって意見したり、自己をさらけ出して喧嘩《けんか》できる性格ではなかった。毎晩寝つく前に想像の中で姉をやりこめるのが関の山、本当の気持ちは心の奥に押し込め、従順な妹を演じていた。

捌《は》け口がなければ、押し込めていたものは堆積《たいせき》する。そしていつかはあふれる。

逮捕後の取り調べで仙崎薫子が語った話である。

6

「皆の衆、待たせたのう」

ひとみが居間に飛び込んできた。

「全部終わった？」

ふたばが尋ねると、ひとみは両手の親指を立てて、

「そちは何が聞きたいのじゃ。何なりと申すがよい。苦しゅうないぞ」

「聞かなくてよくなった」

歳三は目《め》尻《じり》を下げ、軽く手を挙げる。

「えええーっ？」

ひとみはおおげさに目をしばたたかせ、ムンクの「叫び」のように頬の横に両手を当てた。

「悪かったな」

「そりゃないぜよぉ。いつもの一・五倍の速さで片づけたのにぃ」

「ゲームする時間ができたじゃん」

「そういうことじゃなくってぇ。トシちゃんの役に立てると思ったのにぃ。ショボクレ小僧」

ひとみはペタンと床に腰を降ろし、両膝《りょうひざ》を抱えて膝の間に顔をうずめる。

「もう役に立ったのよ」

ふたばがほほえむ。

「うん、十分役に立った」

歳三もうなずく。

「ほえ？」

ひとみが顔をあげる。

「おかげで早期解決だ。何かお礼しなきゃな。ゲーム？　ケーキ？　ラーメン？」

「そういうことじゃなくってぇ、いろいろ意見があるんだよ、君に」

ひとみはぴょこんと立ちあがり、歳三に向かって指を振る。

「意見？」

「スモークサーモンが乾燥してた。酢豚が煮詰まっていた。ジュースが生しぼりじゃなくて濃縮還元。料理はグランドホテルのほうが上なんだよ」

「それはさっき聞いたし、俺はクラウンホテルの従業員じゃないし」

「ちがうよぉ。トシちゃんの時はグランドホテルにしなよってこと」

「はあ？」

「トシちゃんの披露宴」

そのひとみに映るもの

1

一月二十七日午前二時四十分ごろ、北浜《きたはま》街道の犬吠《いぬぼう》峠付近で乗用車が事故を起こしているという一一〇番通報が、県警通信司令センターに入った。

北浜街道は浜倉市と坂根市を結ぶ県道で、犬吠峠はちょうど二つの市の境に位置している。峠といっても標高百メートル程度の小高い丘のようなものなのだが、短い勾配《こうばい》の間にタイトなコーナーが連続しており、事故の発生しない月はない。

事故現場は、峠から百五十メートルほど坂根市側に入ったカーブの出口で、セダンタイプの高級外車が一台、ガードレールに正面から突っ込んでいた。減速が不十分で曲がりきれなかったらしい。この晩は放射冷却による冷え込みが厳しく、路面も凍結していた。

助手席側の前部は大破、フロントガラスはこなごなに割れ、膨らんだエアバッグには血痕《けっこん》が付着していた。しかし車内に人はいなかった。運転席にも助手席にも後部座席《ざせき》にも。通報者が中を覗《のぞ》いた段階で、すでに無人だったという。

救急車の出動要請はなかったと消防は言う。周辺の病院に問い合わせても、怪我人の急患はなかったとのことで、通報者より前に発見した者が助け出したのでもないようだった。

ナンバーの照会により、その車が盗難車であることはすぐに判明した。二日前に浜倉市郊外のシネコンの駐車場で盗まれていた。警察とかかわるわけにはいかないと、運転者は車を捨てて逃げたのだろう。

ハンドルやルームミラーからは、本来の所有者以外の指紋が複数出た。うち二種類の指紋は県警の記録の中にあった。前年四月に県内で発生した強盗殺人事件の現場で採取された指紋と一致したのだ。一年近くが経過した今も解決を見ていない、女性従業員一人が殺され、現金一千七百万円が奪われた、浜倉市三坂のパチンコ景品交換所襲撃事件である。

警察を驚かせたことはもう一つある。事故車の後部トランクルームから男性の死体が出てきたのだ。

男は、この自損事故により命を落としたのではない。死体の顔面、肩、上腕部には、棒状のもので殴られたような跡が複数認められ、手の指が三本折れており、まるで拷問にかけられたような状態だった。そして死因は窒息死。首に絞められた跡がないので、何かで口を塞《ふさ》がれた結果、死にいたったものと考えられた。死亡推定時刻は、同日午前一時前後。

男は身分証やカード類を所持していなかった。財布も見当たらなかったので、犯人にそれごと持ち去られたものと思われた。

男は指輪をはめていた。結婚指輪ではなく、名前は刻まれていなかった。しかし、現場検証にあたった鑑識の一人が、一目見て被害者の正体を察した。その警察官は浜倉大学の卒業生で、件《くだん》の指輪は同校のカレッジリングだったのである。

その日のうちに被害者の身元が判明した。浜倉大学農学部の大学院に在籍する、海外からの留学生であった。

2

「事件！　事件！　大事件！」

玄関ドアを開けると、ひとみが上がり口でぴょんぴょん飛び跳ねていた。

「算数で百点取ったか。おめでとう」

舞田歳三《としみ》は軽くあしらって中に入った。

「意味不明。百点なんてよく取るよ、一学期に一回くらい」

「やるな」

「それより事件なんだって。大事件。大大事件！　大大大事件！」

ひとみは歳三の腕を取る。

「よせ。危ない」

歳三はあわてて割れ物の詰まった袋を靴箱の上に避難させた。

「だからぁ、事件が起きたんだって」

「だから、何だよ」

歳三は靴を脱ぐ。

「靴が盗まれた」

「どこで？」

「学校」

「どの靴？　おいおいまさか、ボーナスで買ってやったやつじゃないだろうな」

「刑事失格」

ひとみは歳三にびしりと指を突きつけて、それからその指先を下の方に移動させた。純白のアッパーに銀ラメのシューレースを通した、いかにもクリスマス仕様のスニーカーが土間の隅にあった。

「じゃあどの靴が盗まれたんだよ。水色のスリッポン？　茶色の革靴？　もこもこしたブーツ？」

歳三は己の不明をごまかすよう、怒ったように言う。

「ひーちゃんのは無事っす」

「同級生の花子ちゃん？　明子ちゃん？」

「五の一に、そんな名前の子、いない」

「じゃあ誰だよ。まあ誰でもいいけど。知らないし」

「四の三の子」

「なんだ、クラスメイトじゃないのか。近所の子？」

「ううん」

「事件といえば事件だけど、大大大事件と大声をあげるほどじゃないだろう。靴が盗まれたくらいで」

「ううん、大大大事件。もひとつ『大』をつけてもいい」

ひとみは顔の前に人さし指を力強く立てる。歳三は首をかしげて、

「その子のクラスメイトがやったのだろう。いじめか。嫌な話だな。いや待てよ、靴を盗まれた子、かわいいんじゃない？　かわいい女子に男子がちょっかいを出した。気を惹《ひ》くために上履きを隠すって、おじさんのころもよくあった。もとい、俺のころも」

「かわいい子もいるけど、そうでもない子もいる」

腕組みをし、うんうんとうなずく。

「ん？」

「男子もいるし」

「え？」

「四の三全員の靴が盗まれた」

「え!?」

「三十七人、全員」

「いったいどういうことだ、それは」

「だからぁ、四の三全員の靴が盗まれたんだって。三十七人、全員」

「本当かよ」

「なんでウソつかなきゃなんないんだよー」

ひとみは頬を膨らます。

「たしかにそれは事件だ。大事件」

歳三は大きく唸《うな》り、左右の腕を組み直す。

「だから大事件だって、さっきから言ってんじゃん。大大事件、大大大事件、大大大大事件」

ひとみは指揮者のように両腕を振る。

「昇降口の靴箱から盗まれたのか？」

「うん」

「いつ？」

「今日」

「今日のいつ？」

「お昼休みにはもうなくなってたって。給食を速攻で食べ終えて、ドッジボールをしにいこうとした男子が最初に気づいたんだって。中休みにはあったのに、お昼休みにはなくなってたの」

「ほかの組、ほかの学年の靴は盗《と》られてないのか？」

「うん。四の三だけ」

「四年三組、全員」

「全員」

「びっくりだな」

「びっくりだよ」

「それはおそらく――」

変態性欲者の仕業だろう――という次の言葉を歳三は飲み込んだ。小学生に聞かせたくない言葉であるし、「ヘンタイって何？」と尋ねられたら返答に窮する。代わりに、

「富士見小には警備員はいないんだっけ？」

と尋ねる。

「夜はいるよ」

「ということは、昼間は誰でも学校に入ってこられる」

「入れないよ。正門も裏門も横門も閉まってる。遅刻した子とかは、門の横のインターホンを押すの。そしたら、先生か事務の人が出てきて開けてくれる」

昨今、全国的に学校への不審者の侵入が相次いでいるため、始業のベルが鳴ったら門

を閉ざすことにしたらしい。とはいえ、門番が立っているわけではないし、門扉の高さはせいぜい二メートルなので、その気になれば侵入はたやすい。

「当然、警察には届けたのだろう？」

「うん。帰る時、パトカーが来てた。トシちゃんがいるかと思って探したんだけど、いなかった」

ひとみは唇をアヒルのように尖《とが》らす。

「残念でした。部署が違うんだな」

歳三は靴箱の上の袋を取りあげ、奥に向かう。

「それがさー、来てたのがさー、なんかさー、みんな頼りなさそうでさー」

後ろをひとみがくっついてくる。

「ほい、おみやげ」

歳三はドアを開けると、ダイニングテーブルで新聞を読んでいた兄に向かって袋を差し出した。理一《まさかず》は顔をあげ、新聞を畳み、眼鏡をかけ、椅子を引き、立ちあがり、そこまでは冬眠明けのクマのように緩慢だったのだが、歳三が袋の口を開けて彼に向けてやると、

「ベルビュー・クリーク？　一度飲んでみたかったんだよ。よしよし」

相好を崩して袋を引ったくり、大股《おおまた》の早足で台所に入っていった。

いつもビールをたかって申し訳ないと、今日の歳三はどういうわけか殊勝な気持ちに

なり、ヴァイツェンにベルジャンスタイルホワイト、ダークエールにピルスナーと、世界のビールを適当に見つくろって差し入れとして持ってきたのだった。ベルビュー・クリークはベルギーのビールで、ブラックチェリーが漬け込んであるという変わり種である。

「だからさー、トシちゃんが調べたほうがいいよ」

　ひとみはまだ言っている。

「だからさー、トシちゃんは別の仕事をする係なんだよ」

　歳三はひとみの口調をまねて言い返し、ソファーに体を投げ出す。

「でもさー、頼りなさそうなおじさんばっかなんだよ。まだ靴を一足も見つけられてない」

「あたりまえだろう。調べ始めたところなのだから」

「トシちゃんなら、とっくに犯人も捕まえてる」

「ないない」

「だって、去年大活躍だったじゃん。おばあさんが焼け死んだ事件とか、リアル赤目おばけとか、クラウンホテルの時とか、スーパーチョー活躍」

「一人で解決したんじゃない」

　と謙遜《けんそん》しつつ、歳三は鼻の頭を掻《か》く。

「だからさー、ちょっと手伝ってあげなよ」

ひとみが歳三の腕を引く。

「だから、俺は、そういう事件を調べる係じゃないんだって」

「いいじゃん、たまには」

「そういうわけにはいかないんだよ」

「いじわる」

「意地悪してるんじゃないって。そうだな、うん、五年一組の成績が悪いからといって、五年二組の先生が五年一組の授業をするか？」

「しない」

「同じことだよ」

「うーん、同じかなあ、うーん」

ひとみは腕組みをし、左に右に首を傾ける。

「そんなことより、ほら」

歳三は壁の時計に目を送る。この家は、子供は九時半までに布団に入る決まりになっている。

「ケチ」

ひとみはそんな捨て台詞《ぜりふ》を残して居間を出ていった。

3

舞田歳三は犬吠峠の事件を追っていた。事故現場の所轄署は坂根警察署であり、本来なら浜倉中央署員の出る幕はない。しかし、事故車から出た指紋が、昨年来歳三が追いかけている強盗殺人事件と関係していたため、坂根署と連携して捜査を進めることになった。

週が明けた三十日の夕方、歳三が坂根署での捜査会議を終えて浜倉中央署に戻ってくると、刑事課の彼のデスクにメモがあった。

〈特選情報あり〼至急来られたし(鑑)玉村〉

玉村は歳三と同期の鑑識課員で、飲んではマイクを奪い合う間柄でもある。

何の用だと歳三が内線をかけると玉村は、盗聴されているかもしれないので電話では話せないなどと、ふざけたことを言った。

用があるならそっちから来やがれと力まかせに受話器を置いたあと歳三は、もしかしたら合コンの誘いかもしれないと思い直し、席を立って上階の鑑識部屋に向かった。

途中、便所に立ち寄ったところ、生活安全課の倉持《くらもち》が洗面台の前にいた。

「富士見小の事件、どんな感じです？」

姪《めい》に義理をはたしてやるかと、歳三は尋ねてみた。

「ぼちぼち」

倉持は鏡に向かったまま、気のない声で答えた。

「手がかりはあるのですか？」

「ぼちぼち」

「不審者の目撃証言は？」

「ぼちぼち」

「具体的にはどういう捜査を行なっているのです？」

「なんだよおい、こっちのやり方にケチつけるのか？」

倉持は鏡の中から睨《にら》みつけてくる。手は、さびしい髪を必死になでつけている。十一歳の小娘に、頼りなさそうと評されるのも無理からぬ風貌《ふうぼう》である。

「いや、そういうわけじゃなくて、姪っ子が通っている学校だもので、いろいろ心配で」

機嫌を損ねぬよう、歳三はにこやかに笑ってみせる。

「そうか、それは心配だな」

「やっぱりあれですかね、変質者？」

「その可能性が一番ありそうだな。去年だったか、関西のほうの小学校で同様の事件があったじゃないか。あのとき盗まれたのは男児の上履きで、犯人曰《いわ》く、『子供の靴の臭いを嗅《か》ぐとストレス解消になった』。変態にもほどがある」

「四年三組の靴だけが盗まれたのですか？」

「そう」

「ほかの組の靴は一足も？」

「一足も」

「四年三組の靴は、全員の分が？」

「全員の分」

「奇妙ですね」

「おかしいと思うか？」

「ええ。手当たり次第靴を取っていったら、四年三組全員のをきっちり盗んでいて、ほかのクラスのは一足も混じっていなかった——という偶然がありますかね」

「だよな。しかも四年三組の靴箱は廊下寄りに位置している」

と倉持は櫛《くし》を止め、振り返った。試されていると察し、歳三は頭を高速回転させた。答はすぐに出た。

「変質者なら外寄りの靴箱を狙いそうなものですね。奥まで入り込んだら、いざという時に逃げにくい」

「ということは？」

「学校関係者が？」

「結構いるからな、変態教師。だとしたら厄介なことになるぞ。しかしもっと厄介なケースも考えられる」

「生徒……」

「四年三組全員の靴が盗《と》られていることを考えると、犯人は四年三組というクラス全体に対して何か含むところがあるのかもしれない。クラス対抗の競技でずるをされたとか、テストのクラス平均が低かったことを笑い物にされたとか」

「じゃあ、生徒を調べているのですか？」

「ああ。人数は多いし、土日は入ったしで、まだ四分の一も話を聞けていないが」

「生徒全員を事情聴取するのですか？」

「当然。もちろん優先順位はつけるよ。同学年が最優先だし、一、二年生による犯行はさすがにないだろう。犯行は授業中に行なわれた可能性が高いから——三十七足もの大量の靴を、休み時間という人目のある時に盗みきるのは難しいだろう——事件当日休んでいた子、保健室やトイレに行くなどして教室にいなかった子を優先して調べている」

「現時点での感触は？」

「まだ何とも。なにしろ子供が相手だ、事は慎重を要する。解決までには時間がかかるかもしれない」

　嫌な事件になりそうだと、歳三は暗い気分になった。その心中を察してか、倉持は言った。

「もちろん外部の変質者も調べているぞ。経験上、やはりそちらの可能性が高いと思う。しかし四年三組だけが狙われたという事実がある以上、関係者による犯行の可能性も決して低くはない」

「わかってます」

「それから、小学校の事情聴取は西田《にしだ》に仕切らせているから。俺はもっぱら、性犯罪の前歴がある者をあたっている」

西田というのは生活安全課の女性巡査部長である。

警察のおじさんは見た目ほど頼りなくはないと伝える必要があるなと歳三は思った。

4

鑑識の部屋に入っていくなり、玉村が言った。

「藤ノ《ふじの》山《やま》がどうやってできたか知ってるか？」

藤ノ山は、浜倉市内にある、山と呼ぶにはおこがましい、標高三十メートルほどの小山である。

「知らない」

歳三は口先で答え、空いている椅子に適当に腰かけた。

「少しは考えろよ。というか、地元の人間なら、小中学校で習ってるはずだぞ」

「記憶にない」

「足踏《あぶみ》川の浸食によりできた」

「足踏川？　五、六キロも向こうを流れているじゃないか」

「今はね。大昔は藤ノ山のあたりを流れていた。大昔とは、具体的には更新世、今から二百五十八万年前から一万一千七百年前。マンモスが生息し、北京原人やネアンデルタール人が存在していた時代」

「ギャートルズのころか」

「その後、土地を浸食しながら徐々に北に移動し、現在の場所に落ち着いた。いや、今を生きるわれわれの視点からすると落ち着いてはいるけれど、一万年十万年の先にはさらに北に移動して、犬吠峠あたりの丘陵地帯もすっかり平らにしてしまうのだろうね」

「へぇー」

　と口にした歳三であるが、それは反射行動であり、実のところ、足踏川がどこを流れようが山を削ろうが、どうでもよかった。

「じゃあ、藤ノ山という名前の由来は知ってるか？」

　玉村はまた質問をする。眼鏡の丸いフレームを指先でちょいとあげ、教師気取りである。

「藤があるから」

　二本ある登山道（というのもおこがましいが）の両脇と頂上の広場には藤棚が設けられており、五月には地元民でちょっとしたにぎわいをみせる。

「あの藤棚は戦後作られた。藤ノ山という名前が先にあり、それにちなんで藤の名所にしようという政治的意図があったのだろう」

「そうなんだ——じゃねえよ。用件は？」

歳三はさすがにじれてきた。しかし玉村は飄々《ひょうひょう》と、

「藤ノ山からは富士山《ふじさん》がよく見える。現在は冬季限定で、年々見える日数が減ってきているが、その昔は年の半分は霊峰を拝めたそうだ」

「たしかにガキのころは夏場にも見た憶《おぼ》えがある。あそこは俺の小学校の裏山みたいなもので、草花の観察や写生でよく連れていかれた。じゃなくって、何の用だよ。合コンじゃないのか？」

しかし玉村はこれも無視して、正確には冷笑して、

「藤ノ山と富士山。藤と富士」

「ああ、富士山が見えるからか。ん？　ということは、藤ノ山と俺の小学校は同じ語源なのか？　富士見小学校」

歳三はおおと手を叩《たた》く。

「なーに今ごろ気づいてんだか」

「じゃあどうして素直に富士見山としなかったんだ？　そうか、『富士』をそのまま使うのは粋《いき》じゃないと、『藤』の文字をあてた。そういう言葉遊び、昔はよくあるよな」

歳三はとりあえず話につきあう。油を売るのは嫌いではない。

「そう考えるのは素人。藤ノ山自体が富士山だったんだよ」

「はあ?」

「君のことだ、富士山信仰は知らないだろうな」

「何で決めつけるんだよ」

ムッと返したものの、歳三は何のことやらわからない。

「山を神聖視し、崇拝の対象とすることを、山岳信仰という。信仰の対象となる山は日本の各地に数多く存在するが、最も広範囲にわたって信仰されたのが富士山だ。なにしろ、高さも見た目も日本一だからね。圧倒的に神々しい。ユートピア視する向きもあった。富士山信仰は江戸時代にピークを迎える。国の中心が江戸《えど》に移り、そこから日常的に富士山を見ることができたのも、信仰に拍車をかけたのだろう。日本の中心が京や大《おお》坂《さか》であったなら、はたしてどうだったか。それはさておき、死ぬまでに一度は富士山に登ってみたいというのが江戸時代の庶民の夢だった。お伊勢《いせ》参りのようなものだな。しかし自動車も電車もない時代だ、おいそれと行けるわけではない。そこで富士塚というものが作られる。富士山がよく見える場所を選んで人工的に小山を造営し、頂上には神社を祀《まつ》り、人々は本物の富士山に見立てて登拝した。そういう人造富士山が、江戸を中心に、関東一円、東海、甲信地方に作られた」

「藤ノ山も富士塚なんだ」

「そう。ただし、あの山全体が人工物ではないぞ。天然の山の頂上に数メートル土を盛っただけだ。『藤』の字を使ったのは、言葉遊びというより、本家と同じでは畏《おそ》れ多かったからじゃないかな」

「そういえば、頂上にぼろっちい鳥居があったな」

「神社の建物は残っていないけどね。戦後、放火で焼失したそうだ」

「よく知ってんなあ。高校では郷土研究部だったのか」

「バスケと鉄道研究会。それで、藤ノ山の頂上に盛った――」

「おい、いま何て言った。バスケットボール？　嘘つけ」

歳三は玉村の頭の上に手をかざし、ドリブルをするように上下に動かした。玉村は自称百六十三センチだが、どう見ても十センチはさばを読んでいる。

「チビはバスケをやらない――そういう先入観は刑事として身を滅ぼすぞ」

玉村は歳三の手を払いのける。

「ご忠告感謝。で、藤ノ山の蘊蓄《うんちく》が至急の用事？　聞いてやってもいいが、茶飲み話なら、コーヒーくらい出せ」

「この部屋は飲食喫煙禁止」

「じゃあ至急の用事を至急話せ」

歳三が睨《にら》みつけると玉村は、眉《まゆ》を寄せて口を開いたが、しかし言葉の代わりに溜《た》め息を漏らし、歳三から顔をそむけて机の上の書類の山に手を伸ばした。しばらく山を掻《か》き分けたのち、机の引き出しを開け、中を引っかき回す。

「来るとわかっているのだから、あらかじめ手元に出しておけよ」

「ご忠告感謝」

「いったい何の話だ？」

「土方は犬吠峠の事件を調べているんだよな？」

玉村はそう言いながら別の引き出しを開ける。

「間接的にだけどな」

「トランクから死体で発見された留学生、彼も三坂の強殺に関与しているのか？」

「仲間割れで殺されたのかということ？」

「うん」

「景品交換所襲撃については、彼は無関係だ。事件当日のアリバイがはっきりしている。臼井《うすい》研にいた」

「宇津井《うつい》健《けん》？」

「浜倉大学農学部の臼井甚一郎《じんいちろう》教授の研究室。臼井教授は小麦の研究の世界的権威で、その教えを受けようと、研究室には世界中から学生が集まってくる。被害者もその一人だった」

「しかし犯人の仲間である可能性はあるわけだよな。『景品交換所襲撃については』と条件をつけたからには」

玉村は引き出しを閉め、ふたたび机上の山と格闘する。

「昨秋から急に羽振りがよくなったらしい。それまでずっと風呂なしアパートで自炊生活だったのが、家賃二十万円のマンションに引越し、車も買ったとか」

「景品交換所から奪った金の分け前にあずかった？」

「そうなのかもしれないし、別の事件がからんでいるのかもしれない」

「同じ犯人がやったと思われる事件があるのか？」

「具体的には、ない。ただ、三坂の強殺の手口が、背後に何らかの組織を感じさせるもので、だとすると、ほかにもいろいろやっていておかしくない。犬吠峠で事故を起こした外車も、海外に売り飛ばすために盗んだものではないかと踏んでいる」

「なるほど――あった」

　マウスパッドの下から折り畳んだコピー用紙が出てきた。

「科捜研の分析結果だ」

「何の？」

「トランクの死体が履いていた靴の底から採取した土。玄武岩質だった」

「それが？」

「殺された彼は、死の直前、玄武岩質の土地を歩いている」

「だから？」

「浜倉近辺の土地は、砂岩、泥岩、礫岩《れきがん》により形成されている。犬吠峠も、その向こうの坂根市も」

「ええと、ということはつまり、被害者はこの近辺で殺されたのではないということなのだな。死の直前、玄武岩質の土地にいた」

「はい、よくできました」

「具体的にはどのあたりが玄武岩質なんだ？」

「ハワイのキラウエア火山」

「おい」

「三宅島《みやけじま》」

「あのなあ」

「城崎《きのさき》温泉」

「いいかげんにしろ。もう少し事故現場に近い場所を挙げないと意味ないだろう」

「富士山」

「全然近くないだろ」

「藤ノ山」

「藤ノ山？」

「藤ノ山」

「浜倉の土地は砂岩や礫岩じゃないのか？」

「天然ではね」

「ん？」

「富士塚を造営するにあたり、そこいらの土を盛るのではなく、富士山から溶岩を運んできて積みあげることがよくあった。より本物らしくというわけだ。ありがたみも違う」

「藤ノ山も？」

「そういうこと。今ではすっかり崩壊し、塚の形をなしていないが、土をよく観察すれば、元々の土壌との違いは明らかだ」

「すると被害者は、死の直前に藤ノ山の頂上に行っている。殺害現場は藤ノ山の頂上。頂上でないとしても、藤ノ山からそう遠くではない。長く歩けば、靴の裏から玄武岩質が失われてしまう」

　歳三は興奮気味に確認する。

「ハワイで殺して空輸していないとは言い切れないがね」

「被害者は、一月二十六日の午後九時まで浜倉大学の研究室にいたことが確認されている。犬吠峠での事故は二十七日の午前二時四十分。六時間足らずでは、三宅島や城崎温泉での犯行の可能性も絶無だ」

「富士山なら間に合わないこともない」

「はいはい。それは、最も高そうな可能性が否定された時に検討するよ。しかしおまえ、あれだけ藤ノ山の蘊蓄を垂れておきながら、どうして富士山の溶岩が運ばれてきていた事実を説明しなかったんだよ。あらかじめ聞かされていたら、靴から玄武岩質の土が採取されたという最初の一言でピンときたのに」

　歳三は小さく舌打ちをくれる。

「言おうとしたら、君が止めたんじゃないか」

玉村は首をすくめる。歳三は、うっと喉《のど》を詰まらせ、その動揺を隠すべく声のトーンをあげて、

「藤ノ山の成り立ちや名前の由来なんて、結論には直接関係ないだろう。それをおまえ、長々と聞かせやがって」

「演出だよ」

玉村はしれっと言う。

「被害者の靴から採取された土は藤ノ山山頂のものである——これで十分じゃないか。科捜研から回ってきた文書にも、そうとだけあったんだろうが」

「そんなに詳しくないよ。玄武岩質だったとだけ。科捜研は分析機関であって、推理まではしてくれない」

玉村はコピー用紙を広げて顔の前に掲げる。成分分析のグラフだった。

「じゃあ、犯行現場は藤ノ山近辺ではないかというのは……」

「僕の推理、オリジナル。だいたい科捜研の連中は、藤ノ山に富士山の溶岩があると知らないだろう。自然な土壌ではないので、地質や土壌関係の文献には載っていない。郷土史の資料には出ているが、科学者は普通、そんなものは読んじゃいない。向上心が強い僕は例外だけどね」

「一言多いんだよ。捜査本部には伝えたな?」

「バカですか、君は。捜査本部に直接伝えたのなら、わざわざ君を呼びはしない。懇切丁寧にレクチャーしたのは、君から捜査本部に話を持っていかせるためだ」

「どうして俺が？」

「本当にバカだな。同期に手柄を与えてやろうという友情からに決まってるだろう」

「おまえ……、いいやつだな」

歳三はゆるゆると首を振り、目頭を押さえてみせる。

「やっぱりバカだな。出まかせに決まってるだろう。愛署精神だよ、愛署精神」

「ん？」

「捜査本部は坂根署だ。僕がここから電話で推理を伝えたら、坂根署の連中が自分たちの手柄にしてしまおうとする。しかし君が捜査会議の席で披露すれば、そうはいかない。浜倉中央署の看板を背負って、やつらに一泡吹かせてくれたまえ」

玉村は椅子に坐《すわ》ったまま伸びあがるようにして、歳三の肩をぽんぽんと叩《たた》く。そしてニヤリと笑って、

「しかし土方、さっきのような口先だけの言葉を真に受けていては、女に騙《だま》されるぞ」

さらにぷっと噴き出して、

「すでに何度となく騙されてるか」

5

すでに陽が落ちていたので、藤ノ山は立ち入り禁止の措置をとるだけにとどめ、捜索は翌日回しとなった。

捜索には歳三も加わる予定だった。体力も神経も必要とされる作業である。なので今日のところはまっすぐ寮に帰り、早めに休んで明日に備えるつもりだった。

しかしひとみがそうさせてくれなかった。署を出たところで携帯電話が鳴り、グッドニュースがあるから帰りに寄っていって、五分でいいから寄っていってと、玉村みたいなことを言う。しょうがないので歳三は実家に足を運んだ。

玄関を開けると、奥からひとみがすっ飛んできた。そして手にしていたシールだらけの手帳を広げて、

「犯人」

と歳三に突きつけた。

「何、これ？」

「だから犯人」

「何の？」

「決まってんじゃん。四の三の靴を盗んだ」

「これが？」

「これが」

「またまたご冗談を。舞田ひとみふうに言うなら、意味不明」

逆立った黄色の髪に、ブルース・ブラザースのような真っ黒なサングラス、両手で持つのは機関銃？　そんな男の絵がページいっぱいに描かれていたのだ。

「サトちゃんが見たの」

「何だよ、このB級アクション臭プンプンの悪役キャラクターは」

「だから、四の三の靴を盗んだ悪人」

「こんなやつが現実にいたらおおごとだ」

「だって、いたんだもん」

「誰が見たんだよ」

「だからサトちゃんだって」

「クラスの子？」

「違うよ。山口《やまぐち》さんちのサトちゃん」

「山口？　そこの角の？」

「うん」

「へー、あの子、もう小学生なのか」

「もう二年だよ」

「で、サトちゃんが、このドルフ・ラングレンを見たって？」

「うん」

「昇降口で機関銃を構えていたって？」

「昇降口じゃない。サトちゃんがこいつを見たのは、学校の裏。あの日、サトちゃん、二時間授業を受けて、中休みに早引けしたんだって。お母さんと買物に行くから」

「ありなのか、その早退理由は」

「駅ビルに新しく入ったドーナツ屋さん、すっごくおいしくっていつも大行列なんだけど、金曜日の昼にだけ売るクランベリーのドーナツが一番超おいしくて、超人気すぎるからお一人様二個限りなんだけど、サトちゃんを連れてけば、あと二個買えるじゃん」

「そりゃ四個買えるけど」

「ひーちゃんはまだ食べたことないから、もしトシちゃんが金曜日のお昼ごろ駅に行くことがあったら、買ってきてね。売り切れてたら普通のドーナツでもいいよ」

歳三は苦笑するしかない。

「でね、中休みに裏門を出たら、こういうおっかないのがいたんだって。四の三の靴は中休みからお昼休みにかけて盗まれたんだよね。だからこいつが犯人。サトちゃんが行ったあと、学校に入った」

「時間的には合ってるけど……」

どうして機関銃を持っている。ひと抱えほどある長方形の一部からパイプ状のものが伸び出ており、両手でグリップする突起があり、色は濃いグレー。機関銃にしか見えない。いやむしろ、このコテコテしたデザインは、なんとかレンジャーが持っている架空の武器だ。

「だから、はい」

ひとみは絵が描いてあるページを破り取り、歳三に差し出す。

「何だよ」

「犯人の似顔絵だから。こいつを指名手配して」

「似顔絵か。似顔絵ねぇ」

歳三は苦笑いしながら、とりあえず受け取る。

「あー、バカにしてる。せっかくいっしょうけんめい描いたのに」

ひとみは頰を膨らます。

「なんだ、サトちゃんが描いたんじゃないのか。だよなあ、小二でこれだけ描けたら天才だよなあ」

「あー、やっぱりバカにしてる。小五でこの程度しか描けないって」

「そんなこと言ってない」

「そりゃさー、ひーちゃんは絵が下手だけどさー、せっかくさー、聞き込みしてさー、似顔絵作ったのにさー」

「ひとみが？」

「そうだよ。警察だって似顔絵作って犯人を捜すじゃん。だからいっしょうけんめい特徴を聞き出して描いたんだよ。なのに笑われちまったい。ショボクレ小僧」

ひとみはぺたんと廊下に腰を降ろし、両膝《りょうひざ》を抱えて膝の間に顔をうずめる。

「その前に何て言った？　聞き込み？」

「そうだよ」

「まさか、富士見小の生徒全員に話を聞いて回っているのか？」

「全員に聞きたいけどさー、それは無理。知らない子に声かけるって、恥ずかしい。上級生だと怖そうだし。知ってる子だけ」

「何でまたそんなことを」

歳三はあきれ半分に言った。するとひとみは弾《はじ》かれたように顔をあげ、歳三をきっと睨《にら》みつけた。

「トシちゃんが調べてくれないからだよ。あたしが調べるしかないじゃん」

その剣幕に歳三は一瞬たじろぎ、それから苦笑いでない笑顔を作って、

「そうか。ご苦労さま。これは責任を持って担当者に渡しておく」

手帳の切れ端を丁寧に二つに折って上着のポケットにしまった。

とはいうものの、こんな物騒な恰好《かっこう》をした人間が住宅地を徘徊《はいかい》していたとはとても思えない。わが国も銃犯罪が増えてきているとはいえ、それは短銃によるものである。この絵の銃は自動小銃か機関銃だ。脅しにモデルガンを使うとしても拳銃《けんじゅう》を選ぶだろう。

機関銃はあまりに日常性を欠いており、怖がる前に笑われてしまう。

歳三の中では答は出ていた。子供のおみやげに、なんとかレンジャーの武器を持って歩いていただけなのだ。顔がいかつかったので、おもちゃだとは思わなかった。なにしろ目撃したのは小学二年生の女の子である。

いずれにせよ、これを倉持に見せたところで、笑われ、丸めてゴミ箱だと歳三は思った。

6

人手の確保に手間取り、藤ノ山の捜索は午後からになった。投入された捜査員は三十人、ほかに警察犬が二匹。被害者の血痕《けっこん》、靴跡、兇器《きょうき》等、留学生殺しとつながる何かが見つかれば、捜査は大きく前進する。

捜索開始後すぐ、頂上で動きがあった。地面の一部が不自然に荒れているのが発見されたのだ。五メートル四方にわたり、玄武岩質の地表が掻《か》き取られたようになっていた。

留学生はここで殺されたのではないか。その際、犯人も傷を負い、相当な出血で地面が汚れた。これが人目に触れれば事件性があると警察に届けられ、警察が調べれば個人の特定につながる。といって、床と違って拭《ふ》き取るわけにはいかない。そこで犯人は、血で汚れた土を持ち去ることにした——。

早々に大きな発見があったことで、捜査員の意気は俄然《がぜん》あがった。

歳三も、どんな小さなものも見逃すまいと、地面に這《は》い蹲《つくば》った。タバコの吸殻、ガムの包み紙、空き缶、紙の切れ端、ガラス片——目についたものは片っ端からビニール袋に回収した。

窮屈な体勢を続けて腰が痛くなりはじめたころ、枯れた雑草の陰に絵の具のチューブを発見した。それもいちおうビニール袋に収め、歳三は作業を続けた。

一分もしないうちに、歳三はハッと地面から顔をあげた。そしてビニール袋から、今しがた見つけた絵の具のチューブを取り出した。日本人なら誰でも知っているメーカーの水彩絵の具である。それも、特別なモデルではなく、日本全国どこの文房具店でも扱っている、最もスタンダードなタイプの水彩絵の具だった。色は白、ラベルのない面には〈4・3　豊島《とよしま》〉と油性のフェルトペンで書かれていた。

回路がつながった。

歳三は立ちあがり、木立の向こうに目をやった。遠くになだらかな稜線《りょうせん》が見える。稜線の切れ目に山が見える。空気が汚れているのでかろうじてシルエットが確認できるだけだが、それでも個性は際だっている。ああいう輪郭の山は日本に二つとない。

目を落としていくと、眼下に小学校の建物が見える。浜倉市立富士見小学校。歳三の母校であり、現在は姪《めい》のひとみが通っている。

歳三は勝手に持ち場を離れ、藤ノ山を駆け降りた。

富士見小まで十分とかからなかった。そう、藤ノ山は富士見小の裏山のようなものなのだ。

四年三組は授業中で、あと五分で休み時間とのことだった。しかし歳三はその五分が待ちきれず、至急の用事だと、担任を呼び出した。

「先生のクラスに、豊島という生徒がいますね？」

挨拶《あいさつ》もそこそこに歳三は尋ねた。

「豊島明《あ》輝《き》良《ら》ですか？　ええ、うちのクラスですが、彼が何か？」

小河内《おごうち》という女性教師は、眼鏡の奥の目を不安そうに細くした。

「これはその生徒のものでしょうか」

歳三は藤ノ山山頂で拾った絵の具のチューブをテーブルに置いた。小河内は前かがみになり、絵の具に顔を近づける。

「ええ、この字は豊島君です。どうしてこれを警察が？　彼が何をしたのです？」

ますます不安そうに尋ねてくる。落とし物をしただけですよと歳三は笑って、

「ひとつ当ててみましょうか。先生のクラスは金曜日に図工の時間がありますね？」

「図工？　はあ、ありますけど」

「午前中じゃないですか？」

「はあ」

「三時間目、四時間目ではない。中休みより前ですね？」

「二時間目です」

「もっとわかりますよ。先週金曜日の図工はスケッチでしたね？」

歳三は調子に乗って質問を重ねる。

「え？　ええ、そうでした」

「天気が良いので野外で写生をすることにした。生徒を率いて藤ノ山に行った」

「そうです。明け方かなり冷え込んだのでだいじょうぶだろうかと思ったのですが、風はなく、意外と暖かでした」

「せっかく富士山がきれいに見えていたんですもんね。スケッチさせない手はない」

「あ、はい。そうです。一時間目の国語の授業を潰《つぶ》して、二時限続けて図工にしました。早い時間のほうが富士山はよく見えるし、一時間だと彩色まで終わらないからです」

霊能者でも見るように、小河内は目をぱちくりさせた。自分はここの卒業生であり、自分もよく藤ノ山に連れていかれたと歳三が説明すると、女教師ははじめて表情を緩めた。

「授業時間中に学校の外に出ていくのって、どうしてうきうきするんでしょうね。教室でアリの観察をしてもちっとも楽しくないのに、藤ノ山で落ち葉を拾うのは遠足気分だ。弁当を持っていくわけでもないのに」

「本当に」

小河内はくすりと笑う。

「先週の金曜日は一時間目から学校の外に出て、子供たちはさぞ気分が良かったことでしょう」

「三時間目は社会だったのですが、普段より活発に手が挙がりました。不思議なものです」

「ところが、活気に満ちた空気は、お昼に暗転してしまいました。クラス全員の靴が盗まれてしまった」

「そうなんですよ。まったく、ひどいことをする人がいるものです。ええと、舞田さんとおっしゃいましたか、今日いらしたのはそのことで？　靴が見つかったとか？」

小河内は身を乗り出す。歳三はやんわりと手を振って、

「まだ見つかってはいません。しかし近いうちに全員のぶんを取り戻せると思います」

「犯人の見当がついたのですか？」

「はい。先生のお話のおかげで確信が持てました」

「は？」

「それから、豊島君のおかげでもある。これが落ちていなかったら、二つの事件を結びつけることができなかった」

と歳三は絵の具を小河内の方に押しやる。

「金曜日の朝に写生した折、忘れてきてしまったのでしょう。白は一番よく使うので、豊島君、困りはてているんじゃないかな。渡しておいてください。そして、警察が感謝

していたとお伝えください。本日は授業をじゃましてしまい、申し訳ありませんでした」

きょとんとする小河内に、歳三は一方的に暇《いとま》を告げる。

7

富士見小の正門前でしばらく待ったが空車は通りかからず、歳三は国道の方に足を向けた。一刻も早く浜倉大学に行って、推理の正しさを確かめたかった。

歩きながらもタクシーの往来を気にしていたからだろう、向こうから来た女性と肩が触れてしまった。歳三は、失礼と頭を下げた。先方は、どういたしましてとほほえむわけでも、会釈を返してくるわけでもなく、キャップの鍔《つば》に手をかけて、まるでおまえの顔など見たくないといった感じで、すたすた遠ざかっていく。真冬なのに真っ黒なサングラスをかけているし、実に感じの悪い女だと歳三は不快に思ったが、先を急いでいたので、彼女に執着することなく国道の方に向かった。

三十メートルほど進んでから、歳三はつと足を止めた。回れ右をし、舗道を駆け戻る。戸締まりや火の元がどうしても気になって家に引き返す時のような感覚だった。

先ほどの女を追いかけ、追いつき、追い越したところで足を止め、歳三は振り返った。

「どうも、見《み》憶《おぼ》え、あると、思ったら、やっぱり、君、だった、か」

両膝《りょうひざ》に手をつき、息を切らしながら歳三は言った。最前とは違い、女は行き過ぎなかった。立ち止まり、万引きが見つかってしまった女子高生のように口をへの字に曲げた。

「どうしてここにいる？」

歳三は詰問調で言った。

「あなたはジョギング中？」

女は笑うように言った。

「どうしてこんなところにいるんだ？」

「こんなところとはひどいわね。私のふるさとなのに」

「今は東京だろう」

「一度故郷を捨てた人間は、二度と敷居をまたいじゃいけないのね。ああ悲しい」

女はサングラスの下を指の腹でこする。

「まじめに答えろ。いったい何をしに来た。夜の九時から番組だろう。その前には打ち合わせもあるんだろう。こんなところにいていいわけないじゃないか」

「ああもううるさいわねえ。年末年始に出ずっぱりだったから、今が遅い正月休みなのよ。だいたい、トシちゃんがいけないんじゃないの」

野々島愛はキレ気味に反論し、サングラス越しに歳三を睨《にら》みつけた。

「何で俺が関係あるんだよ」

歳三はムッと睨み返す。

「何度も言ってるじゃない。去年からどうなってるのよ、浜倉は。兇悪《きょうあく》な犯罪が起きすぎ。毎月のように殺人が起きるって、いったいどういうこと？　警察の治安維持がなってないからじゃないの」

愛は腰の両脇に手を当てて、ぐっと胸をそらす。

「何度も言ってるだろう。たまたま続いているだけだって。町の治安そのものは悪くなっていない」

「二度も三度も四度も五度も続いたら、『たまたま』とは言いません。私が五日続けて原稿を噛んだら、誰もそれを『たまたま』だと寛容に聞き流してくれません」

「それとこれとは――」

「浜大で殺人なんて、百年の歴史の中ではじめてじゃないの。ありえない」

「院生が殺されただけで、大学構内で事件が発生したのではないよ」

「どっちでも一緒。警察がキャンパスで聞き込みだなんて、私のころには想像もできなかった。せいぜい、近隣からコンパの苦情を受けて注意しにくるくらいで」

野々島愛は浜倉大学の卒業生である。

「それに、小学校から靴が盗まれるって何よ。しかも一足二足じゃない。一学級ぶん全部。学校は子供にとってのセーフティゾーンであるはずなのよ」

「へぇー、そっちの事件も知ってたのか。ローカルな小事件なのに、よく耳に入ったな。さすがマスコミ」

「全国ニュースでやってます。あのね、こういう学校や子供に関連する変態的な事件は積極的に取りあげるものなの。注意をうながすためにも」

「富士見小、一躍全国区かぁ」

歳三は感嘆の声をあげ、フェンスの向こうの母校を見やる。ふざけないでと愛が顎《あご》を突き出す。

「潜在的な危険度は、院生が殺された事件より、こっちのほうが大きいわ。そんなにやすやす変質者の侵入を許したら、次は何をされるかわかったもんじゃない」

「門を閉めるなど、学校もそれなりに対策していたみたいだけどね」

「その程度で対策だなんて、ちゃんちゃらおかしいわ。一般家庭だって門は閉める。門は閉めても泥棒は入る。だから防犯カメラを設置したり警備会社と契約したりするんじゃないの」

「俺のころは正門も裏門も開けっぱなしで、何も起きなかったけどなあ。近道ということで、おばさんが自転車で運動場を横切ったりしてな」

「今は昭和ではありません。子供が変質者に狙われる事件が全国的に相次いでいるのよ。そうとわかっているのに警備をおろそかにするから、今回のような事件が起きてしまうのよ」

「言いたいことはわかるが、ここで不平不満意見提案を並べても、どうなるものでもないだろう。それから――」

と歳三は人さし指を立てて、

「一つ事実誤認がある。今回の靴の盗難は変質者の仕業じゃない」

「じゃあ誰がやったのよ」

「個人はまだ特定できていない。しかし、盗んだ理由は判明した。変態的な理由からではないよ、決して」

「金に困った路上生活者がフリマで売るために盗んだとでもいうの？」

「まあそういうことだ」

「何よ、その適当な返事は。本当は何なのよ」

「君には迂闊《うかつ》なことは言えないね。番組で扱われてしまうから。まだ一個人の推理にすぎない段階で、それは非常にまずい」

　歳三は掌《てのひら》で口を塞《ふさ》ぐ。

「局に持ち帰らないわよ。今は休暇中」

「電話一本ですむことだ」

「せっかくの休みに、ＰやチーフＤの声なんて聞きたくない」

「本当に？」

「しつこい」

「じゃあ――立ち話もあれだから、どこかに入ろう」

「いいわよ、ここで」

　愛はガードレールの上にちょこんと腰かける。

「寒いだろう」

「カイロを二つ入れてる。だいたい、どこにカフェやファミレスがあるのよ」

腕を左から右に動かし、殺風景な通りを指し示す。

「俺が寒いんだよ」

歳三はしぶる彼女を連れて、斜《はす》向かいのコンビニに移動した。殺風景な通りだが、それなりに人の往来はある。愛はキャップとサングラスをしていたが、その素顔に気づく勘のよい通行人が現われないともかぎらない。

温かい缶コーヒーを買い、建物の陰で話を再開した。

「答を先に言えば、富士見小で靴を盗んだのは、浜大の院生を殺した犯人だ」

何ですってと驚きの声を漏らす野々島愛は、真っ白なコートであるのもおかまいなしに、駐車場の縁石に腰を降ろしている。

「犬吠峠の事故車から死体で発見された浜大の院生は、藤ノ山山頂でトラブルに巻き込まれた可能性がきわめて高い」

と歳三は、靴の裏から採取された玄武岩質の土についてを玉村の二十分の一の長さで説明して、

「それは一月二十六日の深夜のこと、これが夏場なら、学生が酒盛りしていたかもしれないが、真冬なので、山頂には犯人と被害者しかいなかった。もっとも、人がいないことを見越して、ここを密会の場所としたのだろうけどね」

「何の密会よ」

「それについては、のちほど。で、藤ノ山山頂で争いになり、院生は殺されてしまう。藤ノ山は、山とは名ばかりの里山、昼間の人出は多い。だから犯人は、死体を人目のつかない場所に移すことにした。二日前に盗んだ車でね。ところが運転を過り、犬吠峠でガードレールに激突、エンジンストールしてしまったため、車と死体を捨てて逃走した。

　ところで、さっきから『犯人』と言っているが、おそらく複数が関与している。そう考えられる理由の一、藤ノ山の頂上から麓《ふもと》まで一人で死体を運ぶのはかなりきつい。二、死体が見つかった車からは、正体不明の指紋が複数見つかっている」

「いったい何の話？　靴の盗難と全然関係ないんですけど」

「それは今から。さて、犬吠峠をあとにした犯人グループだが、殺害現場に忘れ物をしてきたことに気づき、藤ノ山山頂に戻る」

「財布？　免許証？　家の鍵《かぎ》？　それとも兇器《きょうき》を放置してきた？」

「いいや。何を忘れたのかは、のちほど」

「またかい」

「とにかく忘れ物に気づき、藤ノ山山頂に戻った。しかし見つけられなかった。あたりはまだ暗かったから無理もない。そこで、落とし物があると思われるエリア――院生と争い、殺害した場所近辺――の土を集めて持ち帰り、明るい場所で拾い出すことにした」

　藤ノ山山頂の、五メートル四方にわたって不自然に荒れていた箇所だ。土を持ち帰るといっても、何十センチも掘り起こすわけではなく、表土をさらっていくだけなので、たいした量ではない。コンビニの袋一枚で事足りる。

「ところが、持ち帰った土をじっくり検《あらた》めてみたものの、目当てのものは見つからなかった。そこで犯人は再度藤ノ山に足を運んだ。そして不測の事態と遭遇する。狭い山頂に小学生がうじゃうじゃいたのだ。富士山のスケッチにやってきていた、浜倉市立富士見小学校四年三組の生徒三十七名に、教師が一名。そこに割り込んでいくのは目立ちすぎるので、探索は彼らの下山を待って行なわれた。ところが見つからなかった。多少範囲を広げて探してもだめだった。だから――」

歳三はそこで言葉を止め、缶コーヒーを一口すすって恰好《かっこう》をつけてから、

「靴を盗んだ」

愛は無反応だった。歳三はもう一度言った。

「だから靴を盗んだ」

「意味不明。探し物が見つからなかったら、どうして子供たちの靴を盗まなきゃならないのよ」

愛は映画の中のアメリカ人のように、肩口で両手を広げ、首をすくめた。

「子供たちが踏みつけ、靴の裏にくっついていったのではと考えたのさ。溝にはまってしまった、あるいは先に踏んづけていたガムなどにくっついてしまった。それを回収するために小学校に侵入し、四年三組の生徒の靴を持ち去った」

「ああ」

「昇降口で一足一足検めていては、先生や生徒に見つかってしまうかもしれないだろう。だからとりあえず一クラスぶん全部持っていって、アジトでゆっくりチェックすることにした」

「うんうん」

「藤ノ山にいたのが四年三組だとは、名札からわかっていたのだろうね。どう、これで説明がついただろう？」

「なるほどなるほど」

愛は二度うなずいた。しかしすぐに、

「納得半分だね。いったい何をそんなに血眼になって探すの？　鍵？　クレジットカード？　靴の溝にははまらないよ。靴底のガムにくっついたとしても、嵩《かさ》があるから、歩くうちに取れたり、気づかれたりするよ。豆粒のように小さなものでないと」

「世の中には、豆粒のように小さくても価値のあるものがある」

「自分の髪の毛とか？　それが警察の手に渡るのを恐れた？　たしかにＤＮＡから個人を特定されるけど、そこまで神経質になる？　室内ならともかく、屋外で」

「たとえば、それ」

歳三は愛の右手を指さす。愛はそこに目を落とし、ああと声をあげてピンキーリングをつまんだ。

「争った際、指輪等のアクセサリーについていた宝石がはずれて落ちたとしたらどうだろう。その石が一万円程度の価値しかないのならあきらめもつくだろうが、百万、一千万なら？」

「そうよ、きっとそうなんだわ」

「しかしこの犯人が探していたのは宝石ではないかもしれない」

「どうして？」

「最初に探しにいったのは夜中か未明、あたりはまだ暗かった。当然懐中電灯を使った。懐中電灯を使えば、宝石の類《たぐ》いは比較的見つけやすい。光を反射するから。しかし実際には見つけられなかった。その事実は、彼らの探し物は宝石ではなく、もっと見つけづらい物体だったと語っているのではないだろうか」

「言えてる。でも宝石でないとしたら、ほかに何がある？　豆粒のように小さくて、高い価値のあるものって」

愛は腕組みをし、首を左に右に倒す。歳三は指を鳴らし、その指を彼女に突きつける。

「まさにそれが答だ」

「は？」

「豆粒さ」

「はあ？」

「だから、豆粒そのものだって」

「意味不明。それとも私の理解力が足りないの？」

愛はサングラスをはずし、歳三を睨《にら》みつけるように眉《まゆ》を寄せた。

「被害者のプロフィールに注目」

「浜倉大学の大学院生」

「さらに詳しく」

「海外からの留学生」

「専攻は？」

「農学部農学科」

「何の研究をしていた？」

「小麦だっけ？」

「それだよ」

歳三がまた指を鳴らしてポーズをつけた時だった。

「野々島愛だぁ」

近くで子供の声が響いた。

隣の駐車スペースに、ランドセルを背負った女の子が三人立っていた。

「本物？」

先頭の子が目をぱちくりさせた。

「本物っぽい」

その後ろの、頭一つ抜けた子が言った。

「テレビ？　ねえ、テレビ？」

耳当てのついたニット帽をかぶった子があたりを見回す。

愛は顔を伏せ、髪の乱れを直すふりをしてサングラスをかけ直した。

「アナウンサーの野々島愛さんですよね？」

長身の子が一歩前に出てきて言った。今どきの子にしては珍しく、髪を三つ編みにしている。

「こんにちは。何年生？」

愛はサングラスをはずし、にっこりほほえんだ。へたにごまかすと評判を落としかねないと判断したようだ。

「五年生です」

その歳にしては落ち着いた子だ。後ろでは連れの二人が、本物だ本物だと、手を取り合ってはしゃいでいる。

「授業、終わったの？」

「はい。中継があるんですか？」

「中継？」

「富士見小で靴が盗まれた事件の。アナウンサーが現場に出ていくことがたまにありますよね」

「ううん。今日は遊びにきただけ」

「そうなんですか」

少女はがっかりしたようにうなずいた。

「サインとかいいですか？」

ニット帽の子が言った。

「ええ、喜んで」

愛は腰をあげ、コートの汚れをはたく。子供たちはランドセルからノートとペンケースを取り出す。愛は、一人一人名前を訊《き》き、為書きつきでサインをする。五年一組森川めぐる様――。

五年一組!?

歳三はハッと顔をあげた。

道路の近くに駐《と》められているワンボックスカーの陰に女の子が一人いた。頭の後ろで手を組み、つまらなそうに空を見つめている姿が、車の窓を通して見えた。

「一緒に写真とかいいですか？」

高梨《たかなし》愛《え》美璃《みり》と名乗ったニット帽の子が、ジャンパーのポケットからかわいらしい色の携帯電話を取り出した。

「いいわよ。ケータイ、学校に持っていっていいんだ」

「禁止だよ。でもモクニン」

「小五だと、黙認なんて言葉知ってるのか」

「登下校時には何があるかわからないので、学校も目をつぶっているのだと思います」

三つ編みの森川めぐるが学級委員長のような調子で言った。

「だよねー。いろいろ危ないよねー。警察にしっかりしてもらわないとねー」

愛は聞こえよがしに嫌味を言う。

「でも、校内では絶対に電源を切っておかなきゃだめなんだ」

目のくりっとした佐々木《ささき》和美《なごみ》が言った。

「休み時間にメールしたことある」

高梨愛美璃がぺろりと舌を出す。

「二組の室井《むろい》なんて、授業中にゲームアプリしてるってよ。どうして没収されないんだろう」

「両親ともモトヤンだから、先生がビビってるんだよ」

「モトヤン？」

愛が尋ねる。

「元ヤンキー」

「ああ」

「有識者としての意見を聞かせていただけますか」

森川めぐるが言った。

「何？　てゆーか、有識者って誰よ」

愛が笑う。

「校内で携帯電話を許可したら収拾がつかなくなると思います。けれど電源を切っていたら、携帯電話の意味がないと思います。緊急な連絡がある時、つながらなかったら困ります」

「難しい問題ね。どちらにすべきかは、本当の有識者の意見も真っ二つに分かれるんじゃないかしら。それを学級会の議題にするというのはどう？　結論が出なくても、一人一人が考えて意見を戦わせるのはいいことよ。さあ、撮ろう。このおじさんにシャッターを押してもらうか」

愛は女の子から携帯電話を受け取り、歳三に押しつける。

「舞田さんもおいでよ」

森川めぐるが振り返り、大きく手招きした。

車の陰からひとみが姿を現わし、いいよと手を振った。

「早く、早く」

佐々木和美が飛び跳ねながら手招きする。

「あたしは、いい」

「なに遠慮してるんだよー」

「遠慮じゃないよ」

「有名人と一緒に写真撮るって、めったにないよ」

高梨愛美璃がひとみに近づいていく。

「いいんだって」

「サインもらってないからすねてんの？」

「違うよ。だいたい、サインなんていらないし」

「やっぱ、すねてんじゃん。今からもらえばいいじゃん。ほら、早く」

高梨愛美璃がひとみの手を取る。するとひとみはそれを振り払い、そして言った。

「愛美璃ちゃん、自分のお母さんのサインをもらって嬉《うれ》しい？　お母さんと写真撮りたい？」

8

「種か」

理一が言った。

「種だ」

歳三が応じる。

「院生の彼は研究室から種を持ち出した」

「ただの種じゃない。研究開発コードＷ０６３１９β、遺伝子組み換えによる小麦の新しい品種で、砂漠のような過酷な環境下でも安定した収量が見込める、もしかすると砂漠化が急速に進行しているこの地球において人類の救世主となりうるスーパーシードだ。浜倉大学農学部の臼井研究室で開発されたもので、七月の国際学会で発表すべく、検証の実験が繰り返されていた」

「それを彼が盗み出したという証拠は？」

「研究室の保管庫から消えていた。Ｗ０６３１９βのケースも中身もあったので、盗難に気づかなかったらしい。中の一粒だけがすり替えられていた」

「臼井研から盗まれたというだけで、彼が盗んだとはいえない」

「殺された院生は、ある時期を境に、急に羽振りがよくなっている。Ｗ０６３１９βをどこかに流して大金を得たのだろう」

浜大の院生は種の取り引きのトラブルで命を落としたと歳三は考えている。

現段階では一想像でしかないが、院生は欲をかいたのではないだろうか。前金で報酬を受けたうえで、あとどれだけよこさないと種は渡さないとふっかけた。潜在的には億単位の価値を有する代物である。少々の無理はまかりとおると踏んだ。拒否されたら、ほかの取引先を探せばいい。

しかし相手もしたたかだ。院生の要求に応じたふりをして、取り引きの場所に深夜の藤ノ山を指定、追加の金をよこせなどふざけるな、種を出せと威圧的に迫る。その争いのはてに、院生は殺される。

その際、種が院生の手から地面に落ちた。しかし犯人は死体の処理のほうに気がいっており、犬吠峠で事故を起こしたあとようやく、種がないことに気づいた。前後の状況から、藤ノ山で争った際に落としたのだと察し、山頂に戻って探索、見つからなかったので陽が昇ってからあらためて探索した。何億もの利益を生み出す魔法の種だ。ちょっと探して見つからなかったからといって、もういいやとあきらめることはできない。小学生の靴の裏も調べ、山頂から学校までの道も調べた。子供たちが学校に戻る途中で靴の裏から離れたとも考えられるからだ。どれだけ労力を費やしても、見つかりさえすれば元は取れる。

サトちゃんが目撃したサングラスの怪人物、あれは犯人グループの一人だったのだ。道に這《は》い蹲《つくば》って一粒の種を探すより、道に落ちているものをとりあえず全部持ち帰り、あとから拾い出したほうが効率がいい。怪人物は四年三組の生徒が歩いたルートに掃除機をかけていたのだ。吸引力の強いコードレスの掃除機は、たしかに機関銃のような形をしている。

「羽振りがよくなったというのは状況証拠だろう。それだけで彼を犯人と決めつけるのは、あまりに乱暴だ。物証を出せ、物証を」

理一は怒ったように言う。

「証拠は今後固める。どうしてそうむきになる。兄貴の教え子がからんでいるわけでもないのに」

「浜大全体として大問題だ。大学の機密であり重要な資産が内部の人間によって持ち出されたんだぞ。しかも容疑がかかっているのは海外からの留学生だ。ひとつ対応を誤れば国際問題に発展しかねない」

理一は大きく長く溜《た》め息をつき、がくりと肩を落とす。

「そんなことより、どうするんだよ」

歳三は声を落として言った。

「そんなこと？　おまえは部外者だからそんなことですまされるが、もし本当にその院生が機密を盗み出したのだとしたら、開学以来の大スキャンダルだ。そういうふうには思いたくないが、母国の犯罪組織と組んでスパイ的な行為を働いていたのだとしたら……。ほかの留学生への影響も懸念される。いわれのない誹謗《ひぼう》中傷、それがエスカレートすれば、身体的な危害も考えられる。あした、臨時の教授会が開催されるが、混乱するさまが目に浮かぶよ。何かの間違いであってほしいよ、まったく」

理一はまた唸《うな》るように溜め息をつく。

「兄貴、逃避するなよ」

「逃避というのは、院生の彼が研究室を裏切るはずがないと、目を閉じ、耳を塞《ふさ》ぐことだろう。僕は、彼が窃盗犯であってほしくはないが、しかし窃盗犯であった場合も想定し、心配しているんだ。現実はちゃんと見ている」

「それが逃避だっていうんだよ。どうして一番大切なことから目をそらす」

　歳三は理一を睨《にら》みつけ、それから首を後ろにそらして天井に目をやった。上の部屋ではひとみが休んでいる。

　理一は気まずそうに顔を伏せ、ビアタンブラーに手を伸ばし、唇につくかつかないかの微妙な距離のところで止めて、ぽつりと言った。

「本当に知っていたのか？」

「ああ。三十四年間生きてきてはじめて、『心臓が飛び出しそう』という言い回しがたんなる誇張でないとわかったよ」

「しかし何も言っていなかったぞ。夕飯の時には、何も」

「きのうの夕食の時に何か言ったか？　おとといの夕食の時には？　今日も同じようにふるまっただけさ。そう、ずっと前から気づいていたのだけど、何も知らないふうを装っていた」

　十二年前、浜倉大学で助手をしていた舞田理一は、学部生だった野々島愛と交際していた。

　やがて愛は妊娠、それを機会に二人は結婚した。大学関係者にも友人にも知らせず、こっそり籍だけを入れた。そうしたのは理一の側に事情があって、当時彼は、自分の将来を左右するような研究に携わっており、結婚にまつわる雑多なことで時間を取られたくなかった。だから披露宴や新婚旅行は先送りにし、新居さえ構えなかった。新婚の二人はそれまでどおり、それぞれの実家で起居した。

愛はおなかが目立つようになる前に、ボランティア活動に参加するという名目で休学、そして無事に女の子を出産した。

しかし愛には夢があった。小学校の卒業文集に将来の夢はアナウンサーと書いたその日から、英会話教室に通い、発声の訓練のために演劇をはじめ、新聞を毎日たっぷり一時間かけて読んで社会知識を蓄積していった。大学生になってからは、放送局主催のアナウンスセミナーにも参加し、それなりの手《て》応《ごた》えも感じていた。アナウンサーになることは、もはやたんなる夢ではなく、具体的な目標だった。

子供ができたことで愛は、別の人生を歩む決心をした。しかし——夢はやはり捨てられなかった。

だから愛は出産後すぐに復学し、いくつもの放送局を受け、そして東京に出ていった。子持ちバツイチの新人アナウンサーと知れたら大騒ぎになるだろうが、その時には逆に踏み台にしてやるというしたたかな覚悟を胸に秘めて。そして夢と引き替えに、夫だった人と子供とは縁が切れた。

いっぽう理一は、子供は実家に預け、大学での研究に没頭し、異例の速さで助手から助教授に昇格した。三十代で教授との声もささやかれていたが、先年、頼りにしていた母親を亡くしてからは自分で子供のめんどうをみるようになり、仕事だけの人間ではなくなった。

娘に対しては、彼女の母親は出産直後に病気で死んだことにしておいた。本当のことは、彼女が十分成長してから話して聞かせるつもりだった。親戚《しんせき》の間でもそれで意思統一がはかられていた。そう、母親の正体は完全に隠していた――はずだったのだ。

　しかしひとみは気づいていた。

「ジョークを飛ばしただけじゃないのか？　友達をからかってやろうと」

　理一は言う。歳三はかぶりを振る。

「俺もひとみのことはよく知っている。ふざけている時にああいう表情はしない。それにあいつは超ミーハーだ。人見知りもしない。有名人がいたら、サインサインと真っ先に飛んでいくはずだ」

　そうしなかったのは、相手が顔を合わせづらい人間だったからにほかならない。といって友達を置いて自分だけ帰ると人間関係がぎくしゃくしかねないと、離れたところで待っていた。

「彼女……、野々島は？」

　理一はぼそりと言い、上目づかいに歳三を見る。

「車の陰にひとみがいると知らなかったようだ。出てきて、びっくりしていたから」

「そのあとだよ。母親だと指摘されて」

「わからない」

「わからないはないだろう」

「怖くて、愛ちゃんの顔を正視できなかったんだよ。ひとみたちが帰っていくと、何も言わずに、ひとみたちとは逆の方に去っていった」

「ひとみとの接触はなかったのか？　ひとみがほかに何か言ったとか、野々島が声をかけたとか」

「それはなかった」

「そうか。なかったか」

　理一は少し安心したように小さく息を吐いた。

「ひとみの友達は、寒い冗談だと取ったようだ。そうだよな、毎日テレビで見かける人を母親だといきなり紹介されて、誰が真に受ける。よかったよ。額面どおりに受け取られていたら、あっという間に話が広まって、ひとみも愛ちゃんも好奇の目にさらされてしまう。兄貴も仕事どころじゃなくなっただろう」

　歳三も溜め息をつく。

「どうすればいい」

　理一は額に手を当てる。

「ありのままを話すしかないだろう。いずれ打ち明ける予定だったのだから、それが前倒しになっただけだよ」

「成人してから話すのと、十一歳の子供に話すのとでは、全然違うぞ。どういうふうに話せば納得させられる」

　理一は白髪混じりの頭を掻《か》きむしる。

「それは……、まあ、自分で考えるしかないよ。兄貴自身の問題なんだし」

口ではそう言いながら、どう話しても納得しないだろうなと、歳三は悲観的に思った。他人《ひと》事《ごと》だという意識がなかったといえば嘘になる。ところが不意討ちのように理一が言ってよこした。

「おまえの問題でもあるんだぞ」

「俺が？　どうして？」

「おまえはあいつと連絡を取っていた。僕に隠れて」

理一は眼鏡のフレームに手を当て、歳三を睨みつける。

「いや、あれは、愛ちゃんに頼まれて……。仕方ないだろう。短期間とはいえ、姉だった人だ。ノーとは言えない」

歳三は痛いところを衝《つ》かれ、しどろもどろに応じた。

己のエゴで子供を放棄した無責任女だと、愛は舞田家から事実上絶縁されていた。舞田家の敷居をまたげないのはもちろんのこと、娘とは外でも接触しないと約束させられ、手紙や電話のやりとりも禁じられていた。

愛は家庭生活よりも自分の夢を優先させた。それは事実だ。しかし離婚届にサインする手が震えなかったわけでも、ましてや自分が産んだ子を愛していないわけでは、決してなかった。なにしろ自分の名前を与えた子だ。愛、アイ、ＥＹＥ、瞳《ひとみ》——。

愛はだから、故郷に残してきた娘のことはいつも気にかけていた。しかし会うことも電話で話すこともかなわない。

　そこで、かつて義弟だった男に白羽の矢が立った。歳三も、歳下の元義姉をかわいそうに思い、電話やメールでひとみの日常を伝え、こっそり写真を撮って送るなど、スパイのようなことを続けていた。

　野々島愛が、最近の浜倉の治安の悪さはどうしたことかと歳三に食ってかかっていたのも、愛娘《まなむすめ》を心配してのことだ。そして心配が高じて直接様子を見にきたというわけだ。

　小学校の近くで張り込み、下校の様子を窺《うかが》おうとした。元気な姿を一目見られればそれで十分だった。それが思わぬ形での母子の対面となってしまった。

「それにしてもひとみは、いつ、どうやって、あいつのことを知ったんだ」

　理一は天を仰ぎ、両手で髪を鷲摑《わしづか》みにする。

「子供は鼻が利くんだよ。だってほら、俺たちだって、お袋の白無垢《しろむく》の写真を見つけて愕然《がくぜん》としたことがあったじゃん。姉貴と三人で」

「あ？」

「びっくりしたよなー、隣にいるのが親父じゃない男でさ」

「ああ」

「あの時、兄貴だってまだ小学生だっただろう？」

「そうだな」

「そうそう、思い出してきたぞ。俺、泣いちゃったんだよな。なんか恐ろしかったんだよ」

「泣いてた泣いてた。おまえがあんまり泣くものだから、僕はそっちのほうが心配だった」

「でも、お袋や親父を問いつめることはなかったじゃん。写真は元どおりにしまって知らんぷりして過ごしてた」

「ああ」

「そんなもんだよ」

歳三は笑い、

「そんなもんかな」

理一も笑う。しかしすぐに眉《まゆ》を八の字にして、

「だから、ひとみにはどう話せばいいんだ」

ああと嘆息し、頭を抱える。

「再婚だったことを、お袋は俺たちにどう説明したっけ？」

「あれはたしか――」

理一は眼鏡を額にあげて眉間《みけん》を揉《も》み込む。歳三は腕組みをしてこめかみをつつく。しかし二人とも思い出せず、顔を見合わせて首をかしげた。

「仕方ない。今日のところは飲もう」

理一はアイリッシュエールの瓶を取りあげる。

「なにが仕方ないんだか」

「今ひとみは寝ていて、あしたは学校だ。話すとしても、最速であしたの晩だ。考える時間はまだある」

「大人はずるいよな。子供は、宿題を一日先に延ばしただけで叱られるのに」

歳三はいじわるく突っ込む。

「宿題はおまえにも出ているんだぞ。ひとみに話す時にはおまえも参加するのだから」

「やっぱり?」

「当然」

「仕方ない。今日のところは飲むか」

歳三は笑い、兄に向かってビアタンブラーを挙げた。

9

浜倉市立富士見小学校で盗まれた三十七足の靴は、足踏川の河川敷で発見された。犯人は靴の裏を調べたのち、不要になったので遺棄したものと思われた。

W06319βは靴の裏から発見された。子供たちの靴でなく、殺された留学生が履いていた靴の裏の溝にはまっていた。

本書は、二〇一〇年七月に光文社文庫より刊行された『舞田ひとみ11歳、ダンスときどき探偵』を加筆のうえ、改題して文庫化したものです。

名《めい》探《たん》偵《てい》、初《しよ》心《しん》者《しや》ですが

舞田《まいだ》ひとみの推理《すいり》ノート

歌《うた》野《の》晶《しよう》午《ご》

令和３年　２月25日　初版発行
令和３年 11月10日　４版発行

発行者●堀内大示

発行●株式会社KADOKAWA
〒102-8177　東京都千代田区富士見2-13-3
電話　0570-002-301（ナビダイヤル）

角川文庫 22537

印刷所●株式会社KADOKAWA
製本所●株式会社KADOKAWA

表紙画●和田三造

●お問い合わせ
https://www.kadokawa.co.jp/（「お問い合わせ」へお進みください）
※内容によっては、お答えできない場合があります。
※サポートは日本国内のみとさせていただきます。
※Japanese text only

ISBN 978-4-04-109978-0　C0193

◆◇◇

角川文庫発刊に際して

角川源義

第二次世界大戦の敗北は、軍事力の敗北であった以上に、私たちの若い文化力の敗退であった。私たちの文化が戦争に対して如何に無力であり、単なるあだ花に過ぎなかったかを、私たちは身を以て体験し痛感した。西洋近代文化の摂取にとって、明治以後八十年の歳月は決して短かすぎたとは言えない。にもかかわらず、近代文化の伝統を確立し、自由な批判と柔軟な良識に富む文化層として自らを形成することに私たちは失敗して来た。そしてこれは、各層への文化の普及滲透を任務とする出版人の責任でもあった。

一九四五年以来、私たちは再び振出しに戻り、第一歩から踏み出すことを余儀なくされた。これは大きな不幸ではあるが、反面、これまでの混沌・未熟・歪曲の中にあった我が国の文化に秩序と確たる基礎を齎らすためには絶好の機会でもある。角川書店は、このような祖国の文化的危機にあたり、微力をも顧みず再建の礎石たるべき抱負と決意とをもって出発したが、ここに創立以来の念願を果すべく角川文庫を発刊する。これまで刊行されたあらゆる全集叢書文庫類の長所と短所とを検討し、古今東西の不朽の典籍を、良心的編集のもとに、廉価に、そして書架にふさわしい美本として、多くのひとびとに提供しようとする。しかし私たちは徒らに百科全書的な知識のジレッタントを作ることを目的とせず、あくまで祖国の文化に秩序と再建への道を示し、この文庫を角川書店の栄ある事業として、今後永久に継続発展せしめ、学芸と教養との殿堂として大成せんことを期したい。多くの読書子の愛情ある忠言と支持とによって、この希望と抱負とを完遂せしめられんことを願う。

一九四九年五月三日

角川文庫ベストセラー

角川文庫ベストセラー

罪の余白　芦沢　央

高校のベランダから転落した加奈の死を、父親の安藤は受け止められずにいた。娘はなぜ死んだのか。自分を責める日々を送る安藤の前に現れた、加奈のクラスメートの協力で、娘の悩みを知った安藤は。

悪いものが、来ませんように　芦沢　央

助産院に勤めながら、不妊と夫の浮気に悩む紗英。育児に悩み社会となじめずにいる奈津子。2人の異常な密着が恐ろしい事件を呼ぶ。もう一度読み返したくなる心理サスペンス！

いつかの人質　芦沢　央

幼いころ誘拐事件に巻きこまれて失明した少女。12年後、彼女は再び何者かに連れ去られる。少女はなぜ、二度も誘拐されたのか？　急展開、圧巻のラスト35P！　注目作家のサスペンス・ミステリ。

バック・ステージ　芦沢　央

もうすぐ始まる人気演出家の舞台。その周辺で次々起きる4つの事件が、二人の男女のおかしな行動によって思わぬ方向に進んでいく……一気読み必至、大注目作家の新境地。驚愕痛快ミステリ、開幕！

ダリの繭《まゆ》　有栖川有栖

サルバドール・ダリの心酔者の宝石チェーン社長が殺された。現代の繭とも言うべきフロートカプセルに隠された難解なダイイング・メッセージに挑むは推理作家・有栖川有栖と臨床犯罪学者・火村英生！

角川文庫ベストセラー

ふちなしのかがみ　辻村深月

冬也に一目惚れした加奈子は、恋の行方を知りたくて禁断の占いに手を出してしまう。鏡の前に蠟燭を並べ、向こうを見ると――子どもの頃、誰もが覗き込んだ異界への扉を、青春ミステリの旗手が鮮やかに描く。

本日は大安なり　辻村深月

企みを胸に秘めた美人双子姉妹、プランナーを困らせるクレーマー新婦、新婦に重大な事実を告げられないまま、結婚式当日を迎えた新郎……。人気結婚式場の一日を舞台に人生の悲喜こもごもをすくい取る。

きのうの影踏み　辻村深月

どうか、女の子の霊が現れますように。おばさんとその子が、会えますように。交通事故で亡くした娘を待ちわびる母の願いは祈りになった――。辻村深月が〝怖くて好きなものを全部入れて書いた〟という本格恐怖譚。

切り裂きジャックの告白　刑事犬養隼人　中山七里

臓器をすべてくり抜かれた死体が発見された。やがてテレビ局に犯人から声明文が届く。いったい犯人の狙いは何か。さらに第二の事件が起こり……警視庁捜査一課の犬養が執念の捜査に乗り出す！

七色の毒　刑事犬養隼人　中山七里

次々と襲いかかるどんでん返しの嵐！『切り裂きジャックの告白』の犬養隼人刑事が、〝色〟にまつわる7つの怪事件に挑む。人間の悪意をえぐり出した、傑作ミステリ集！

角川文庫ベストセラー

ハーメルンの誘拐魔
刑事犬養隼人
中山七里

少女を狙った前代未聞の連続誘拐事件。身代金は合計70億円。捜査を進めるうちに、子宮頸がんワクチンにまつわる医療業界の闇が次第に明らかになっていき——。孤高の刑事が完全犯罪に挑む！

ドクター・デスの遺産
刑事犬養隼人
中山七里

死ぬ権利を与えてくれ——。安らかな死をもたらす白衣の訪問者は、聖人か、悪魔か。警視庁VS闇の医師、極限の頭脳戦が幕を開ける。安楽死の闇と向き合った警察医療ミステリ！

生首に聞いてみろ
法月綸太郎

彫刻家・川島伊作が病死した。彼が倒れる直前に完成させた愛娘の江知佳をモデルにした石膏像の首が切り取られ、持ち去られてしまう。江知佳の身を案じた叔父の川島敦志は、法月綸太郎に調査を依頼するが。

ノックス・マシン
法月綸太郎

上海大学のユアンは、国家科学技術局から召喚の連絡を受けた。「ノックスの十戒」をテーマにした彼の論文で確認したいことがあるというのだ。科学技術局に出向くと、そこで予想外の提案を持ちかけられる。

パズル崩壊
WHODUNIT SURVIVAL 1992-95
法月綸太郎

女の上半身と男の下半身が合体した遺体が発見された。残りの体と密室トリックの謎に迫る（「重ねて二つ」）。現金強奪事件を起こした犯人が陥った盲点とは？（「懐中電灯」）全8編を収めた珠玉の短編集。